GOVERNO DO ESTADO DE SÃO PAULO

Governador
João Doria

Vice-governador
Rodrigo Garcia

PREFEITURA DA CIDADE DE SÃO PAULO

Prefeito do Município de São Paulo
Bruno Covas

Secretário Municipal de Cultura
Alexandre Youssef

IMPRENSA OFICIAL DO ESTADO DE SÃO PAULO

Diretor-Presidente
Nourival Pantano Júnior

BIBLIOTECA MÁRIO DE ANDRADE

Diretora_**Joselia Aguiar**
Supervisora de Acervo_**Aline Barbosa Petelin**
Supervisora de Atendimento_**Paloma Altran**
Supervisor de Planejamento_**Emanuel Guedes**
Supervisora de Ação Cultural_**Adriane Freitag**
Supervisão de Gestão_**Maria Cecília Gonçalves**
Procuradora_**Martha Ribas**
Assistente de Gestão_**Jorge Josino**

BIBLIOTECA MÁRIO DE ANDRADE

PREFEITURA DE SÃO PAULO CULTURA

imprensaoficial GOVERNO DO ESTADO DE SÃO PAULO

SÃO PAULO GOVERNO DO ESTADO
Secretaria de Governo

REVISTA DA BIBLIOTECA MÁRIO DE ANDRADE **72** CLARICE LISPECTOR

GUTEMBERG MEDEIROS [ORG.]

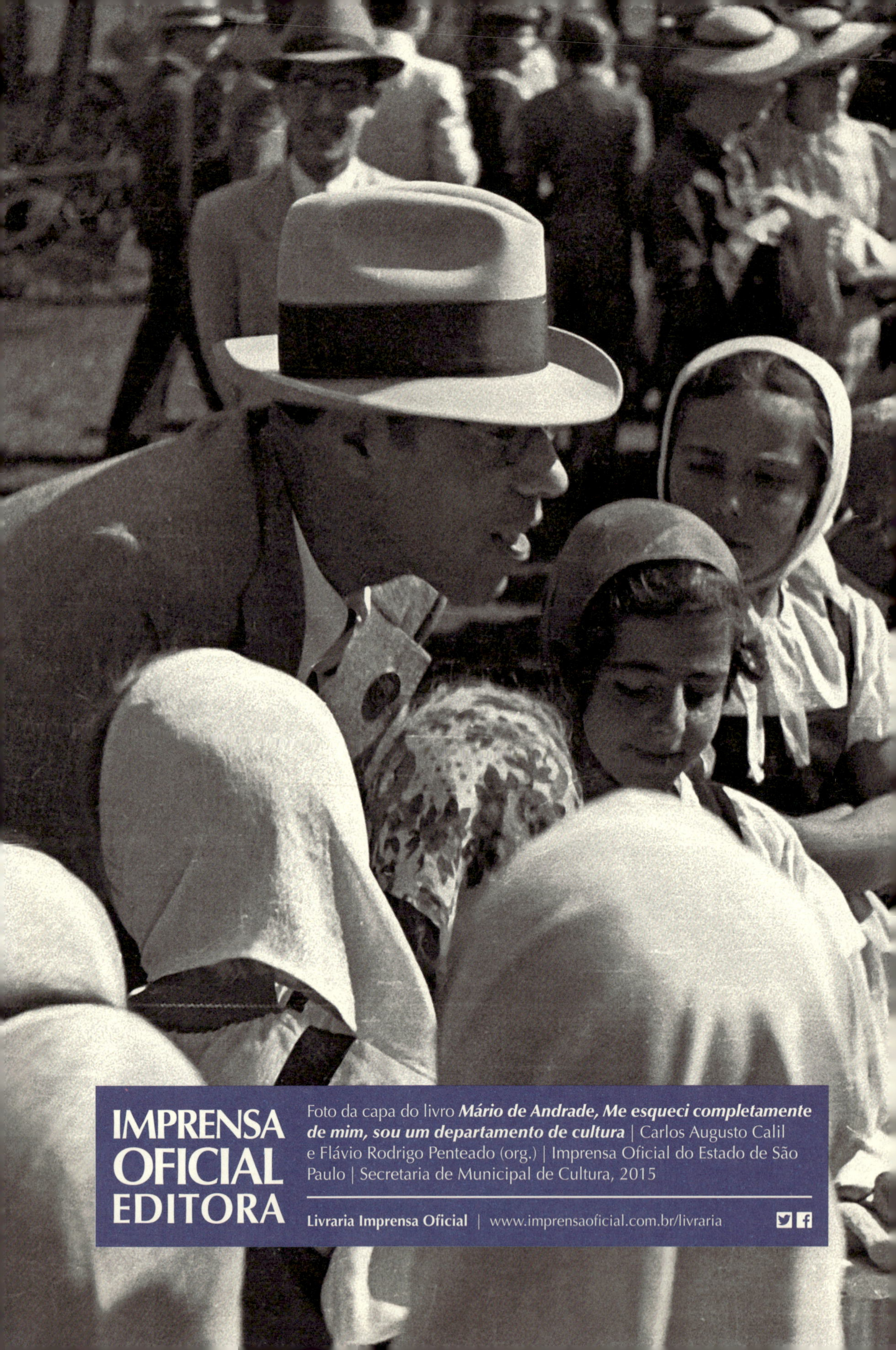

BIBLIOTECA MÁRIO DE ANDRADE

CHARLES COSAC | DIRETOR

A Biblioteca Mário de Andrade é um dos mais importantes fenômenos ocorridos na capital paulistana no século XX e que continua atuante neste século. Reinaugurada em 2011, após longo período de reforma, em 2017 a Mário de Andrade, em virtude principalmente das suas supervisões de Acervo e Atendimento, ainda se apresenta como a verdadeira lareira desse grande lar que é a cidade de São Paulo.

Testemunha de três excelentes diretorias, a Biblioteca encontra-se em pleno funcionamento, com potencial para ampliar seu atendimento em três ou mais vezes. Adjacente a ela, há ainda a Hemeroteca, que, além de seu acervo, compreende a Sala de Atualidades (periódicos correntes) e a de Multimeios, enfim: trata-se de uma reunião de onze bibliotecas.

Biblioteca e Hemeroteca (esta última, infelizmente, ainda fechada aos fins de semana) atendem, juntas, uma média diária de setecentos usuários, entre consulentes, estudantes, pesquisadores, leitores de periódicos e o público geral. Nossas portas estão igualmente abertas para transeuntes, curiosos, solitários e aflitos. Dada sua localização, na praça Dom José Gaspar, a Biblioteca, na medida do possível, não só medeia leitura e fomenta pesquisa, é fiel depositária de um rico acervo e atende consulentes, como também orienta recém-chegados à cidade – brasileiros e estrangeiros que buscam encontrar seu lugar na grande metrópole. Trata-se de uma assistência social que merecia uma aproximação da Secretaria de Direitos Humanos. Algo já pensado, inclusive.

O ano de 2017, em razão da mudança de gestão municipal, iniciou-se tardiamente. Nem todos os projetos concebidos pela equipe anterior puderam ser conservados – como ocorreu com a própria equipe –, redundando em um período de adaptação e reconhecimento das necessidades cotidianas da Biblioteca propriamente dita e do *modus operandi* proposto pela Secretaria Municipal de Cultura e pela Prefeitura.

À exceção da EDP (Energias de Portugal), que doou o sistema de ar-condicionado à Circulante – ação generosamente mediada pelo digníssimo prefeito João Doria, a quem somos muito agradecidos –, a Biblioteca Mário de Andrade viveu exclusivamente da generosidade e compreensão da Secretaria Municipal de Cultura (SMC), cujo secretário André Sturm, muitíssimo sensível à leitura e de alma feminina, atuou, ininterruptamente, como uma verdadeira "mãe pelicano".

Somos igualmente gratos ao artista plástico Siron Franco, que, além de agraciar a Biblioteca com uma bela exposição retrospectiva, também nos doou uma obra, *O livro da vida*, atualmente exposta na Mapoteca. Já o grande gravador potiguar Rossini Perez nos granjeou com 130 gravuras, uma seção representativa de sua obra.

A pedido do secretário Sturm, foi reativada a Associação de Amigos e Patronos da Biblioteca Mário de Andrade, fundada em 2003. Todos os aspectos legais foram regularizados, e a Associação, já com escritório e secretária responsável, iniciou seu trabalho em prol da Biblioteca, mediando, como proponente, a realização de projetos de parceria entre entidades públicas e privadas. Igualmente por solicitação do secretário Sturm, foi reestruturado o Conselho Consultivo da Biblioteca Mário de Andrade, tendo como membros os professores Carlos Augusto Calil, Maria Christina Carvalho de Almeida e Luís Milanesi, além de Raquel da Silva Oliveira, diretora da Coordenadoria do Sistema Municipal de Bibliotecas (CSMB). Meus pessoais agradecimentos a Maria Christina e Raquel por terem me provido com sábios conselhos e, por certo, com apoio em momentos delicados e decisórios.

Por obra de um iluminado contato com a editora Cecília Scharlach, celebramos, também, a retomada da parceria com a Imprensa Oficial do Estado de São Paulo (Imesp), que generosamente coedita e imprime a *Revista da Biblioteca Mário de Andrade*, nos permitindo veiculá-la e comercializá-la. Ainda neste parágrafo, nossa gratidão à generosidade de seus ilustres vice-presidente, dr. Jorge Perez, e presidente, dr. Nourival Pantano Júnior. A revista retoma sua dimensão anterior, com a estruturação do conteúdo sutilmente alterada. *Grosso modo*, 70% dela é devotada a um dossiê, para o qual contribuem variados intelectuais e especialistas, enquanto os 30% restantes são destinados a participações, assuntos e artigos internos à Biblioteca, com algumas páginas reservadas a conteúdo e divulgação de livros da Imesp.

Graças ao conceito batizado pelo curador Jacopo Crivelli de "acordo de confiança", nesses doze meses a Biblioteca ofereceu ao público exposições seminais sem ônus algum à Prefeitura - uma sorte de parceria entre o público e o privado em prol de iniciativas culturais. Somos, dessa forma, muito gratos a vários artistas, galeristas e colecionadores, sobretudo a Pedro Barbosa, Itamar Musse e Gotffried Stützer.

Por fim, 2017 foi um ano de plantio cujos frutos espero poder enumerá-los no editorial que escreverei em 2018.

Em 2017 completam-se quarenta anos do falecimento de Clarice Lispector, e o 72º número da *Revista da Biblioteca Mário de Andrade* é dedicado a ela.

Foi na última semana de aula do terceiro ano do ginásio, em uma tarde chuvosa no Colégio São Vicente de Paulo, no Rio de Janeiro, durante o intervalo da tarde, que alguém comentou: "A Clarice morreu". Esse foi um dos meus primeiros sinceros sentimentos de perda. Tão logo após, publicaram-se no Brasil os títulos póstumos *A bela e a fera* e *Água viva*, aos quais tive imediato acesso. Para exprimir a dor da perda por Clarice e o que ela significou para a minha e para tantas outras gerações de admiradores de seu trabalho – as quais, com grande justiça, se renovam e renascem a cada década -, nada mais sensível para iluminar esta passagem que o poema do igualmente saudoso e notável Ferreira Gullar:

Enquanto te enterravam no cemitério judeu do Caju
(e o clarão do teu olhar resistindo ainda)
o táxi corria comigo à borda da Lagoa em direção de Botafogo
as pedras e as nuvens e as árvores
no vento mostravam alegremente
que não dependem de nós.

Uma das atividades da supervisão da Ação Cultural de mais sucesso é o ciclo teatral da Biblioteca Mário de Andrade, graças à curadoria do igualmente querido amigo Alvaro Machado. Em 2017, como extensão da *mise-en-scène* da peça *A morte de Ivan Ilitch*, o professor Gutemberg Medeiros, membro atuante do panorama intelectual brasileiro, ministrou uma palestra sobre Leon Tolstói, no auditório da Biblioteca. Possuidor de um profundo, eclético e amplo conhecimento de jornalismo e de literatura, que vai de Dostoiévski a Nelson Rodrigues, passando por Mário de Andrade, no mesmo ano Gutemberg escreveu o artigo "Clarice Lispector ao rés do chão: fusão de literatura e jornalismo", que comenta uma faceta ainda pouco explorada da escritora. Agradeço a ele pelo trabalho de organizar todo o conteúdo sobre Clarice que publicamos neste volume.

São Paulo, 2018.

SOBRE A PARCERIA BIBLIOTECA MÁRIO DE ANDRADE E IMPRENSA OFICIAL DO ESTADO

NOURIVAL PANTANO JÚNIOR
DIRETOR-PRESIDENTE

> [...] ao longo dos anos frequentei bastante a sala de leitura, fiz palestras e participei de eventos. Como exemplo de evento [...], menciono a homenagem em memória de Federico Garcia Lorca em 1968, presentes seu irmão Francisco e o poeta Gabriel Celaya. Não falaram, mas estiveram na sala Pablo Neruda e Vinicius de Moraes. Como exemplo de palestra, lembro a que fiz em 1978 sobre Sérgio Milliet, notável diretor que fez da Biblioteca um centro de vida intelectual. Foi publicada no *Boletim Bibliográfico*.
> **Antonio Candido**[1]

Foi em 1992 que o *Boletim Bibliográfico* passou a ser designado *Revista da Biblioteca Mário de Andrade*. Esse periódico de cultura — artes, humanidades e literatura — nasceu em 1943. Mencionado pelo professor Antonio Candido ao lembrar-se do tempo em que frequentava aquele espaço de leitura, de reflexões e encontros com seus pares, o *Boletim* ressurgiu juntamente com o projeto de recuperação física e institucional da maior biblioteca pública de São Paulo, o segundo maior acervo do país, por ocasião de seus 80 anos.

A revista, que tem como uma de suas características dar espaço a discussões sobre o que a Biblioteca guarda e preserva, revela raridades desconhecidas até para especialistas. As edições que a Imesp teve a oportunidade de participar, anteriores a esta gestão, têm seções dedicadas à memória editorial, a bibliotecas, a dossiês que tratam de temas e de personalidades da vida intelectual brasileira, mantendo a tradição criada pelo *Boletim Bibliográfico*, incluindo-se bibliografias de referência em diversos assuntos. Mesmo com algumas interrupções, a revista foi publicada regularmente até 2003.

1 "Lembranças", *Revista da Biblioteca Mário de Andrade*, n.63, São Paulo, 2007, pp.125-8.

Em 2006, após um hiato de três anos, a publicação anual da revista foi retomada por iniciativa do diretor da BMA, Luis Francisco Carvalho Filho e do Secretário Municipal de Cultura, Carlos Augusto Calil. Nessa ocasião, a parceria firmada com a Imprensa Oficial do Estado de São Paulo possibilitou a impressão e a comercialização nas principais livrarias do país, de 2006 a 2012, dos números 62 ao 68 da revista, dedicados a temas substantivos como Impressão Régia, Missão Francesa, Literatura de cordel, Imigrantes em São Paulo, além de personalidades como Tarsila do Amaral, Anatol Rosenfeld, João Alexandre Barbosa, Jorge Amado, Boris Schnaiderman.

A parceria teve nova interrupção. Porém a partir de 2017, com o editor Charles Cosac dirigindo a Biblioteca, vislumbrou-se, uma vez mais, a perspectiva de atividades e publicações conjuntas com a Imesp, visto que a revista contava com dois números em desenvolvimento, um deles dedicado a Clarice Lispector e outro a Monteiro Lobato.

Logo identificamos a familiaridade da Imesp com esses dois autores, advinda de parcerias com a Edusp e com a Editora da Unesp, quando foram publicados em coedição, respectivamente, *Clarice fotobiografia* e *Monteiro Lobato, livro a livro: obra infantil*, este último vencedor do prêmio Jabuti na categoria Melhor livro do ano, em 2009.

Ter esses dois autores como objeto de estudos e homenagens da Revista da BMA apenas confirma e consolida sua importância e significado na vida literária brasileira.

A Imesp, cumprindo seu papel enquanto editora de interesse público, referenda — no âmbito de parcerias culturais mais amplas que nos competem — a política cultural e editorial do governo do Estado de São Paulo.

Espaços de memória: o lugar dos acervos

Claudia S. Rodrigues de Carvalho[1]

Os edifícios que abrigam coleções, notadamente os museus, os arquivos públicos e as bibliotecas, aspiram a ser fortalezas contra o tempo, conectando passado, presente e futuro, em prol da memória. Por se constituírem como o principal anteparo de segurança das coleções, suas características arquitetônicas devem contribuir para o estabelecimento de um ambiente adequado de preservação.

Assim como todo projeto de arquitetura deve responder a uma função, os edifícios que abrigam coleções devem responder ao gerenciamento da preservação de que se imbuem as instituições culturais para evitar a deterioração dos bens culturais e mitigar uma ampla gama de riscos – que podem ser naturais ou antrópicos, de variadas escalas de magnitude,

1 Claudia S. Rodrigues de Carvalho é arquiteta (1985) e doutora em História e Fundamentos da Arquitetura e Urbanismo pela Universidade de São Paulo (2006). É coordenadora do Plano de Conservação Preventiva do Museu Casa de Rui Barbosa e professora de cursos de mestrado em Preservação do Patrimônio Cultural. Também realiza pesquisas, projetos e consultorias relacionadas a edifícios que abrigam coleções.

catastróficos (como incêndios e inundações) ou simplesmente processos de deterioração gradual e cumulativa, de natureza física, química e biológica.

No momento em que Susan Keenes escreveu *Managing Conservation in Museums*, cuja primeira edição é de 1996,[2] a criação de condições para o gerenciamento da preservação de coleções estava se consolidando nesse campo, requerendo o emprego de ferramentas que tornassem os processos mais eficientes e eficazes. Ampliava-se a consciência de que a preservação requer um largo espectro de expertises que envolve desde a habilidade de realizar diagnósticos de degradação química – e de definir estratégias para mitigá-la ou revertê-la – até a de estruturar um ambiente de conservação, com controle de temperatura, umidade, poluentes, particulados e iluminação.

Segundo Robert Waller,[3] a preservação é o maior subsistema de um sistema maior de gerenciamento de coleções, e por isso é necessário antever todas as eventuais falhas que poderiam causar sua falência, o que resultaria em perdas irreversíveis e irrecuperáveis de recursos patrimoniais.

Uma vez que envolve o conhecimento e o controle de causas de danos que podem surgir num futuro relativo, a preservação deve ser conduzida da forma mais consciente e clara possível. Com vistas a contemplar tarefas tão desafiadoras, vêm sendo desenvolvidas, no campo do diagnóstico, análise e gerenciamento de riscos, teorias e práticas que subsidiam o planejamento de longo prazo.

Esse planejamento, por sua vez, requer um entendimento claro do escopo da preservação, o qual deve ser compartilhado por todos os profissionais envolvidos no cuidado com as coleções. Ele envolve as seguintes etapas: definição do contexto, identificação e quantificação dos riscos e desenvolvimento e implementação de tratamentos, entre os quais a criação de um ambiente de preservação.

O principal escudo dos acervos, que materialmente os protege das intempéries

2 Susan Keenes, *Managing Conservation in Museums*. Oxford: Butterworth-Heinemann, 1996.

3 Sarah Staniforth (Org.), *Historical Perspectives on Preventive Conservation*. Los Angeles: The Getty Conservation Institute, 2013.

do tempo e do clima, são os edifícios onde essas coleções estão abrigadas e cuja função principal é garantir sua segurança física, em espaços projetados de forma organizada e harmônica. Entretanto, muitos edifícios apresentam-se em condições que comprometem a preservação dos bens culturais neles depositados e expostos. As características de uma construção inapropriada vão desde sua localização – áreas poluídas, sem segurança e sujeitas a desastres naturais – até as peculiaridades arquitetônicas dos edifícios – como iluminação nociva ou níveis impróprios de temperatura e umidade, que favorecem ataques biológicos –, passando ainda por sistemas operacionais deficientes, que propiciam o vandalismo, a falta de manutenção e atitudes incorretas na manipulação dos acervos.

Em se tratando de edifícios que abrigam coleções, os aspectos da construção que garantem um ambiente de preservação eficiente, como o estabelecimento do programa arquitetônico, sua morfologia e as formas de controle ambiental, entendida como estratégia de preservação, devem ser avaliados quando da execução de um projeto novo ou de uma reforma. Um edifício que funcionará como primeira barreira contra os perigos externos a que podem se expor as coleções deve ser bem planejado, construído e equipado – atributos que dificilmente podem ser superpostos a uma obra acabada, quando então a mitigação dos riscos será cara e complexa, e nem sempre eficiente.

O programa arquitetônico dos edifícios que amparam coleções precisa atender a duas funções essenciais: o armazenamento, controle e conservação das coleções, por um lado, e, por outro, o acesso a elas, por meio de exposição e consulta. A essas funções essenciais somam-se outras mais técnicas, administrativas, de manutenção, de direção e controle, assim como aquelas relacionadas à difusão cultural, a atividades educativas e à amenização.

A despeito da sorte de itens culturais que acomodam, é necessário

FIGURA 1: Construção do edifício da Biblioteca Mário de Andrade em 1939, 3 anos antes de sua inauguração (1942). Fotografia de Benedito J. Duarte/Acervo BMA.

FIGURA 2: Edifício da BMA em 1952, dez anos após sua inauguração. Fotografia produzida pela Câmara Municipal de São Paulo/Acervo BMA.

que esses edifícios possuam áreas de três naturezas: reservadas ao acervo; técnicas e administrativas; e de atendimento ao público. Elas devem oferecer graus diferenciados de acesso e estar interligadas por dois eixos de circulação principais: o das coleções e o do público. Inserem-se ainda no programa arquitetônico os setores de uso público e aqueles destinados à infraestrutura e à manutenção. Em todos os casos é necessário dar atenção especial à acessibilidade e à necessidade de expansão.

Muitos trabalhos voltados para os requisitos dessas construções[4] abordam seu local e o entorno dele; o invólucro do prédio; o planejamento dos espaços, bem como sua ocupação e a seleção de materiais para compor o interior; as medidas e os sistemas para a prevenção e combate a incêndios; o gerenciamento climático para fins de preservação dos acervos; a prevenção e a contenção de danos aos acervos por contato com água; a segurança contra furto, roubo e vandalismo; as medidas cabíveis para o manejo de pragas nocivas aos itens ali abrigados; as unidades de armazenamento das coleções; as condições de iluminação e qualidade do ar nas áreas de guarda.

Entende-se que a localização ideal para edifícios que abrigam coleções deve ser afastada de zonas de riscos naturais – como inundações, terremotos, desabamento, explosões, infestações –, bem como de zonas vulneráveis, próximas de mares, rios e lagoas, ou sujeitas a inundações – como terrenos pantanosos ou onde o nível do lençol freático seja muito superficial. Regiões com ventos salinos e com resíduos arenosos, bem como poluição decorrente de atividades industriais, também devem ser evitadas. O solo precisa ser estável e capaz de suportar a carga do edifício, sem apresentar problemas em suas fundações e admitindo expansões. Por outro lado, os prédios que amparam coleções são espaços de memória que contribuem para a afirmação das identidades coletivas, e seu

4 Michael Trinkley, *Considerações sobre preservação na construção e reforma de bibliotecas: planejamento para preservação*. Trad. José Luiz Pedersoli Jr. Rio de Janeiro: Projeto Conservação Preventiva em Bibliotecas e Arquivos, Arquivo Nacional, 1997.

potencial como instrumento de desenvolvimento urbano e social deve ser corretamente equacionado.

O edifício deve funcionar como barreira entre o ambiente externo e o interno, portanto as coberturas, os fechamentos e os vãos devem estar aptos às requisições de impermeabilização, isolamento térmico e invasão. O sistema estrutural precisa observar aspectos relacionados à sobrecarga das lajes, assim como o dimensionamento dos vãos e a flexibilidade para expansão têm de ser compatíveis com a classe de acervos a serem abrigados. Da mesma forma, o sistema de prevenção e combate a incêndio, com detecção de fumaça, alarmes e rotas de escape bem sinalizadas, deve ser apropriado para os materiais ali armazenados.

A iluminação não pode menosprezar os requisitos de eficiência energética, considerando-se que os danos causados por uma iluminação inadequada são cumulativos e irreversíveis. Nesse sentido, é imprescindível que os dispositivos de iluminação dessas construções possibilitem o controle dos efeitos térmicos provocados pela radiação visível e infravermelha e a redução dos efeitos fotoquímicos da radiação ultravioleta.

A concepção das

instalações não pode descuidar do suprimento de emergência para as redes elétricas, e as hidrossanitárias não devem estar próximas das áreas de depósito.

Com relação à proteção física e à segurança patrimonial, estudos específicos[5] têm classificado como principais elementos a serem observados: a influência das edificações vizinhas e o controle do perímetro do terreno e de seus acessos; as soluções paisagísticas; os sistemas de segurança, com alarmes, detectores de presença e circuitos de filmagem.

Internamente, a correta especificação de materiais de revestimento é o que garantirá a permanência desses espaços. Durabilidade, resistência ao uso público e ao fogo, facilidade de manutenção e capacidade de isolamento higrotérmico são características que devem ser comuns tanto aos materiais de revestimento quanto aos dos equipamentos e mobiliários.

Reações químicas que provocam o envelhecimento rápido de muitos suportes e estão relacionadas a níveis incorretos de temperatura e umidade relativa, ao contato com poluentes, à exposição à radiação ultravioleta e a períodos prolongados de intensa umidade aumentam

FIGURA 3 [AO LADO, ACIMA]: BMA atualmente. Fotografia de Maíra Acayaba/Acervo Piratininga Arquitetos Associados.

FIGURA 4 [AO LADO, ABAIXO]: Interior do Museu de Arte Moderna (MoMA), Nova York. No detalhe, o equilíbrio entre iluminação natural e artificial. Fotografia da autora.

FIGURA 5: Fachada do Museu do Quai Branly, Paris. Fotografia da autora.

5 Museu de Astronomia e Ciências Afins e Museu Villa-Lobos. *Política de segurança para arquivos, bibliotecas e museus*. Rio de Janeiro: Mast, 2006.

a vulnerabilidade à biodeterioração.[6] Nas regiões tropicais, onde se verificam altos níveis de temperatura e umidade relativa durante todo o ano, a manutenção de um ambiente de preservação requer uma visão holística que vai além dos padrões estabelecidos, pois ele envolve custos elevados de estruturação, operação e manutenção, e sempre que possível devem ser avaliadas alternativas sustentáveis para a solução do problema.

As condições ambientais que afetam os edifícios e as coleções que eles abrigam resultam da interação complexa de grandes forças naturais e climatológicas, de particularidades do sítio, do sistema construtivo do edifício e seu desempenho termo-higrométrico, da ocupação e do uso do espaço e da sensibilidade dos itens abrigados.[7]

O controle ambiental baseia-se na correta compreensão das condições às quais os acervos estão expostos. As estratégias de controle ambiental devem observar hierarquias definidas em função das ameaças do ambiente – por exemplo, qual fator afeta mais um determinado grupo de materiais –, estabelecendo-se assim as prioridades. Importa ainda um cuidado redobrado com coleções que estão aclimatadas, cujo equilíbrio com o ambiente circundante deve ser avaliado antes que se proceda a alguma modificação que, alterando esse equilíbrio, possa provocar perdas irreversíveis.

Estratégias de controle ambiental podem variar desde a utilização de elementos arquitetônicos que favoreçam o desempenho climático da edificação e o controle passivo, até a instalação de sistemas mecânicos complexos de grande porte. Sua efetividade vai depender, principalmente, de sua capacidade de atender aos objetivos, de mitigar as causas da deterioração do acervo, de

sua adequação aos edifícios e às coleções e de ser de fácil instalação e manutenção.

A incorporação das recomendações para preservação de acervos ao projeto arquitetônico dessas construções[8] pode não afetar seu aspecto formal – a não ser no que tange à iluminação e à relação entre cheios e vazios –, mas contribui para a funcionalidade do edifício.

A maior parte dos elementos aqui discutidos tem grande impacto na preservação das coleções e exerce uma influência invisível nos projetos de arquitetura, uma vez que eles estão, em grande medida, distantes do olhar do público ou são quase imperceptíveis para ele – por exemplo, a doca de carga e descarga, o monta-cargas para obras de grandes dimensões, os corredores e portas corretamente dimensionados para o transporte seguro dos objetos, o mobiliário de guarda e condicionamento dos acervos etc. Do mesmo modo, a constituição das paredes, seu isolamento térmico ou o carregamento das lajes não influenciam na percepção do espaço.

Esses edifícios se revestem de um caráter simbólico, materializando a importância de se preservar e expressar a cultura própria de uma região, num determinado momento histórico. Através do processo de armazenamento de dados se organiza a memória do indivíduo e da sociedade em que ele vive, e fortalece-se o espírito cidadão de acumular e preservar o patrimônio cultural para transmiti-lo às gerações futuras.

O projeto arquitetônico dos prédios que abrigam coleções é de grande complexidade e deve equacionar o conflito entre suas funções de preservar um acervo e de dar acesso a ele. Tal equacionamento pode ter custos altíssimos, demandando que, sobretudo nas regiões tropicais, sejam priorizadas a sustentabilidade e a eficiência energética – algo que só pode ser atingido com o compromisso de gerenciamento da preservação num sentido amplo e para o longo prazo.

FIGURA 6: Interior do Getty Museum, Los Angeles. No detalhe, o acabamento das vitrines e das paredes internas. Foto da autora.

6 Gary Thomson, *The Museum Environment*. Nova York: Butterworths, 1981.

7 Schin Maekawa, Vincent L. Beltran e Michael C. Henry, *Environmental Management for Collections: Alternative Preservation Strategies for Hot and Humid Climates*. Los Angeles: The Getty Conservation Institute, 2015.

8 Claudia S. Rodrigues de Carvalho, *O espaço como elemento dos acervos com suporte em papel*. Rio de Janeiro: Academia Brasileira de Letras, 1998.

Autor: JOÃO MELQUÍADES DA SILVA
O PAVÃO
MISTERIOSO

A Coleção de Folhetos de Cordel da Biblioteca Mário de Andrade

Rizio Bruno Sant'Ana[1]

A Biblioteca Mário de Andrade (BMA) adquiriu o acervo de folhetos de cordel do embaixador brasileiro Rubem Amaral Jr. Essa grande coleção, iniciada no Rio de Janeiro em meados dos anos 1960, contém mais de 6 mil itens, incluindo 250 livros sobre o assunto: uma importante bibliografia de obras de referência (dicionários, biografias, catálogos e antologias). Em homenagem ao centenário da morte de Leandro Gomes de Barros (1865-1918), considerado até hoje o maior autor de cordéis, e ao recente reconhecimento da literatura de cordel como patrimônio cultural imaterial brasileiro pelo Instituto do Patrimônio Histórico e Artístico Nacional (Iphan), apresentaremos aqui uma breve história do surgimento dos folhetos de cordel no Brasil e descreveremos sinteticamente esta coleção do embaixador, com 6 mil folhetos, que será reunida ao acervo de pouco mais de 330 folhetos de cordel já disponível aos pesquisadores da BMA.

Origem

No século XV, com o advento da imprensa e o barateamento das publicações, a Europa viu o surgimento de uma literatura popular baseada em histórias e casos antes contados oralmente. Novelas antigas e notícias recentes puderam ser impressas em pequenos folhetos e vendidas rapidamente ao povo, nas ruas. Essa literatura continuou a ser popular durante muito tempo, e só perdeu mercado com a popularização de jornais e revistas ilustradas, entre o final do século XIX e o início do XX.

Os folhetos eram chamados na Espanha de *literatura de cordel*, porque ficavam suspensos em cordéis, ou barbantes, para exposição e venda nas feiras. Na França, essa prática era chamada *littérature de colportage* (com o sentido de "carregar no pescoço"), prática também comum

FIGURA 1: Capa do folheto *O pavão misterioso*, de João Melquíades F. da Silva, publicado em Guarabira (PB), em 1963, por A Estrêlla da Poesia. A obra tem 32 páginas e, assim como as outras reproduzidas neste artigo, integra a Coleção de Folhetos de Cordel da BMA.

1 Curador de obras raras da Biblioteca Mário de Andrade.

em Portugal, onde as *folhas volantes* ou *romances de cegos* eram vendidos em tabuleiros transportados por ambulantes cegos. Impresso em Lisboa, em 1692, a *Tragedia do Marquez de Mantua, & do Emperador Carlos Magno* é o mais antigo folheto da Coleção Rubem Amaral Jr. Ao reproduzir em seu *Romanceiro* as primeiras obras literárias portuguesas, em 1851, Almeida Garrett comenta esse folheto: "Ei-lo que se apea de seu classico barbante em que tantos annos cavalgou, e despindo o papel-pardo em que o imbrulhavam os cegos e vendilhões de nossas feiras, vem o nobre *Marquez de Mantua* tomar o seu logar entre os mais venerandos e antigos romances do cyclo de Carlos Magno".[2] O folheto *Pregação de João Coelho*, de Lisboa, 1787, também desta coleção, traz na página de rosto a informação: "Impressa à custa de seu dono, e vende-se nas mãos dos cegos". O primeiro estudo do fenômeno do cordel em Portugal foi realizado por Teófilo Braga em 1881.[3]

Alguns dos folhetos portugueses que circulavam em nosso país, na época da Colônia, passaram a ser reeditados no Brasil, a partir da criação da imprensa no Rio de Janeiro, em 1808. Segundo Rubens Borba de Moraes, "Foi a Impressão Régia que lançou no Brasil esse gênero de leitura popular que fez fortuna entre nós. Começou reimprimindo os de maior sucesso no momento em Portugal e publicou outros tradicionais".[4] Entre estes, aparecem a *Historia da donzella Theodora* e a *Historia verdadeira da princeza Magalona*, ambas impressas em 1815. O primeiro texto provém de um conto original árabe que faz parte do ciclo das *Mil e uma noites*, recebeu uma versão em espanhol, em 1490, e outra em português, em 1712; já a *Princeza Magalona* é um original francês de 1492, com versão em espanhol, de 1519, e em português, de 1783. Essas obras são populares até hoje: temos na BMA quatro exemplares da *Princeza Magalona*, dos anos 1950 e 1960, e mais de uma dezena de exemplares da *Donzella Theodora*, incluindo uma edição portuguesa de 1758 e vários folhetos brasileiros com datas entre 1948 e 2002.

FIGURA 2: Capa de *Marquez de Mantua*, de Baltasar Dias. Lisboa: Officina de Domingos Carneyro, 1692. 24p.

---

2 Almeida Garret, *Romanceiro*. 3.ed. Lisboa: Imprensa Nacional, 1875. v.3. p.213.

3 Teófilo Braga, "Os livros populares portuguezes (folhas-volantes ou litteratura de cordel)". *Era nova: revista do movimento contemporâneo*, Lisboa, v.1, n.2, pp.49-62, 1881. Disponível em: http://hemerotecadigital.cm-lisboa.pt/Periodicos/EraNova/N02/N02_item1/P1.html. Acesso em: 5 set. 2018.

4 Rubens Borba de Moraes, *Livros e bibliotecas no Brasil colonial*. Rio de Janeiro: LTC, 1975. p.119.

5 Sílvio Romero, *Estudos sobre a poesia popular do Brazil, 1879-1880*. Rio de Janeiro: Laemmert, 1888. pp.342-3.

6 Carlos Jorge Dantas de Oliveira. *A formação da literatura de cordel brasileira*. Santiago de Compostela, 2012. p.7. Tese (doutorado). Disponível em: www.yumpu.com/pt/document/view/21920754/a-formacao-da-literatura-de-cordel-brasileira-repositorio-. Acesso em: 5 set. 2018.

7 Márcia Abreu, *Histórias de cordéis e folhetos*. Campinas: Mercado de Letras, 1999. p.129.

8 Gilmar de Carvalho, "Um aedo sertanejo: Patativa do Assaré e o mundo do cordel". *Revista da Biblioteca Mário de Andrade*, São Paulo, v.66, pp.135-57, 2010.

MARQUEZ DE MANTUA.

TRAGEDIA DO MARQUEZ DE MANTUA;
& do Emperador Carlos Magno.
A qual trata como o Marquez de Mantua andando perdido na caça, ach u a Valdovinos ferido de morte; & da justiça que por sua morte foy feyta a D. Carloto, filho do Emperador.

PESSOAS.

O Marquez de Mantua.	2. O Conde D. Beltraõ.
Valdovinos seu sobrinho.	O Empera d r.
Hum pagem.	Ganalaõ.
Hum Ermitaõ.	A Emperatriz.
Dous Embayxadores chamados	A mãy & esposa de Valdovinos.
1. Duque Amaõ.	D. Carloto Reynaldos de Montalvaõ.

LISBOA. Com as licenças necessarias.
Na Officina de Domingos Carneyro, Anno 1692.

Literatura de cordel

O formato hoje mais conhecido é o chamado *folheto* (brochura pequena, de 15 x 11 cm, com 8 ou 16 páginas de texto, capa de papel-manilha colorido e miolo em papel-jornal); existem também textos mais longos, até 48 ou 64 páginas, chamados de *romances*. Apareceram principalmente em Pernambuco, na Paraíba e no Ceará, entre o final do século XIX e o início do XX, com autores como Leandro Gomes de Barros (1865-1918), Francisco das Chagas Batista (1882-1930) e João Martins de Athayde (1880-1959). Carlos de Oliveira diz que "Juntos, eles foram os responsáveis pela criação de uma literatura popular única e autóctone, tendo como modelos estéticos e textuais os estilos da poesia oral improvisada – simplificadamente chamada de cantoria de viola ou repente".[6]

Márcia Abreu é da opinião de que a literatura de cordel brasileira teve características próprias, que não se confundiam com seus congêneres de outros países, e defende uma origem nordestina

Em meados do século XIX, outras editoras do Rio de Janeiro passaram a imprimir folhetos, como a Livraria H. Antunes e a Quaresma. Sílvio Romero afirmava já em 1888: "A literatura ambulante e de cordel no Brasil é a mesma de Portugal". Após listar alguns títulos, completa: "o povo do interior ainda lê muito as obras de que falamos, mas a decadência por este lado é patente: os livros de cordel vão tendo menos extração depois da grande inundação dos jornais".[5] Na verdade, ele se referia aos folhetos portugueses vendidos no Brasil, pois, ao contrário dessa pretensa *decadência*, a produção de folhetos brasileiros ainda não havia se iniciado no Nordeste, e veio sempre crescendo, até pelo menos a década de 1960.

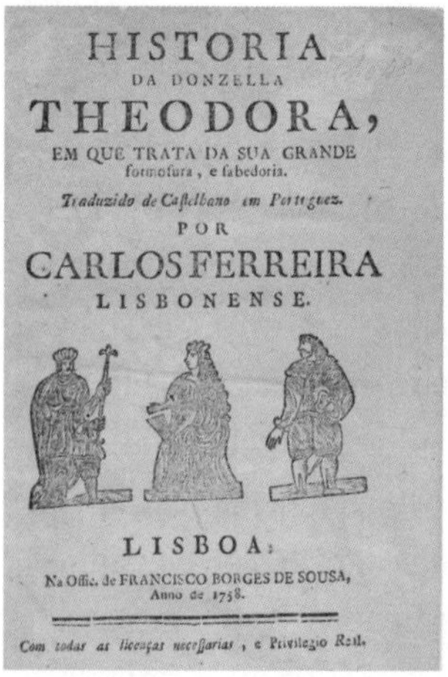

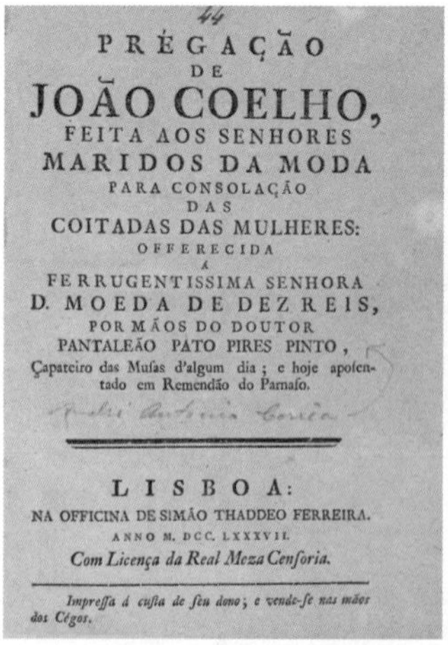

FIGURA 3: Capa de *Historia da Donzella Theodora, em que se trata da sua grande formosura, e sabedoria*, de Carlos Ferreira. Traduzido do castelhano para o português por Carlos Ferreira Lisbonense. Lisboa: Officina de Domingos Carneyro, 1692. 24p.

FIGURA 4: Capa de *Prégação de João Coelho, feita aos senhores maridos da moda para consolação das coitadas das mulheres*, de André Antonio Correa. Lisboa: Officina de Simão Thaddeo Ferreira, 1787. 15p.

dos folhetos. Segundo ela, das centenas de cordéis portugueses que aqui chegaram, apenas os três mais conhecidos (incluindo os dois já citados) tiveram versões impressas no Nordeste antes da década de 1930, quando essa literatura já estava bem estabelecida entre nós.[7] Por outro lado, Gilmar de Carvalho diz que o folheto seria o suporte "de um imaginário que veio na bagagem do colonizador e que aqui se adaptou", com a contribuição da cantoria e da métrica, além das heranças indígenas e africanas, "resultando em um produto que sintetiza nosso sincretismo" e portanto seria equivocado falar em cultura autóctone, pois "a dinâmica da cultura implica um processo de trocas".[8]

De toda forma, no Brasil essa literatura popular teve início com os versos entoados por cantadores e repentistas, com destaque para as *pelejas* (disputas entre dois autores). Tanto Silvino Pirauá de Lima (1848-1913) como João Melchíades da Silva (1869-1933) publicavam folhetos e cantavam nas feiras, fazendo propaganda do cordel. A tradição dos violeiros e cantadores, para Laurence Hallewell, é o motivo da diferença entre os folhetos portugueses e espanhóis: "A peculiaridade mais notável dos folhetos de cordel brasileiros é que quase todos são escritos em verso".[9] Os folhetos que

9 Laurence Hallewell, *O livro no Brasil: sua história*. 3.ed. São Paulo: Edusp, 2012. p.702.

10 Ruth Brito Lêmos Terra, *Memória de lutas: literatura de folhetos do Nordeste* 1893-1930. São Paulo: Global Editora, 1983. p.17. [Texto apresentado como dissertação de mestrado à FFLCH-USP em 1979.]

11 Gilmar de Carvalho, *A xilogravura de Juazeiro do Norte*. Fortaleza: Iphan, 2014. p.142.

12 Id., "Um aedo sertanejo...", op. cit.

13 Laurence Hallewell, op. cit., p.706.

14 Luís da Câmara Cascudo, *Cinco livros do povo: introdução ao estudo da novelística no Brasil*. Rio de Janeiro: José Olympio, 1953.

traziam antigas histórias de Portugal, em prosa, eram recriados em estrofes (chamadas de sextilha) de seis versos e sete sílabas.

Ruth Terra diz que o poeta de cordel "gozava de uma independência econômica desconhecida do cantador; enquanto este vivia geralmente sob a tutela dos fazendeiros, promotores de cantorias, aquele podia contar com a venda de folhetos para o seu sustento".[10] O elevado analfabetismo entre a população poderia, por um lado, limitar a venda, mas, por outro, a audição dos cordéis cantados nas feiras ajudava na divulgação, e o folheto era depois *lido* em conjunto, no ambiente familiar. O próprio embaixador Rubem Amaral Jr., ao descrever a formação de sua coleção, comenta: "Desde criança, assisti a desafios de cantadores e emboladores e a leituras de folhetos nas praças de Fortaleza, minha cidade natal". Gilmar de Carvalho confirma: "Certo é que o folheto não é apenas um texto para ser lido, solitariamente, mas de preferência em voz alta, para os que não sabiam ler".[11]

O termo *literatura de cordel*, usualmente empregado para designar essa produção, não era utilizado entre os escritores de folhetos no Nordeste. Segundo Gilmar de Carvalho, "Parece-me inadequado confundir cordel com folheto", pois este seria apenas "uma das formas de expressão do que se convencionou chamar, muito mais recentemente, de literatura de cordel".[12] Laurence Hallewell, por exemplo, dirá que essa indústria editorial "é conhecida pelo nome de *folhetos de feira* e, entre os estudiosos, de *literatura de cordel* – expressão espanhola".[13] Câmara Cascudo se referia apenas à *literatura popular* e comentava, em 1953: "No Brasil diz-se sempre folhetos referindo-se a estas brochurinhas em versos. Um título genérico não conheço".[14]

O verbete *cordel* não é citado nas três primeiras edições de seu *Dicionário de folclore brasileiro*, publicado a partir de 1954. Já na 4ª edição, de 1987, ele cria o verbete *Literatura de cordel* e diz: "Denominação dada em Portugal e difundida no Brasil depois de 1960, referente aos folhetos impressos", mas completa: "Cordel é vocábulo desusado no Brasil, mesmo entre letrados". O motivo principal da não utilização do termo, como em Portugal e Espanha, é que no Brasil os folhetos não eram vendidos pendurados e sim em balcões ou tabuleiros nas ruas, ou até mesmo em malas, as quais, abertas, se transformavam em expositores (que ajudavam também na hora de despistar a fiscalização, quando chegava o *rapa*). A apropriação do termo pelos escritores se deu pelo uso entre os pesquisadores estrangeiros, e a aceitação foi tão grande que já há algum tempo é comum se encontrar os folhetos pendurados nas feiras do Nordeste, em fios de nylon ou barbante.

Tipografias

A impressão de folhetos só aparece no Nordeste no final do século XIX. Os cordéis mais antigos dessa região são de 1893, assinados por Leandro Gomes de Barros, que publicou quase mil títulos no Recife, dos quais são conhecidos hoje menos de trezentos. Francisco das Chagas Batista, de João Pessoa, começou a imprimir seus folhetos em 1902 e abriu a Livraria Popular Editora em 1913, uma das primeiras especializada em cordel. Essa folhetaria, como era chamada, foi visitada por Mário de Andrade em janeiro de 1929, em sua viagem pelo Norte e Nordeste: "Existe aqui na Paraíba uma tipografia que estava na obrigação de ser célebre no país tudinho, se fôssemos patriotas de verdade. É a tipografia Popular Editora, de F. C. Batista Irmão. Publica folhetos, 'foiêtes', como falam meus cantadores, com versos populares".[15] A editora Guajarina, de Belém, inicia em 1914 a produção de folhetos no Pará, que, com o início do ciclo da borracha na Amazônia, foi o destino de milhares de nordestinos que fugiam da seca.

Para que o folheto não fosse copiado por outros e vendido sem autorização, Leandro tinha a preocupação de marcar suas obras com um acróstico nas estrofes finais dos poemas, onde cada verso se iniciava com uma das letras de seu nome, recurso adotado por outros autores. No entanto, nem sempre isso era garantia de que a autoria seria respeitada, havendo casos de trocas de versos para apagar a marca original. Após a morte de Leandro, João Martins de Athayde, do Recife, que editava seus próprios cordéis desde 1909, comprou da viúva do primeiro os direitos de suas obras, muitas vezes as reimprimindo como se fossem suas, com seu nome, intitulando-se editor-proprietário dos textos. José Bernardo da Silva, por sua vez, montou em 1926 a Tipografia São Francisco, em Juazeiro do Norte, no Ceará, e em 1949 comprou de Athayde todo seu equipamento de imprensa e os direitos sobre 4 mil obras de vários autores, incluindo Leandro.

Essa foi a mais importante editora popular do Nordeste: produzia 300 mil folhetos por mês na década de 1940 e mais de 1 milhão por ano em 1950. A tiragem normal era de

15 Mário de Andrade, *O turista aprendiz*. São Paulo: Duas Cidades, Secretaria da Cultura de São Paulo, 1976. p.309.

16 Laurence Hallewell, op. cit., pp.716-7.

17 Luli Hata. *O cordel das feiras às galerias*. Campinas, 1999. Dissertação (mestrado) – Unicamp. Disponível em: <www.repositorio.unicamp.br/handle/REPOSIP/270030>. Acesso em: 5 set. 2018.

18 Raymond Cantel, *A literatura popular em verso e a sua merecida importância*, apud Carlos Jorge Dantas de Oliveira, op. cit., p.82.

cerca de 10 mil folhetos de cada título, mas durante as décadas seguintes foi diminuindo, até chegar a mil folhetos nos anos 1980.[16] Manoel Camilo dos Santos abriu em Campina Grande, Paraíba, A Estrela da Poesia, e disputava o segundo lugar com João José da Silva e sua Editora Luzeiro do Norte, do Recife, que foi vendida em 1975 para a Editora Prelúdio, em São Paulo. Criada em 1952, mudou de nome para Luzeiro em 1981 e se tornou a maior editora de cordel brasileira, voltando a vender mais de 1 milhão por ano. A Prelúdio lançou nos anos 1950 uma nova modalidade de folheto, com papel de melhor qualidade e capa impressa em *offset* em duas cores, com ilustrações chamativas.[17] Com o cordel *Vida e tragédia do presidente Getulio Vargas*, de Antonio Teodoro, tirou 260 mil exemplares só na primeira edição, em 1954. Vendida para outra casa editorial em 1995, mantém o nome e continua produzindo e vendendo folhetos, inclusive pela internet, mas com uma tiragem menor e um acervo de menos de trezentos títulos. Muitos cordelistas reconhecem que hoje a maioria dos folhetos é comprada por estudantes, pesquisadores ou turistas, tendo diminuído muito seu consumo popular.

No entanto, os cordéis resistem e, segundo Cantel, já são a maior literatura popular do mundo:

> A literatura popular em verso publicada em folhetos a partir dos anos de 1890 no Nordeste do Brasil representa sem dúvida o acervo mais importante quantitativamente entre as literaturas populares do mundo. Fala-se em 12 mil e até 20 mil títulos diferentes. Qualitativamente ela representa o repositório mais autêntico das ideias e dos sentimentos do povo nordestino. É fonte de informação incomparável para o sociólogo, historiador e o estudioso da fala do povo e dos variadíssimos processos poéticos da literatura oral que os folhetos não deixam de representar.[18]

Os assuntos tratados nos poemas são os mais diversos, indo dos temas líricos aos políticos, da história aos fatos atuais, servindo tanto de fonte de entretenimento como de informação. Lampião e o cangaço, Padre Cícero e os romeiros: os acontecimentos do cotidiano nordestino sempre foram o principal tema dos cordéis, ao lado das novidades do momento, que exigiam agilidade na produção dos folhetos. José Francisco Soares, que se intitulava "poeta-repórter", publicou no Recife *A morte de Juscelino Kubitschek* no dia seguinte ao fato de 22 de agosto de 1976, imprimindo 3 mil exemplares. Isso só foi possível porque o autor mantinha em arquivo versos já preparados sobre a vida de várias personalidades importantes, tal como os atuais bancos de dados dos jornais, e apenas completou o cordel com os versos necessários. Existe ainda o uso institucional dos folhetos: o Ministério da Agricultura usava o folheto de cordel para se apresentar aos pequenos agricultores do Nordeste na década de 1970, e em São Paulo a CPTM e a Secretaria dos Transportes Metropolitanos criaram em 2002 o I Concurso Paulista de Literatura de Cordel para divulgar o metrô paulistano.

publicada na parte interna de um folheto de Leandro de Barros. Embora a xilo tenha sido usada algumas poucas vezes, o mais comum era a ilustração impressa por zincografia em chapa de metal desenhada ou com clichês descartados de propagandas de jornais. Ao contrário do que se pensa, apenas em meados do século XX se popularizou o uso da xilogravura para esse fim, quando artesãos populares (por vezes, o próprio autor) começaram a ilustrar as capas dos folhetos com representações dos personagens ou do tema do poema, para baratear o custo. É o que conta Liêdo Souza:

> Apesar de parecer muito antiga e preferida dos poetas, para ilustrar as capas de folheto, a xilogravura ou gravura de madeira, hoje muito "badalada" pelo público e por um comércio sofisticado de arte, nunca teve na realidade, em todo o período de sua história, o prestígio e a popularidade das chamadas gravuras de zinco, com desenhos rabiscados a lápis, de artistas populares, cartões-postais de amor, e fotografias de artistas de cinema.[19]

Ilustrações

Inicialmente, os folhetos tinham uma capa simples, chamada de capa cega, que era enfeitada apenas com tipografia variada e poucos recursos gráficos. A primeira ilustração de um folheto de cordel no Nordeste aparece em 1907, com uma xilogravura (impressa a partir de uma matriz em madeira)

Quando a Universidade Federal do Ceará começou a formar o acervo do que viria a ser o Museu de Arte Contemporânea, na década de 1960, enviou artistas plásticos (Sérvulo Esmeraldo, Floriano Teixeira e Lívio Xavier) para adquirir gravuras e matrizes xilográficas nas tipografias de folhetos. A xilogravura popular só despertou a atenção de um público mais amplo após a publicação em Paris, em 1965, de um álbum com gravuras de Mestre Noza, que ilustrava folhetos desde os anos 1940. Para Marco Haurélio, a procura dos cordéis por causa da capa é uma inversão de valores, pois a essência do cordel está no texto. "O acessório tornou-se mais importante que o essencial",[20] diz ele.

Coleção de folhetos da BMA Rubem Amaral Jr. é Embaixador e Ministro de Primeira Classe. Nascido em Fortaleza, Ceará, em 1938 formou-se em direito e fez o Curso de Altos Estudos do Instituto Rio Branco, onde mais tarde foi professor-assistente de Introdução ao Direito e Direito Público. Foi cônsul-geral adjunto em Lisboa, de 1985 a 1989, e embaixador em Honduras, de 1995 a 2000. Publicou dez livros e artigos sobre literatura e história.

A Coleção de folhetos do Embaixador Rubem Amaral Jr. é formada por obras de diversos tipos, com um total de mais de 6 mil itens, sendo 5.800 folhetos (em prosa e verso) e 250 títulos de livros e periódicos. Cerca de 250 folhetos, publicados nas décadas de 1920 a 1950 (vários sem a data de edição impressa, como é comum nesse tipo de publicação), podem ser considerados raros ou difíceis de serem encontrados. São produções das editoras Guajarina e Vitória, de Belém do Pará, das tipografias de João Martins de Athayde e de João José da Silva, do Recife, da Livraria Bahiana, de Salvador, e da Tipografia São Francisco, de Juazeiro do Norte.

O colecionador informa, no texto de abertura da listagem completa da sua coleção, que o folheto brasileiro datado mais antigo é de 1919: trata-se da *História completa do celebre cangaceiro Antonio Silvino: sua vida de crimes e seu julgamento*, de Francisco das Chagas Baptista (Rio de Janeiro, Livraria H. Antunes,

FIGURA 5: Capa de *Estória da Donzela Teodora*, de João Martins de Athayde. Juazeiro do Norte (CE): Lira Nordestina, 1980. 32p.

19 Liêdo Maranhão Souza, *O folheto popular: sua capa e seus ilustradores*. Recife: Fundação Joaquim Nabuco; Massangana, 1981. p.15.

20 Marco Haurélio, *Breve história da literatura de cordel*. São Paulo: Claridade, 2010. p.100.

1919). E se queixa: “Mas não há nenhum folheto original editado por Leandro Gomes de Barros”. Todavia, encontramos, fora da listagem, duas cópias incompletas (provavelmente na origem), de um folheto mais antigo ainda, e justamente de Leandro. Trata-se de um folheto duplo, com parte dos textos *A guerra, a crise e o imposto* e *Lembranças do passado*, 2ª edição da Guerra Geral (Recife: Tipografia Perseverança, 1914?), sobre a Primeira Guerra Mundial e a carestia dos tempos atuais.

A data provável do folheto é da época em que Leandro ainda mantinha em sua casa a Tipografia Perseverança, à rua do Alecrim, nº 34, no Recife (endereço que aparece na capa da publicação). Como muitos folhetos não trazem a data de impressão, o endereço pode ser usado como forma de datação, pois Átila de Almeida indica que o autor viveu nessa rua entre 1913 e 1914.[21] Sebastião Nunes Batista se refere, na *Bibliografia prévia de Leandro Gomes de Barros*, ao único exemplar até então conhecido, que se encontra na Biblioteca da Fundação Casa de Rui Barbosa, dizendo: “O folheto está truncado na impressão. Do primeiro poema há, apenas, as páginas 5 a 8, e do segundo poema as páginas 9 a 12”, exatamente como nos nossos exemplares.[22]

Temos seis folhetos raros publicados na década de 1920 e mais 31 exemplares da década de 1930, em sua maioria editados pela Guajarina, de Belém. Grande parte da coleção é de folhetos publicados em São Paulo pelas editoras Prelúdio e Luzeiro entre meados e o final do século XX. Cerca de 40% da coleção consta como folheto sem data, mas pelas editoras e locais de produção pode-se presumir que a maior parte seja também desse período, a partir dos anos 1980. Todos os folhetos são produções originais, quer sejam impressos em tipografias, em *offset*, mimeografados ou fotocopiados.

Os folhetos foram reunidos, segundo o próprio colecionador, com um critério amplo, sem uma pré-seleção quanto ao assunto ou à qualidade dos textos ou dos autores. Os folhetos propriamente de literatura popular constituem a maioria da coleção, mas também existem folhetos educativos, institucionais, de propaganda comercial ou eleitoral, bem como alguns em prosa sobre temas folclóricos, religiosos, ambientais etc., muitos produzidos já depois do ano 2000. Foram incluídas nessa coleção diferentes edições de um mesmo folheto, fato que atesta a reprodução e o aceite popular das histórias. Temos, por exemplo, 32 cópias de diversas datas e editoras de *A chegada de Lampião no inferno*, de José Pacheco da Rocha (1890-1954).

Embora em quantidade bem menor do que os brasileiros, os 68 folhetos antigos portugueses e espanhóis, publicados do final do século XVII até princípios do XX, são muito raros e difíceis de encontrar na maioria das bibliotecas do Brasil ou mesmo do mundo, e foram adquiridos durante o serviço diplomático de Rubem Amaral Jr. na Europa. São destaques, além dos citados *Marquez de Mantua*, de 1692, e *Donzella Theodora*, de 1758, o *Romance devoto em que se referem as muitas indulgencias*, Lisboa, 1748; *Fe de vida*, Madrí, 1749; *Relação da novena, e processaõ que*

FIGURA 6: Capa de *A chegada de Lampião no inferno*, de José Pacheco. Condado (PE): A Voz da Poesia Nordestina de José Costa Leite, 1970. 16p.

se fez a S. Francisco de Borja, Coimbra, 1756; *Pregação de João Coelho, feita aos senhores maridos da moda para consolação das coitadas das mulheres*, Lisboa, 1787; *Historia da imperatriz Porcina*, Lisboa, 1822; *Historia de João de Calais*, Lisboa, 1827; e *Doña Francisca la Cautiva*, Valência, 1837. Interessante e também raro, o cordel intitulado *Quadras feitas por occasião da despedida do nosso augusto soberano no Rio de Janeiro*, impresso em Lisboa, em 1821, narra o regresso de d. João VI e da corte portuguesa do Brasil para Portugal.

Os folhetos e livros estão em bom estado de conservação, passaram por um processo de desinfestação por radiação gama no Ipen-USP e já começaram a ser higienizados. Estamos retirando os grampos de metal dos folhetos, que foram amarrados com linha, quando necessário. Ao mesmo tempo, estamos adquirindo caixas especiais para a guarda do acervo. Para auxiliar a catalogação e o registro dos folhetos de cordel serão utilizadas as obras de

21 Átila Augusto F. de Almeida, *Dicionário bio-bibliográfico de repentistas e poetas de bancada*, I. Campina Grande: Editora Universitária, Centro de Ciências e Tecnologia, 1978. p.80.

22 Sebastião Nunes Batista, *Bibliografia prévia de Leandro Gomes de Barros*. Rio de Janeiro: Biblioteca Nacional, 1971. p.51.

Maria Rosário Fátima Pinto, *Catalogação de folhetos de cordel* (Rio de Janeiro: Funarte/CNFCP, 2002); de Liêdo Maranhão, *Classificação popular da literatura de cordel* (Petrópolis: Vozes, 1976); e de Manuel Diégues Junior, "Ciclos temáticos na literatura de cordel" (em *Literatura popular em verso: estudos, tomo I*. Rio de Janeiro: Fundação Casa de Rui Barbosa, 1973).

A coleção da BMA, com mais de 6 mil folhetos, pode ser considerada uma das maiores do Brasil em biblioteca pública. Existem grandes coleções na Universidade Estadual da Paraíba (20 mil folhetos); na Academia Brasileira de Literatura de Cordel (13 mil); na Fundação Casa de Rui Barbosa (9 mil) e no Centro Nacional do Folclore e Cultura Popular do Iphan (8,2 mil). O Acervo Maria Alice Amorim (7,3 mil), coleção privada que conta com apoio do governo de Pernambuco, é seguida pelas conhecidas coleções do Centro de Documentação Cultural do Instituto de Estudos da Linguagem da Unicamp (5,8 mil), do Instituto de Estudos Brasileiros da USP (5,5 mil) e da Universidade de Londrina (3,5 mil). Fora do Brasil, destacam-se o acervo da Biblioteca do Congresso dos EUA (10,2 mil), do Instituto Ibero-Americano de Berlim (8,5 mil), na Alemanha, e o Acervo Raymond Cantel (4 mil folhetos), da Universidade de Poitiers, na França.

Apesar de todas as transformações dos folhetos de cordel, quem procura por eles pode concordar com Candance Slater, quando este diz: "A variedade, e muitas vezes a surpreendente liberdade, explica, mais do que outro fator qualquer, sua contínua sobrevivência em meio a mudanças rápidas". E conclui: "O poeta continua a escrever estórias que têm algum sentido para as pessoas, que as tocam de uma maneira que outras formas de divertimento não conseguem".[23]

23 Candance Slater, *A vida no barbante: a literatura de cordel no Brasil*. Rio de Janeiro: Civilização Brasileira, 1984. p.254.

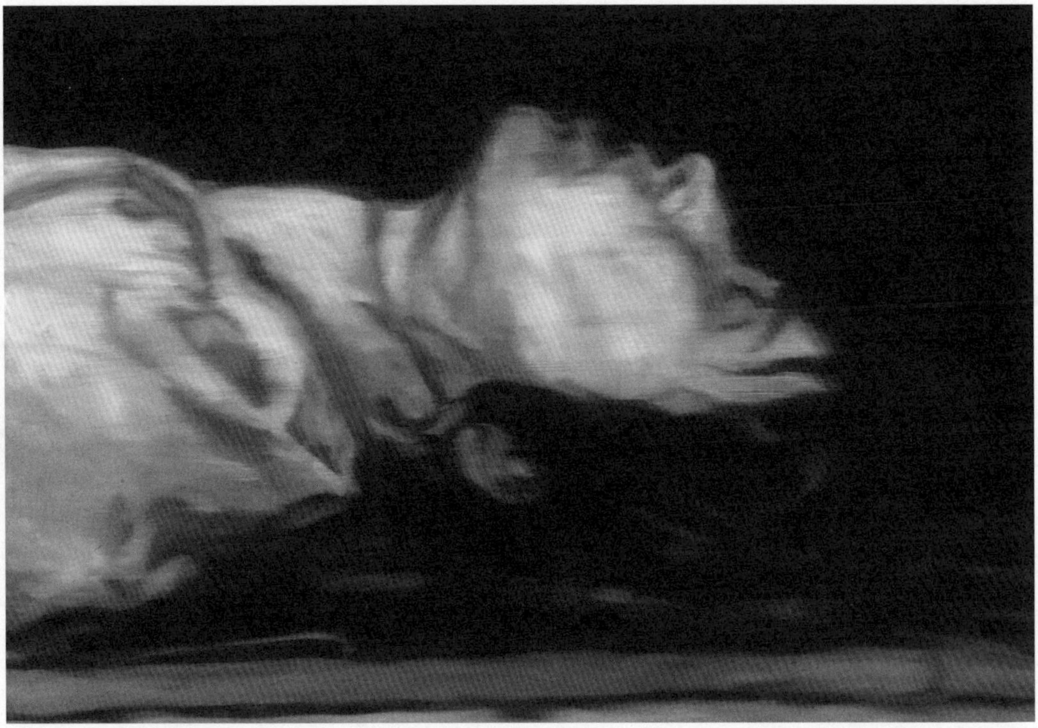

FIGURA 1: Obra da artista peruana Sandra Gamarra que integrou a exposição *Acordo de confiança*, na BMA.

Houve uma discussão na Biblioteca Mário de Andrade

Olivia Ardui[1]

Quem são os protagonistas no tabuleiro do sistema das artes? Que posição e quais movimentações cabem aos artistas, curadores, instituições, colecionadores? Quais são os pactos e convenções mais ou menos explícitos entre essas partes? Esses foram alguns questionamentos levantados pela mostra acordo de confiança, inaugurada na Biblioteca Mário de Andrade em abril de 2017. Muitos dos trabalhos e documentos colocados em ressonância na exposição remetiam ou até subvertiam ironicamente os papéis estabelecidos entre esses diferentes agentes, questionando as relações muitas vezes assimétricas e não regulamentadas que há

1 Pesquisadora com mestrado em História da Arte Moderna e Contemporânea pela Universidade Católica de Louvain (Bélgica). Trabalhou como assistente curatorial para a 12ª Bienal de Cuenca (Ecuador). Foi membro do Núcleo de Pesquisa e Curadoria do Instituto Tomie Ohtake de 2013 a 2016, tendo desenvolvido também projetos independentes em paralelo. Atualmente integra a equipe de curadoria do MASP, com foco nas questões ligadas à coleção do museu.

entre eles, atravessadas por não ditos e mesclando as esferas pública e privada.

Nessa perspectiva, desde o princípio os bastidores da própria exposição foram explicitados no texto de apresentação: “O projeto de acordo de confiança nasceu de um contato entre Charles Cosac e Pedro Barbosa, com o objetivo de pensar uma exposição de publicações, cartazes e outros materiais de artistas da Coleção Moraes-Barbosa (pertencentes a Barbosa e sua esposa, Patrícia Moraes), na Biblioteca Mário de Andrade, dirigida por Cosac. Pouco a pouco a mostra [...] [passou a incluir] obras da mesma coleção, de outros colecionadores e de instituições internacionais, além de material de arquivo da própria biblioteca[...]. Jacopo Crivelli Visconti, que concebeu e curou a exposição na forma como ela pode ser vista agora, é curador da Coleção Moraes-Barbosa desde 2012. Olivia Ardui, cocuradora da exposição, realizou uma mostra com obras da coleção, em 2013”.

Apesar da clareza com que essas premissas foram postas, elas estabeleciam e integravam em seu argumento uma série de problemáticas. Entre elas, a presença de uma maioria de obras de coleções privadas em um espaço público. Um exemplo concreto a partir do qual se poderia discutir, de modo mais amplo, as diferentes relações que (se) articulam no sistema das artes. Ao menos era o que se esperava. Além dessas cartas colocadas na mesa, a simultaneidade também nos superou e a exposição abriu em um momento conturbado, que

FIGURA 2: *I Like America and America Likes Me* [Eu gosto da América e a América gosta de mim] (1974). Frame do vídeo que registra a mítica performance do alemão Joseph Beuys na galeria René Block, em Nova York, em que o artista passou oito horas por dia, durante três dias seguidos, na companhia de um coiote em uma jaula improvisada.

FIGURA 3 [ao lado]: Um dos cartazes das Guerrilla Girls – coletivo norte-americano de artistas socialmente engajadas em temas de gênero e raça – que foram expostos na mostra. Nesse cartaz, lê-se em inglês: “As mulheres têm de estar nuas para entrar no MET? Menos de 4% dos artistas das seções de arte moderna são mulheres, mas 76% dos nus são femininos”.

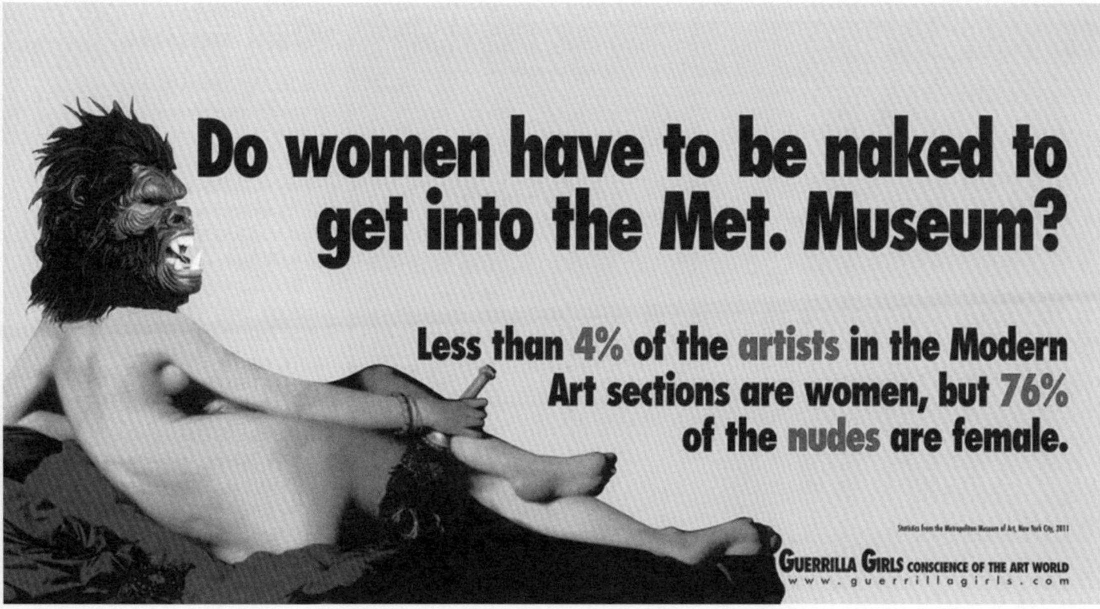

culminou no seu vernissage, no dia 27 de abril.

Situado ao lado desse texto de parede, os primeiros visitantes se depararam com uma "estrutura narrativa" de Mark Lombardi, um diagrama característico do artista que evidencia as redes de relações mais ou menos veladas entre empresas e governos, ou ainda personalidades da cultura pop e seu envolvimento mais ou menos direto em um escândalo de corrupção. O gesto de interligar os diferentes pontos em um mapa rizomático de alguma maneira ecoava as conexões entre os diferentes protagonistas da cena artística evocadas pelas obras da exposição, mas talvez principalmente com a declaração que a introduzia.

Do outro lado do painel, alinhavam-se as cinco peças telepáticas de Robert Barry expostas pela primeira vez no Brasil. Em 1969, na ocasião da 10ª Bienal de São Paulo, essa obra foi retirada, como muitas outras, em protesto contra a crescente repressão da ditadura. Anos depois da "bienal do boicote", as afirmações vagas em vinil adesivo na parede renovavam a promessa de transmitir psiquicamente uma mensagem, um pensamento, uma emoção ou um desejo ao público no período da exposição. Emblemática da arte conceitual, a obra pressupõe a confiança do espectador nos enunciados do artista, selando assim um pacto de cumplicidade com ele, como que momentaneamente suspendendo a suspeita de sua inconsistência ou

Qual critério?

O artista Nelson Leirner mandou êsse porco empalhado e enjaulado para o Salão Nacional de Brasília e foi aceito. Agora vai mandar uma carta aos membros do júri de seleção com essa pergunta: "Qual o critério dos críticos para aceitarem êsse trabalho no Salão de Brasília?" Os críticos são Frederico Morais, Clarival Valadares, Mário Barata, Walter Zanini e Mário Pedrosa. Diz Nelson: "É a primeira vez que um artista cria caso para saber por que foi aceito num Salão".

ignorando as consequências decorrentes de uma confiança cega.

Diante dessas (in) certezas em vinil, uma dança macabra entre um homem e um coiote, incessantemente negociando as regras de convivência do espaço restrito de uma galeria de arte. O diálogo improvável que ali se desenrola aparecia como mais uma imagem – um pouco ilustrativa talvez? – das concessões necessárias a serem feitas em um contexto hostil. Em 1974, Joseph Beuys se referia especificamente aos ímpetos bélicos dos Estados Unidos em plena Guerra do Vietnã, como sugerido ironicamente pelo título *I Like America and America Likes Me*.

Entre essas obras icônicas, resquícios do projeto inicial: vitrines distribuídas pelas duas salas de exposição reuniam documentação de projetos expositivos, cartas originais e livros raros. É o caso de algumas publicações-exposições de Seth Siegelaub, como o Xerox Book ou January 5-31, 1969. Ou, ainda, o contrato de artista, elaborado junto com o advogado Robert Projansky, que regula a circulação de obras após sua primeira venda, de modo que o artista possa se beneficiar de uma porcentagem da valorização de sua obra. Outro exemplo significativo é a documentação sobre a mostra *5 weeks, 25 days, 175 hours*, de Maria Eichhorn, para a qual a artista alemã interrompeu o funcionamento de uma galeria pública. Nesse período, os funcionários receberam o seu salário para exercerem uma única tarefa: a de não trabalhar. Entre essas propostas também foram apresentadas correspondências e registros relativos à própria exposição: trocas de e-mails

FIGURA 4: Nota de jornal exposta durante a mostra. Ela traz informações sobre o *happening* realizado por Nelson Leirner em 1967, em que foi selecionado para o Salão de Brasília após inscrever como obra um porco empalhado dentro de uma jaula. Com a ação, Nelso pretendia questionar a noção de arte adotada pelos críticos.

FIGURA 5 [p.40]: A obra *NuganHand Bank Sydney, Australia* (c.1974-80), de Mark Lombardi (1951-2000), que integrou a mostra. Ela é um dos diagramas meticulosamente desenhados à mão, em que o artista expõe as relações entre governos, instituições e indivíduos.

com a instituição, plantas da exposição, termos de empréstimo das obras, um orçamento reduzido.

Do lado de fora das salas expositivas se encontravam, entre outros, o diretor da biblioteca e alguns membros de sua equipe. Depois de identificado pelo que parecia ser um estudante, um grupo de pessoas se aglomerou e começou a questionar veementemente a decisão recente de a biblioteca voltar a fechar às 22h00, revendo a iniciativa da gestão anterior de instaurar um horário de funcionamento de 24 horas. Nos dias anteriores à abertura, um movimento havia se formado nas redes sociais, conclamando para ocupações diárias da biblioteca, em protesto contra essa medida.

As vozes se elevaram e os corpos demonstravam uma tensão crescente. Cada vez mais pessoas se aproximaram desse bate-boca inflamado. O agito no hall de entrada, por sua vez, era um confronto presencial que saiu da esfera virtual e se deslocou para um espaço expositivo. Entre as testemunhas involuntárias dessa discussão, alguns cumprimentos, algumas conversas baixas e olhares constrangidos. Esse momento chegou ao ápice quando alguns guardas se aproximaram para supervisionar a cena. Um ar de gravidade que apartou os ânimos e acalmou os fôlegos. Pouco depois, as diferentes partes se retiraram, mas o desconforto planando no ar se manteve até que chegou o horário.

22h00. Deixei o prédio, seguindo o fluxo dos últimos visitantes. Depois de atravessar a rua, olhei para trás e deparei com uma impactante imagem. Um piscar de luzes vermelhas chamava a atenção para um *banner* alongado que pendia do alto do eixo central da porta principal do edifício *art déco* da Biblioteca Mário de Andrade. As letras em negrito que compunham o título "acordo de confiança" sobressaíam acima da lista de artistas e dos curadores. Meu nome estava ali impresso, vacilando junto com essa iluminação inconstante. Logo identifiquei que ela era ocasionada pelas luzes de um carro de polícia estacionado à frente do prédio, na calçada principal.

Parecia um prenúncio em uma véspera de greve geral.

A coesão entre as obras selecionadas, o alinhamento entre as problemáticas levantadas pela curadoria e a explicitação das relações por detrás dela, até o contexto da própria biblioteca: me parece difícil imaginar uma configuração mais *site-specific*. No entanto, um relativo silêncio rodeou a mostra depois de sua abertura. Talvez pelo desconforto gerado pela exposição desses "acordos de confiança". Ou ainda porque a maior parte dos frequentadores da biblioteca, público que extrapola o cercadinho das artes, não estivesse concernido pelas sutilezas autorreferentes da crítica institucional levantada pela mostra.

Um ano depois da mostra, e como uma das partícipes do projeto, me arrisco a parafrasear Ian Wilson e dizer que "houve uma discussão" na Biblioteca Mário de Andrade, mesmo que não da ordem que previamos. Se, no fundo, a expectativa era gerar um debate mais próximo das comunicações orais convocadas pelo artista sul-africano para abordar um tema filosófico ou metadiscursivo, a discussão em questão extrapolou o meio das artes. À imagem de outras urgências e da polarização crescente, o debate ganhou novos contornos. Ou melhor, se transformou em um diálogo de surdos e mudos que se configuraria de modo ainda mais dramático nos meses seguintes com relação a exposições com temáticas relativas à sexualidade e gênero.

Como no caso das exposições do Queermuseu, em Porto Alegre, ou o Panorama no MAM, em São Paulo, as polêmicas se dissiparam, assim como as diferentes questões levantadas pela exposição – que chegou a ser lida como uma exposição que celebrava os cem anos do *ready-made* de Marcel Duchamp e do surgimento da arte conceitual. Pelo menos até que ela seja por sua vez institucionalizada e se transforme no suporte de um discurso que seja digno de (des)confiança.

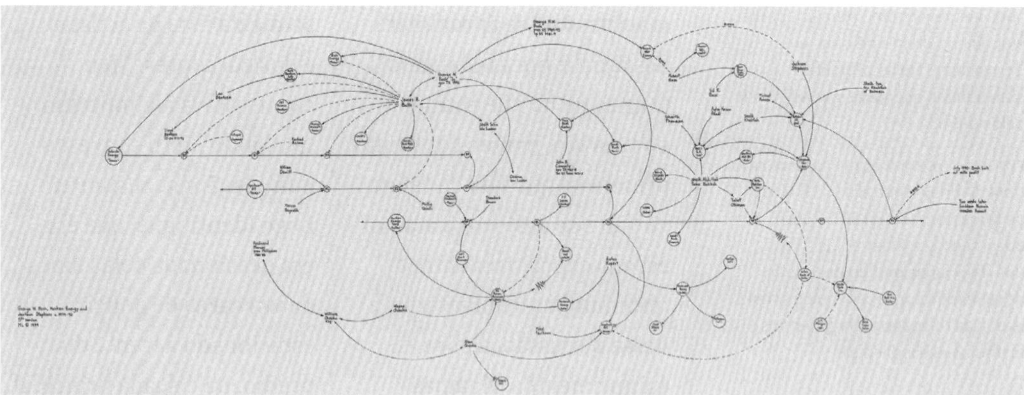

A Hemeroteca da Biblioteca Mário de Andrade: um breve resumo

Emanuel G. Ferreira Guedes[1]

No dia 19 de dezembro de 2012 foi inaugurado, à rua Dr. Bráulio Gomes, nº 125, no centro de São Paulo, o edifício anexo da Biblioteca Mário Andrade. O prédio, anteriormente sede do Instituto de Previdência do Estado de São Paulo (Ipesp), foi cedido pelo Governo do Estado à Prefeitura de São Paulo e então reformado com o objetivo de ampliar o espaço físico da Biblioteca e, principalmente, de acomodar e disponibilizar ao público o seu acervo geral de periódicos.

O edifício de quinze andares reservou, desde seu projeto original de reforma, dez andares para a guarda de acervo, além de projetar áreas para trabalhos técnicos como preservação, conservação e tratamento, espaços para atendimento e pesquisa e um andar expositivo, com sala destinada a cursos e reuniões. O projeto contemplou ainda a reutilização das lojas existentes no térreo, em uma galeria interligada ao prédio vizinho, com passagem para a Rua 7 de Abril.

Cada andar do edifício dividido em dois pavimentos. Desse modo, os dez andares de acervo totalizaram vinte salas, contendo cada uma entre 97 e 111 estantes, com capacidade para até 1200 caixas de acervo ou revisteiros de aço para acomodação das coleções.[2]

O atendimento ao público foi iniciado em janeiro de 2013, data que, de certo modo, marcou não somente a abertura do edifício ao público, mas também a finalização de um ciclo iniciado na virada da década de 2000, no qual imensos esforços da gestão e das equipes técnicas, administrativas e operacionais foram empregados para a revitalização da instituição.

Dentre as principais iniciativas, destaca-se justamente a volta às dependências da Mário de grande parte do seu acervo de periódicos, que desde os anos 1960 encontrava-

1 Bacharel em biblioteconomia pela Unesp (2006), é bibliotecário da Mário de Andrade desde 2009, tendo atuado no projeto de recuperação do acervo de periódicos e da abertura da Hemeroteca ao público.

2 Originalmente, do 6o ao 11o (frente), os andares foram projetados para armazenamento de jornais. Do 11o (fundo) ao 15o, os andares foram pensados para armazenar revistas.

se alocada na Biblioteca Prestes Maia,[3] no bairro de Santo Amaro.[4]

Breve histórico

No projeto original de construção do edifício sede da BMA, já estava prevista uma segunda torre, a qual, no entanto, não foi construída. Desse modo, já na década de 1950 a falta de espaço se tornou um problema para o crescimento, preservação e conservação do acervo.[5]

Em decorrência disso, na década de 1960 grande parte do acervo de periódicos foi transferida para uma biblioteca da rede municipal em Santo Amaro, ficando na sede, *grosso modo*, apenas os periódicos mais recentes e os títulos das coleções de Obras Raras e Artes.

Durante o tempo em que o acervo permaneceu nesse local, não houve equipe suficiente para toda a demanda necessária à preservação adequada do acervo e para o atendimento ao público. Nesse contexto, o atendimento era deficitário, e a degradação do acervo avançou a passos largos.

Na virada dos anos 2000 foram elaborados os projetos para as reformas física e administrativa da Biblioteca,[6] vinculados, por sua vez, aos planos de recuperação do centro de São Paulo, que contaram com o apoio e financiamento de parceiros externos. Dessa forma, o acervo de periódicos depositado em Santo Amaro foi também englobado nos projetos de recuperação da instituição.

Com o fechamento da Mário para reforma, grande parte do acervo de periódicos restante foi enviada para a Biblioteca Adelpha Figueiredo, e uma parcela menor para a Biblioteca Chácara do Castelo.

O acervo em Santo Amaro passou por amplo diagnóstico físico, seguido por avaliação histórica[7] e pelo início do processo de catalogação eletrônica. Todo o acervo depositado nessas três bibliotecas passou por procedimentos de higienização e acondicionamento. Por fim, foram encaminhados, em diversos lotes, para o processo de desinfestação,

3 Essa biblioteca, até 2005, chamava-se Biblioteca Presidente Kennedy.

4 O acervo de periódicos da Mário chegou a ser dividido em três bibliotecas diferentes: primeiro na própria Biblioteca Prestes Maia. Depois, já no âmbito dos projetos de recuperação, na Biblioteca Adelpha Figueiredo, para onde foram em geral os periódicos mais novos; e, ainda, para a Biblioteca Chácara do Castelo, onde foram depositados os *Diários Oficiais* e os periódicos sobre legislação.

5 Para mais informações acesse: <https://www.prefeitura.sp.gov.br/cidade/secretarias/cultura/bma/acervos/index.php?p=11787>. Acesso em: 20 dez. 2018.

6 Recomenda-se a leitura do "Relatório de Gestão da Secretaria Municipal de Cultura de 2005 a 2008", que teve à frente da pasta Carlos Augusto Calil. Disponível em: <https://www.prefeitura.sp.gov.br/cidade/upload/relatorio_2009_baixa_1257345776.pdf>. Acesso em: 20 dez. 2018.

7 Essa fase do trabalho está relatada no artigo da historiadora Ana Luiza Martins, publicado no número 67 da *Revista da Biblioteca Mário de Andrade*. Em seu texto "A Hemeroteca da Mário de Andrade: dimensões de um grande acervo", além de elementos da própria história da instituição e do acervo de periódicos, a historiadora apresenta parte dos resultados do trabalho de avaliação histórica das coleções, bem como informações sobre os segmentos e títulos presentes. O número traz ainda o dossiê "Pesquisa em periódicos", com mais quatro artigos de interesse.

8 Willian Okubo, Isabel Maria da Silva e Rita de Cássia D'Angelo, "Preservação da coleção de periódicos da Biblioteca Mário de Andrade", *CRB-8 Digital*, v.2, n.1, pp.21-6, 2009. A. Atti e B. S. F. De Paula, "Catalogação da Coleção Histórica de Periódicos da Biblioteca Mário de Andrade: uma experiência para ser compartilhada", 2011. (Trabalho apresentado em congresso.)

FIGURA 1: Capa da revista *Para Todos*, de fevereiro de 1927, com ilustração de J. Carlos. Antes parte do acervo Hemeroteca da BMA, os exemplares dessa publicação agora integram a seção de Obras Raras.

realizado no galpão de empresa contratada, no interior de São Paulo.

O número 62 da *Revista da Biblioteca Mário de Andrade*, edição comemorativa dos oitenta anos da Biblioteca, prenunciou o amplo projeto de recuperação pelo qual passava a instituição e no qual ficaria imersa por alguns anos.

Os números seguintes da *Revista*, até o 68, continuaram noticiando as etapas do processo em seus diferentes momentos, divulgando detalhes do projeto e suas parcerias. Parte dos trabalhos de recuperação e de catalogação das coleções pôde ser conhecida também em trabalhos publicados pela equipe da Biblioteca.[8]

Em 2012 iniciou-se, enfim, a ocupação do edifício com as coleções. O volumoso acervo, somado às dimensões e características físicas do espaço, apresentaram, por sua vez, grandes desafios

JORNAL DO BRASIL

Rio de Janeiro — Sábado, 14 de dezembro de 1968

Ontem foi o Dia dos Cegos (Página 12)

Govêrno baixa Ato Institucional e coloca Congresso em recesso por tempo ilimitado

Ato Institucional n.º 5

O Govêrno, depois de uma expectativa de várias horas, baixou, ontem à noite, o Ato Institucional n.º 5, e, com base nêle, o Ato Complementar n.º 38, que decreta o recesso do Congresso Nacional, sem prazo determinado. Durante o dia e a noite de ontem o povo manteve-se calmo e não houve corrida aos bancos, apesar das apreensões de alguns cidadãos que, decidiram permanecer em seus escritórios ou nas ruas, à espera da palavra oficial do Govêrno através de *A Voz do Brasil* – e deixaram de chegar ontem às suas casas.

Houve grande movimentação, ontem, nos quartéis do Rio, onde continua rigoroso o regime de prontidão. Na Vila Militar, os caminhões estão em posição de des locamento. A Polícia Federal ten 400 homens, na Guanabara "prontos para agir", e também estão totalmente mobilizadas Polícia Militar, a Polícia Civil a Guarda Civil.

Várias reuniões sucederam-s na área militar. O Ministério d Exército apresentou moviment incomum, devido à presença do comandantes das principais un dades aquarteladas no Rio. Or êles entravam no gabinete do M nistro do Exército, ora no do c mandante do I Exército. Mas f a reunião do Presidente da R pública com o Conselho de S gurança Nacional que determino a promulgação do Ato Instit cional n.º 5.

TRADIÇÃO QUE SE RENOVA

O Presidente dirige a entrega de espadas aos novos guardas-marinha

IDENTIDADE PROFUNDA

Os Ministros militares confraternizam durante a homenagem à Marinha

HORA DRAMÁTICA

DINHEIRO — HIPOT. — CAUTELAS

Bonifácio declara que Ato resulta de várias crises

Após tomar conhecimento, pelo rádio, do Ato Institucional n.º 5, o presidente da Câmara, Deputado José Bonifácio, disse que êle "resulta de crises e dificuldades do Govêrno e do mal-estar do povo. Não é o momento para examinar, mas sim para manifestar ainda uma vez mais a esperança de que crises como esta sejam resolvidas de maneira a possibilitar o desenvolvimento brasileiro."

Acrescentou o Sr. José Bonifácio "duas coisas, que jamais devemos esquecer, e neste país têm sido tradição: perenes têm sido as eleições, e nós, os eleitore formulamos apêlo mais uma v para que o Brasil permaneça e transforme numa grande naçã como faz jus pelo trabalho seu povo. Com essas palavras, obedecendo ao nôvo regime, d claro nossa missão encerrada."

O presidente da Arena, S Daniel Krieger, após ouvir, pe rádio, a leitura do nôvo Ato, Rio, dirigiu-se, com alguns parl mentares, para uma residência zona sul, a fim de examinarem quadro político. Admite-se a po sibilidade de um pronunciame to dos dirigentes da Arena.

TELEFONES

FIANÇAS

MESA TELEFÔNICA marca Standard Electric, PBX com 5 troncos e 30 ramais. Vende-se. Tratar pelos telefones 31-0228 e 31-2998, com os Srs. Afeliio ou Hélio.

OPORTUNIDADES DIV.

Ato Complementar n.º 38

FIGURA 2: Primeira página do *Jornal do Brasil* de 14 de dezembro de 1968, cuja manchete anunciava o Ato Institucional nº 5 (AI-5, como ficou conhecido), que fechou o Congresso Nacional, decretou as intervenções pelo presidente em municípios e governos estaduais e suspenderam todas as garantias constitucionais. Acervo da Hemeroteca da BMA.

relativos às definições das formas de localização[9] e, ainda e fundamentalmente, da movimentação cotidiana do material para a organização e acomodação nas estantes, dado o peso médio das caixas, resultando num amplo trabalho de mapeamento e organização física de todo o acervo. Para tanto, foi necessária a reabertura das caixas, com o objetivo de trocar e identificar quase todo o material. Foram aproximadamente 20 mil caixas, recebidas em lotes transportados em dezoito caminhões.

Além da própria equipe da Hemeroteca, outros setores da Biblioteca também atuaram em atividades pontuais para a reorganização do acervo. À época, a Hemeroteca já contava também com uma equipe recém-contratada de estagiários que contribuiu imensamente com todas as atividades.

O ano de 2013 iniciou-se com a abertura e organização das áreas de atendimento, com seus fluxos e procedimentos ainda em processo de elaboração e adaptação. Inicialmente, o atendimento ocorria em um único andar, com apenas dois ou três agendamentos diários, sendo aos poucos ampliado conforme o avanço da organização do acervo, que paulatinamente disponibilizou as coleções para consulta.[10]

Em 2014, com a destinação da Sala de Atualidades Jerônimo Azevedo, no edifício sede, para fins expositivos, o serviço de leitura de revistas e jornais foi realocado, inicialmente, em uma das áreas de convivência da Biblioteca, onde a disputa por espaço com outros usuários, não raro, criava desentendimentos. Desse modo, o serviço foi, por fim, transferido para o edifício anexo.

No mesmo ano, o serviço de consultas em microfilmes[11] também foi transferido para o novo prédio, estabelecendo-se no 4º andar, conforme previsto no projeto. Aos poucos, com o crescente movimento, foi possível perceber que aquele suporte, antes considerado anacrônico, tinha ainda muita importância como fonte de pesquisa.

---

9 A localização foi definida através da indicação de andar e numeração de estantes e prateleiras visando facilitar não apenas a movimentação, mas ainda a previsão de espaço para coleções correntes ou mesmo para a junção e reorganização de coleções dispersas.

10 Para o cadastro da localização física das coleções e acompanhamento dos atendimentos foi customizado internamente uma versão do sistema de gerenciamento de conteúdo CMS Drupal, que permitiu o aproveitamento e centralização de diversas informações.

11 Os microfilmes por sua vez, também apresentam alguns desafios para sua longevidade, como a necessidade de equipamentos adequados para sua leitura, além de estarem sob o risco permanente da "síndrome do vinagre", que pode inutilizar o material.

O uso dos microfilmes minimiza o manuseio dos impressos originais, facilitando o trabalho de atendimento por ser um suporte leve e ainda complementar aos títulos não disponíveis no acervo impresso. No mesmo andar, há também computadores reservados para acesso a acervos disponíveis na internet.[12]

Entre 2015 e 2016, já com esses espaços configurados e em funcionamento, a Hemeroteca continuou a se consolidar como serviço de ímpar relevância social, histórica, cultural e científica.

Em 2017, a equipe da Hemeroteca passou também a explorar a divulgação do acervo em redes sociais, estratégia adotada em todas as coleções da BMA e que potencializou a difusão e o conhecimento dos conteúdos da Biblioteca.

Embora menos conhecido pelo público em geral, o número de atendimentos no prédio anexo ao edifício sede da Mário tem demonstrado a importância e a necessidade de investimentos contínuos em recursos humanos e estruturais, essenciais para seu desenvolvimento e divulgação.

Entre janeiro de 2013 e dezembro de 2017, a Hemeroteca recebeu uma média de 60 a 70 solicitações mensais de consulta ao acervo, que são avaliadas caso a caso, podendo por fim ser atendidas presencialmente, nos acervos impressos e de microfilme, ou à distância, com a indicação de outros setores da Biblioteca, como coleções disponíveis na internet ou ainda outras instituições. Portanto, além da pesquisa *in loco*, o serviço de referência é realizado com o objetivo de fornecer o maior respaldo possível ao público.

O setor de multimeios (microfilmes e acervos *online*) recebeu nesse período em torno de 1.600 visitas de pesquisa, tendo significativo aumento de um ano para outro.

A Sala de Atualidades, por sua vez, ultrapassou mensalmente a marca de mil visitantes para leitura de periódicos correntes.

O público que usa o acervo é variado, de pesquisadores acadêmicos em nível

FIGURA 3: Capa da *Revista Feminina*, n.65, de outubro de 1919. Fundada pela intelectual feminista Virgilina de Souza Salles, foi a primeira publicação paulista dedicada inteiramente à mulher e circulou entre 1914 e 1936. Acervo da Hemeroteca da BMA.

FIGURA 4 [ao lado]: Cartum da revista *Fon Fon!*, de 1914, retratando a luta sufragista das mulheres. Antes parte do acervo Hemeroteca da BMA, os exemplares dessa publicação agora integram a seção de Obras Raras.

12 Em 2017, esses espaços foram reconfigurados e os computadores instalados no 3o andar.

13 Essa discussão está em desenvolvimento na pesquisa de doutorado no Programa de Pós-graduação em Ciência da Informação, na Escola de Comunicações e Artes da Universidade de São Paulo (PPCGI/ECA/USP), sob orientação da profa. dra. Nair Yumiko Kobashi. A conclusão está prevista para 2020.

avançado, brasileiros e estrangeiros, a estudantes de graduação, passando por escritores e jornalistas em busca de referências históricas. E há ainda o público geral, que busca as coleções da Hemeroteca para informações sobre questões cotidianas, judiciais, trabalhistas etc. e aqueles apenas curiosos ou saudosos, que acessam as coleções em busca de lembranças afetivas e familiares.

Os desafios à frente são inúmeros, não tão distantes dos enfrentados pelas demais instituições de preservação e pesquisa.

Mas a característica fundamental das hemerotecas, que as diferencia dos demais acervos impressos, é que seu tipo documental fundamental não possui fim previsto, ou seja, quando um periódico passa a ser incorporado ao acervo, não é possível prever o espaço que o cupará até o encerramento de sua circulação. Por isso há necessidade de um maior enfoque no papel das hemerotecas e o reconhecimento de sua importância para a adequada preservação e difusão dos acervos de periódicos.[13]

Esta síntese, obviamente, visou apresentar apenas um panorama do que é e como funciona a Hemeroteca da Biblioteca Mário de Andrade, e seria interessante, no futuro, abordar mais profundamente cada uma dessas etapas e atividades aqui mencionadas, permitindo que a Hemeroteca seja não apenas fonte, mas também objeto de pesquisas que possam esmiuçar as diversas facetas que compõem uma instituição cultural dessa importância.

Todo um dia e uma noite

Charles Cosac[1]

É indiscutível que o assunto mais delicado de 2017 para a Biblioteca Mário de Andrade tenha sido a redução de seu horário de funcionamento, que por onze meses havia sido de 24 horas por dia, tendo passado então a catorze horas diárias em dias úteis e doze aos fins de semana.

Em verdade, o Projeto BMA 24 horas, implementado, com grande sucesso de mídia, pelo então diretor, Prof. Dr. Luiz Bagolin, não chegou a ser executado integralmente, na medida em que apenas a seção Circulante e as áreas de conveniência é que permaneciam abertas ao público, o que representa 10% da capacidade da Biblioteca.

Sem a presença de um bibliotecário responsável, os poucos consulentes que circulavam nesse período eram atendidos pela recepção (SG), as mais das vezes não da forma mais apropriada, ainda que estivessem igualmente à disposição máquinas de autoatendimento, instaladas à ocasião da inauguração do Projeto. Se a automação em muito contribuiu para a fluidez do atendimento, o horário ininterrupto infelizmente não foi proficiente para a Biblioteca, nem em termos financeiros, tampouco para sua plena capacidade rotativa.

Pelo exposto, nossa equipe deliberou por restrições no horário de funcionamento da BMA – medida tomada não sem conflitos ou constrangimentos. Não há dúvida de que a iniciativa do emérito professor Bagolin foi magnânima. No entanto, enquanto este teve grande satisfação em abrir as portas da BMA, eu, pessoalmente, sofri profunda comiseração ao restringi-las poucos meses após assumir a diretoria.

O que ocorre é que o cerne da questão nunca foi de fato o atendimento, que deveria ser priorizado, ou o empréstimo de obras

1 Nascido no Rio de Janeiro, Charles Cosac é mestre em História e Teoria da Arte pela Universidade de Essex, na Inglaterra. Entre 1997 e 2015 foi diretor da Cosac Naify, editora de que também foi sócio, junto de seu cunhado Michael Naify. Desde 2017 é diretor da Biblioteca Mário de Andrade.

ao público leitor. Há, sim, um equívoco recorrente que muitos de nós, a meu ver, cometemos ao adotar o hemisfério Norte como parâmetro de perfeição. O desgastado aposto que se lhe atribuiu, de "primeira biblioteca na América Latina a oferecer atendimento ininterrupto", demonstra tal mentalidade. Comparações com as bibliotecas de Nova York, Londres e Paris são absolutamente descontextualizadas da nossa realidade, e fruto mesmo de um violento processo de aculturação desencadeado por intermitentes diásporas. O que se sabe, afinal, das bibliotecas de Luanda, Maputo ou de Bissau?

Talvez o conflito se dê pelo fato linguístico, de falarmos um idioma do continente europeu, e não africano ou mesmo brasileiro. Numérica e qualitativamente, porém, estamos mais próximos da "Mama África" que da distante Portugal. Todavia, não é celebrando o Dia da Consciência Negra, o Dia do Índio e adotando medidas paliativas que conseguiremos solucionar a desigualdade do país, obviamente. Assim como não seria permanecendo aberta ininterruptamente que a BMA resolveria o problema dos desabrigados que habitam o seu entorno. Mesmo porque o problema é muito mais profundo e foge totalmente do escopo de uma biblioteca municipal, no coração da maior capital do país, e, entrementes, a mais catalisadora e caótica.

Oxalá um dia a Biblioteca Mário de Andrade venha a funcionar de fato 24 horas, mas para tanto muitas providências e estratégias hão de ser tomadas previamente. Trata-se de medidas governamentais amplas, que contemplem abrigo, alimentação, estima e o direito à educação de todos, e não prerrogativas exclusivas dos moradores da praça Dom José Gaspar.

Diante dessa conjuntura, prezamos o funcionamento exemplar e pleno de nossa Biblioteca por catorze horas diárias ao longo da semana e doze horas aos sábados e domingos.

mário de andrade
me esqueci completamente de mim,
sou um departamento de cultura
Carlos Augusto Calil
Flávio Rodrigo Penteado
organizadores

O quadrado amarelo ALBERTO DA COSTA E SILVA

ESCRITOR POR ESCRITOR MACHADO DE ASSIS SEGUNDO SEUS PARES
1908-1959
Hélio de Seixas Guimarães
Ieda Lebensztayn

ENTREVISTA

Mais que livros[1]

A bibliotecária **Norma Shizue Haru** *já teve todo tipo de experiências como bibliotecária: foi fiscal de bibliotecas do interior de São Paulo, trabalhou em acervos de multinacionais do mercado financeiro, especializou-se em biblioteconomia médica — e até leu todos os romances policiais disponíveis na Mário de Andrade para ver se gostava do gênero. Hoje, à frente da Coleção São Paulo e da Mapoteca, acredita que não se pode definir uma biblioteca pelo seu acervo, mas pela relação que cria com o público e pelo conhecimento que ajuda a construir*

Como foi a sua educação literária, isto é, como se apaixonou pelos livros?
Nasci em 1960 numa cidade do interior de São Paulo chamada Bastos, conhecida pela grande quantidade de famílias japonesas que emigraram para lá no início do século XX. Nós morávamos na zona rural, mas quando fiz três anos, meu avô decidiu que a família deveria ir para mais perto da cidade e nos mudamos para um distrito a apenas um quilômetro da escola. Éramos seis crianças em casa, e mesmo quando vivíamos longe, algumas já frequentavam a escola, porque era muito importante para a família que os mais novos estudassem. A leitura era muito valorizada. Tenho um tio temporão, que, por ser muito novo, tinha uma proximidade com a gente da geração mais nova; ele nos dava livros de presente. Meus pais compravam a enciclopédia Barsa para a gente estudar, e até meus avós, que chegaram do Japão adultos e aprenderam a falar português no Brasil, incentivavam a leitura. Mas me

1 Entrevista realizada por Beatriz Antunes em 14 de agosto de 2018 na sala da Coleção São Paulo da Biblioteca Mário de Andrade.

apaixonei mesmo por literatura por influência de um professor do ensino secundário. Ele declamava poemas na sala, indicava leituras e estava sempre deixando claro o seu respeito e admiração pelos escritores. Isso me influenciou muito no momento de escolher uma profissão, pensava nele e sabia que seria algo relacionado a livros.

E como se decidiu pela profissão de bibliotecária?
Vim para São Paulo e fui direto morar com minha irmã mais velha, que estudava Letras na USP e trabalhava na Sociedade de Cultura Japonesa. No início eu me empreguei como bancária, que era uma profissão que remunerava muito bem naquela época, logo fui morar num apartamento só para mim, podia viajar para o interior, o banco era próximo da minha casa. Então, mesmo tendo cursado Biblioteconomia na Escola de Sociologia e Política, eu não pensava em deixar o banco. Foi com a crise econômica, vendo muitos amigos serem demitidos, as vagas escassearem, que fui atrás de algo na minha área de formação. Vi um anúncio de jornal procurando bibliotecários para trabalhar na FMU (Faculdades Metropolitanas Unidas). Era perto de casa, dava para ir a pé, então resolvi tentar e fui contratada. Em seguida, fiz um curso de aprimoramento para trabalhar em bibliotecas médicas, que era o que havia de mais avançado em termos de acervos. Por conta dessa especialização, fiquei por dois anos como bolsista no Centro de Documentação do Hospital do Servidor Público Estadual, e depois como concursada.

Por mais que a literatura de ficção tenha sido o que a levou à biblioteconomia, uma vez que ingressou na profissão você também acabou se interessando por outros assuntos, como a medicina.
Sim, era uma área interessante, que eu procurei conhecer melhor assim que percebi que era um campo novo de trabalho e um desafio para mim. Sempre gostei de me manter estudando. Naquela época, além de trabalhar, eu também fazia curso de desenho, por exemplo, e prestava muito concurso. Não necessariamente para mudar de emprego, mas como forma de me manter estudando e avaliando meu conhecimento. Depois

começaram a surgir muitas empresas do mercado financeiro atrás de bibliotecários para organizar os acervos, e aí já era um material bem diferente: balanços financeiros, informações setoriais, comunicação entre a matriz e as filiais de todo o mundo. Trabalhei um tempo com isso, fiquei alguns anos numa consultoria financeira. De lá, fui para a *Gazeta Mercantil*, já com 39 anos. E em seguida passei num concurso do Conselho Regional de Biblioteconomia, para atuar como bibliotecária fiscal. Minha função era viajar por cidades do interior, fiscalizando a presença ou não de profissionais bibliotecários com a certificação específica, e conversar com diretores e autoridades sobre a importância da profissão. Era um trabalho de conscientização. Foi uma época muito boa. Eu chegava a passar uma semana fora de São Paulo e gostava muito dessa liberdade.

E você teve a chance de fiscalizar a biblioteca pública de Bastos, sua cidade natal?
Nunca fui enviada a Bastos para inspecionar, uma pena. Mas sei que lá tem uma biblioteca municipal, que inclusive é a mesma que eu tanto frequentei quando criança.

Em seguida você deixou o Conselho e ingressou na Mário de Andrade. Como foi essa mudança?
Em 2002 passei no concurso da prefeitura, mas não vim direto para a Mário. Escolhi uma biblioteca em Arthur Alvim, um bairro da Zona Leste de São Paulo. Como meu critério era mobilidade, queria uma biblioteca acessível de metrô. Chegando lá, fiquei impressionada, era uma realidade bem diferente das bibliotecas aqui do centro da cidade, até em termos de estrutura mesmo. A parte boa era o público, muito familiar, eu acabava atendendo tanto os pais e avós como os filhos, as crianças. Foi bem interessante. De lá, eu fui para a Lapa, trabalhar no antigo Departamento de Bibliotecas Infantis da Prefeitura. E, finalmente, em 2005, vim para a Mário.

Por que a demora para escolher a Mário, se seu critério inicial era a locomoção e você morava perto, na Liberdade?
Eu tinha uma espécie de trauma da Mário. Uma vez, quando ainda era estudante de biblioteconomia, vim para um seminário

sobre o Dia do Livro, e na época eu estava tomando um remédio para alergia a insetos. Lembro que o dia estava muito abafado. Quando eu e minhas colegas saímos, já era noite, uma noite quente, e na hora de atravessar a rua eu não vi o sinal vermelho e acabei atropelada por um ônibus. Fui levada para o pronto socorro, e me deram 13 pontos na cabeça. Na minha interpretação, eu não vi o ônibus porque o remédio me deixava assim meio desligada, e como estava muito quente... Na verdade não sei bem como isso aconteceu. Sei que acabei ligando a Mário de Andrade a esse acidente. Só me livrei desse estigma quando vim trabalhar aqui. E logo começou aquela fase de muita mudança na biblioteca. A Circulante ficava na Chácara Lane. Depois, em 2007, a Mário fechou para reforma, e nós, funcionários, nos unimos numa força-tarefa de digitalização do catálogo. Foi uma época muito boa, intensa. Mesmo sem receber o público, a gente trabalhava muito, e como era tudo ao mesmo tempo, se você estava no térreo em frente a uma fila de mesas cheias de livros para catalogar, via os operários quebrando paredes, pintando. E assim todo mundo via a biblioteca renascer. A cada dia, você chegava no seu local de trabalho e via como ele estava mudando, melhorando. Se hoje a gente vê a biblioteca bonita desse jeito, a gente tem plena noção de tudo que precisou ser feito para chegar a esse ponto. E na verdade, não paramos de digitalizar acervo até hoje. Uma parte dele ainda sobrou em fichários.

Você fala com propriedade das reformas pelas quais a biblioteca passou. E o público que frequenta a Mário, mudou muito ao longo dessa última década, especialmente depois das reformas?
Uma coisa que eu testemunhei aqui dentro foi o uso da tecnologia na biblioteca. Antes, um ou dois traziam o notebook para estudar, escrever. Agora quase todas as pessoas têm celular com internet e já chegam com parte da pesquisa feita. Não são mais muito comuns aqueles pedidos de ajuda ao bibliotecário. Na circulante, se bem me lembro da época em que fiquei no atendimento, o que mais se solicitava eram informações sobre familiares. Ainda se pede ajuda, mas menos do que antes. As pessoas pesquisam direto no

acervo, não pedem mais para saber se tem tal ou tal livro. Aqui na Coleção São Paulo, onde estou atualmente, o meu contato maior é com um tipo específico de público, que são os pesquisadores profissionais. Estudantes, jornalistas, escritores. A ajuda que dou a eles é um pouco diferente, mais variada. Às vezes sento junto para pesquisar em algum livro ou mapa; coloco pesquisadores que conheci aqui em contato com os que estão pesquisando agora; envio informações por e-mail, enfim: me coloco como um apoio para que essas pessoas transformem a informação em conhecimento. Esse contato é muito rico, e faz com que eu nunca pare de estudar e conhecer assuntos novos.

Que tipo de informações os pesquisadores vêm buscar na biblioteca?

Varia muito. Algumas pesquisas eu nem posso comentar, porque acho que eles ainda não liberaram para o público. Mas posso dar alguns exemplos. Houve um pesquisador que notou numa foto antiga do prédio da biblioteca a imagem de uma capela que ficava aqui nos arredores e hoje não existe mais. Outro pesquisador veio pedir ajuda para descobrir a história daquela capela, pois precisava determinar se um caso narrado por um conhecido era verdadeiro. O homem afirmava que, na época de estudante de direito no Largo São Francisco, quando perdia o bonde da meia-noite, era obrigado a caminhar para casa, e nessas ocasiões passava em frente a uma capelinha próxima à biblioteca. O problema é que ele não encontrava nenhum livro que tratasse dessa capela, por isso veio me pedir ajuda. No final das contas, fomos encontrar a informação não em livro, mas sim num periódico da época. Descobrimos que se tratava da obra de um imigrante italiano que, vindo para o Brasil de navio, enfrentou uma grande tempestade no mar e achou que fosse morrer. No desespero, fez uma promessa: se chegasse vivo, construiria uma capela em São Paulo. E assim o pesquisador conseguiu as informações para determinar a veracidade do relato oral que havia coletado. Acho que biblioteca é isso, é entrar em contato, reunir pessoas com interesses parecidos, promover a circulação de informações, não é só o que está nos livros.

Além de pesquisadores profissionais, imagino que você também receba, na sala da Coleção São Paulo e na Mapoteca, os locais em que você tem atuado nos últimos tempos, outro perfil de usuário, como estudantes universitários...

Sim, a gente recebe muitos estudantes. E nem sempre eles são universitários. Tem um grupo de cinco jovens que vinha toda semana aqui estudar para o vestibular. Hoje alguns já até se formaram, mas ao longo de dois anos, eles vinham quase toda tarde aqui para estudar, queriam carreiras concorridas, como economia, administração e informática, e precisavam melhorar em redação. Como vinham sempre, acabei criando uma relação com eles. Cheguei até a indicar um professor de redação, que lhes deu algumas dicas. E foi bonito, porque eles vieram aqui me contar que tinham entrado na faculdade e depois marcaram vários encontros na mesma sala onde estudavam. Criaram mesmo uma relação com a biblioteca. Eles comemoram aniversários aqui no deck e no jardim contemplativo. O vínculo com o espaço é muito forte. Acho que quem gosta de biblioteca e entende que ela vai além de estantes de livros cria esse amor pelo espaço.

Outro tipo de estudante que aparece bastante por aqui são os intercambistas. E eles são muito interessantes, porque falam um português muito bom e são realmente muito conhecedores de história do Brasil, fico impressionada. Um deles, acho que dos Estados Unidos, estava atrás de informações sobre santos populares, mais especificamente as sete pessoas que morreram no incêndio do Joelma e que teriam sido achadas dentro do fosso do elevador. Esses corpos nunca foram identificados e estão enterrados no cemitério da Vila Albina; sabendo que se tratava de vítimas de um incêndio, as pessoas começaram a deixar copos d'água sobre os túmulos e fazer pedidos; parece que os pedidos eram atendidos, então os sete viraram santos populares. Comecei a ajudar, buscando jornais, documentos, tentando cruzar informações de outros pesquisadores e acabamos por encontrar essa história. Nem sempre a fonte está nos livros, e a gente não pode se restringir a eles.

Para uma pessoa que sempre gostou de fazer cursos, estudar para concursos e se aprimorar na profissão, imagino que trabalhar numa biblioteca como a Mário de Andrade seja um convite a nunca parar. O que neste momento tem despertado seu interesse aqui dentro do acervo?

Já tive muitas fases como leitora aqui dentro. Uma época me propus a ler todos os livros policiais da Biblioteca Circulante. Li e foi muito bom. Ultimamente tenho lido bastante sobre a cidade de São Paulo, mas não fico só no que tem aqui na biblioteca. Também vou a muitos lançamentos e às vezes compro livros indicados por algum pesquisador que conheci aqui. Sou membro de alguns coletivos que cuidam da memória do centro de São Paulo, e com isso acabo sabendo de obras que podem ajudar nesta ou naquela pesquisa, ou mesmo que podem integrar nossa coleção. Nesses coletivos, a gente convive com todo tipo de gente interessada nessa memória, não só pesquisadores, mas também comerciantes, moradores da região. Um desses membros que se interessam pela história da cidade montou o cardápio do restaurante dele a partir de pesquisas feitas na Coleção São Paulo. É legal porque o bar é aqui pertinho da Mário, e ele acabou criando uma relação inusitada com a biblioteca. Então é isso: a biblioteca é muito mais do que apenas os livros que estão dentro dela.

APRESENTAÇÃO

GUTEMBERG MEDEIROS[1]

A imagem da menina no sofá. Ela olha firmemente para a câmera, ou para quem a manuseia. Mais observa do que é observada. Provavelmente tenta revelar sua própria descoberta do mundo, a qual acompanhou toda a sua produção – seja em contos, romances, entrevistas, crônicas. Aspectos desses olhares possíveis de Clarice são expostos nos ensaios deste dossiê. Momentos luminosos entre tantos outros possíveis, já existentes ou que ainda hão de vir.

Vários pontos de vista sobre esses olhares, para assim se perceber elementos em torno do verbo "ser". Tais como "quem é essa mulher?", pois ela se revela ou dá pistas a partir do que questiona da vida, os limites da condição humana a partir de elementos ínfimos, triviais, cotidianos. E iluminadores – uma constante procura de entendimento de si e do outro.

Identidade é uma questão-chave para Clarice. Em vários momentos, em seus escritos, depoimentos ou trabalhos sobre ela, há discrepância de dados, como o do ano de nascimento e nacionalidade primeira. Aqui, priorizamos a sua certidão de nascimento original. Nome: Haia Pikusova (patronímico bizantino herdado na cultura russa, formado a partir do nome do pai Pinkus/Pedro) Lispektor. Nascida na cidade de Tchetchélnik, Ucrânia, em 10 de novembro de 1921. Haia, em hebraico, significa "Vida" e, por aproximação fonética, no Brasil se metamorfoseia em Clara ou Clarice.

Começa aí o imbróglio da identidade. Não são poucos, no jornalismo ou na crítica literária, que a identificaram como ucraniana. Na cultura do Império Russo e de seus países dominados, o importante era a nacionalidade, e não a naturalidade. Ou seja, um russo poderia nascer na Ucrânia.

Boris Schnaiderman – tradutor e fundador do Curso de Russo da USP – passou pelo mesmo, por ser russo nascido na Ucrânia. Frequentemente identificado como ucraniano em jornais ou revistas, ficava extremamente desgostoso. Mais à frente, a questão da identidade será retomada.

FIGURA 1: Clarice Lispector durante sua infância em Recife (PE). (fonte: Edusp)

1 Gutemberg Medeiros é jornalista e pesquisador. Mestre e doutor em Ciências da Comunicação pela Escola de Comunicações e Artes da Universidade de São Paulo e pós-doutorando em Ciências da Comunicação na Pontifícia Universidade Católica de São Paulo. Autor de reportagens e ensaios para jornais, revitas e periódicos científicos do Brasil e exterior, especialmente sobre história da editoração, imprensa, literatura e crônica.

Agradecemos aos pesquisadores a receptividade e os ensaios inéditos presentes nestas páginas, a abordar aspectos diversos sobre a obra de Clarice. É sempre bom lembrar que jornalismo é atividade coletiva, a soma de vários profissionais. Também agradecemos ao convite de Charles Cosac para este trabalho e a colaboração essencial de Adriane Freitag e Richard Sanches. Finalmente, à Seção de Obras raras da BMA, na pessoa de Joana Darc Moreno de Andrade, pela competência ao localizar materiais sobre a autora reproduzidos ou referidos neste volume.

Sem esquecer o diálogo constante com o pesquisador Alvaro Machado. Bem como a valiosa liberação de imagens pela família de Clarice Lispector, a cessão dos arquivos digitalizados das mesmas, publicadas originalmente na *Fotobiografia de Clarice*, pela Edusp e Imesp, e o apoio das editoras Rocco e Nova Fronteira.

* * *

Uma das mais importantes especialistas em Clarice Lispector, autora da biografia e da fotobiografia da escritora, ambas em catálogo pela Edusp, Nádia Battella Gotlib aborda um lado menos conhecido dessa criadora, o de ensaísta. Além de Clarice, também homenageia Antonio Candido, um dos primeiros críticos a ver as qualidades da então estreante romancista já na obra *Perto do coração selvagem* (1943). A professora aborda ainda a dimensão política em *A hora da estrela*.

Outro texto que trabalha de forma incisiva o olhar político – dos mais agudos – de Clarice é o ensaio de Lucia Villares. Ela observa como a questão do racismo é central em *A hora da estrela*, a partir de construção muito original que aponta não para a comum discriminação entre diferentes, mas para algo mais profundo e pouco entrevisto: a distinção entre iguais. A "branquitude" é exposta na forma como Olímpico desqulifica Macabéa por uma série de predicados presentes nele mesmo. Por contraste, ele se apaixona pela carioca que traz valores considerados "melhores" e entranhados na sociedade brasileira.

Uma contribuição valorosa também se encontra no ensaio de Severino Albuquerque, sobre a profunda interlocução, nos mais variados sentidos, entre Clarice e Lúcio Cardoso – vitais na literatura brasileira – e constitutiva na obra de ambos. Relação esta ignorada pela maioria dos críticos, como aponta Severino. Especialmente no que diz respeito a aspectos da homossexualidade de Cardoso, lançando "luz sobre a intersecção das ansiedades (se não dos pânicos) – sexual, social, política – que estão no centro da produção intelectual brasileira de meados do século XX".

Demonstração clara do movimento criativo constante de Clarice pode-se verificar no texto, talvez dos mais representativos: "O ovo e a galinha". No ensaio sobre essa peça, Julio Galharte explora múltimos sentidos a partir da veiculação desse escrito. Publicado primeiramente na coletânea *A legião estrangeira* (1964), ressurge mais tarde em três partes no espaço de crônicas do *Jornal do Brasil* (1969), volta então como conto em *Felicidade clandestina* (1971), até que é apresentado, à guisa de palestra, no Congresso de Bruxaria da Colômbia (1976).

Galharte explora várias características desse texto mutante ou fora de qualquer quadrado, em termos de gênero, e como se integram nele referências várias, de tradições de pensamento místico até filosóficas. E é aí que o ensaísta localiza uma evidente "poética do olhar", em hábil paralelo com João Cabral de Mello Neto.

Em análise igualmente diversificada, Vilma Moreira Ferreira mergulha na ampla produção de crônicas de Clarice para o *Jornal do Brasil*. É nesses textos redigidos para o jornal durante quase sete anos que Vilma observa o movimento da escritora de buscar no aparentemente banal ou comum da vida cotidiana os elementos que possibilitam ao leitor fazer a sua própria descoberta do mundo – uma de suas marcas. Mas também neles a escritora não se furta a discutir temas candentes de esfera política e econômica nos tumultuosos anos de 1960. Como é próprio do mundo da crônica, Clarice igualmente dialogava com temas emergentes do noticiário do jornal para o qual escrevia.

Ler estes ensaios e conhecer a obra de Clarice, entre outras inúmeras possibilidades, é também enxergar como seu lado político era intenso na busca do inteiramente outro, ao compreender o diferente. Político no sentido estrito, herdado da Grécia antiga, o do cidadão da Pólis (cidade) que vai à praça pública e emite uma voz para questionar, investigar, descobrir e enunciar possibilidades para melhorar os rumos de seus pares. Muito além do senso comum, que toma a fração do político--partidário pelo todo. Das formas mais variadas – da sutil à explícita –, Clarice se manifesta politicamente. Um exemplo dessa postura está em crônica do *Jornal do* Brasil de 12 de outubro de 1968, onde publica carta de Fernanda Montenegro para falar dos momentos difícies vividos na época.

"Atualmente se representa de arma no bolso. Polícia nas portas do teatro. Telefonemas ameaçam o terror para cada um de nós em nossas casas de gente de teatro. É o nosso mundo.

"E o nosso mundo, Clarice?

"Não este, pelas circuntâncias obrigatorimente político, polêmico, contundente. Mas aquele mundo de que nos fala Tchekhov: onde repousaremos, onde nos descontrairemos? Ai, Clarice, a nossa geração não o verá. Quando eu tinha quinze anos pensava alucinadamente que minha geração desfaria o nó. Nossa geração falhou, numa melancolia de 'canção sem palavra', tão comum no século XIX. O amor no século XXI é a justiça social. E Cristo que nos entenda."

Identidade. Política. Condição humana. Elementos da mesma equação e correntes nas variadas tradições artísticas, bem como no melhor da literatura brasileira, ao lado de Joaquim Manoel de Macedo, Machado de Assis, Lima Barreto, Nelson Rodrigues, João Antônio e Hilda Hilst.

Voltando à questão da identidade, outro documento além da certidão de nascimento é a carta de Clarice ao então presidente Getúlio Vargas, em que pede o apressamento de sua cidadania brasileira e a qual publicamos na página seguinte. Vale destacar algumas peculiaridades dessa peça. A redação não se fixa no tratamento formal, desliza por vezes na quase oralidade, antecipando o estilo clariceano de suas crônicas. Ela se identifica como russa que não conhece a língua de tal país, "mas que fala, escreve e age em português, deseja casar-se com brasileiro e ter filhos brasileiros".

Mas há na carta o detalhe de ordem quase performática de não redigi-la em papel de carta refinado, como era comum e mesmo de se esperar nesse tipo de comunicação. Ela a escreve na lauda do jornal diário de *A Noite*, onde atuava como jornalista. Esse tipo de página não mais existe nas redações informatizadas a partir da década de 1980. O jornalista datilografava a matéria nesse tipo de papel, até mais ordinário que o papel-jornal, para ser lido pelo editor, seguir para a composição e descartado. Não era para durar. A lauda efêmera dá sustentação ao que Clarice informa ao presidente, suporte físico que traz no cabeçalho dados do veículo. Pode-se imaginar Getúlio com essa carta em mãos cujo papel só materializava a veracidade de tudo ali dito. Sinal, dos mais sutis, da extrema inteligência da autora para alcançar seus objetivos.

Boa leitura.

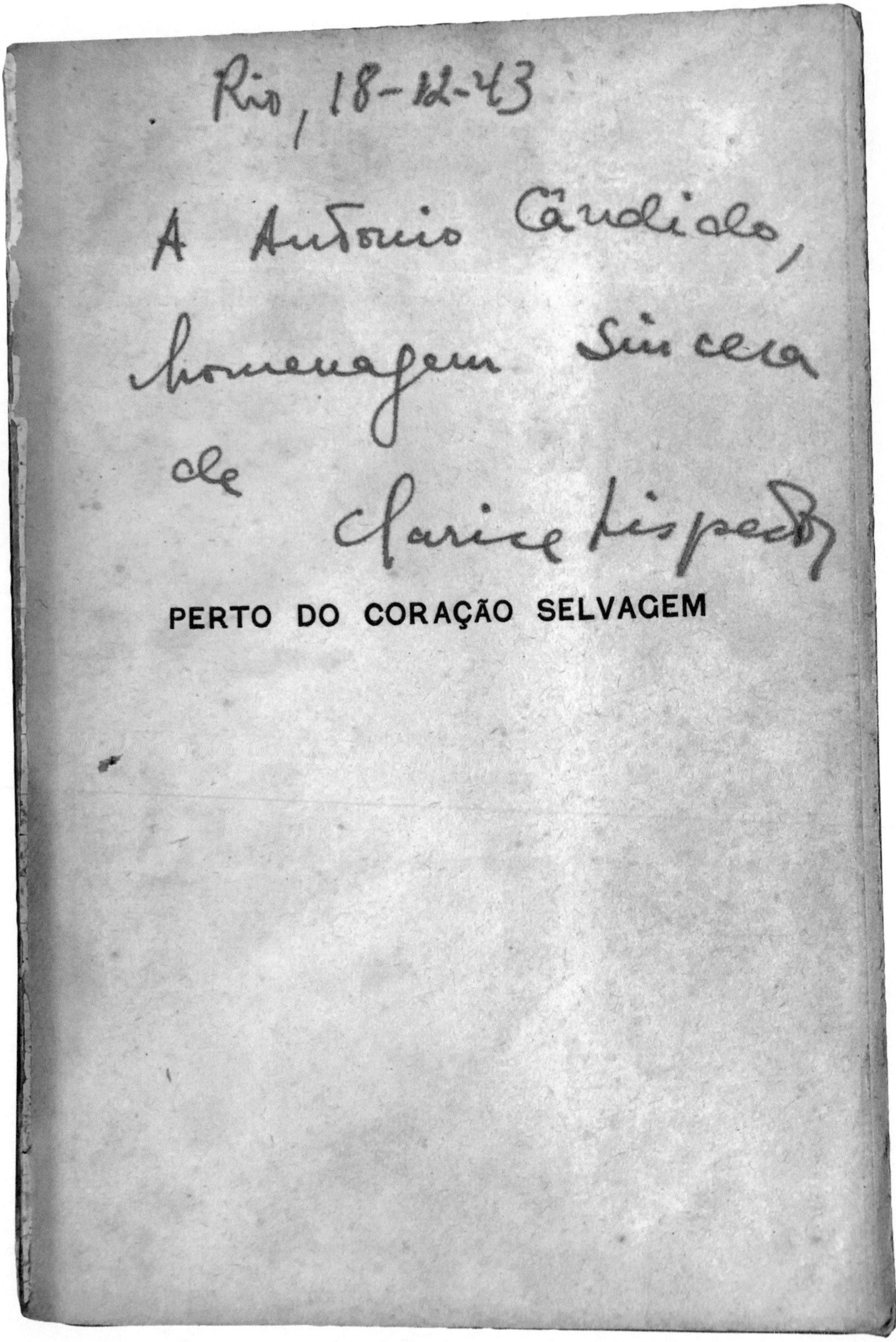
Rio, 18-12-43

A Antonio Candido,
homenagem sincera
de
Clarice Lispector

PERTO DO CORAÇÃO SELVAGEM

CLARICE LISPECTOR: A CONFERENCISTA E O DIREITO DE NARRAR

Inovação, segundo Antonio Candido: a aventura, o risco, a procura e a aproximação

NÁDIA BATTELLA GOTLIB[1]

Um dos primeiros artigos críticos sobre o romance inaugural de Clarice Lispector, *Perto do coração selvagem* (1943), foi escrito por Antonio Candido, querido e saudoso professor, e publicado em duas partes na então *Folha da Manhã* (que viria a se chamar *Folha de S.Paulo*), em 25 de junho e 16 de julho de 1944; portanto, respectivamente, cinco e seis meses após o lançamento do romance. E ganhou, na edição em livro, um título adequado, e diria até premonitório: "No raiar de Clarice Lispector".[2]

Tenho mencionado esse artigo em algumas oportunidades para ressaltar como, no calor da hora da publicação do romance, o autor desenhou linhas de leitura analítica e crítica que praticamente seriam confirmadas em obra posterior de Clarice, e reforçadas por outros críticos que se lhe seguiram.

Uma das razões desse acerto reside no fato de Antonio Candido antever um futuro promissor para a escritora, até então totalmente desconhecida por ele e por outros leitores, com exceção daqueles que eram mais próximos da moça Clarice, entre os quais saliento Ledo Ivo, Lúcio Cardoso, Antonio Callado, que haviam sido colegas da então jornalista na redação da agência *A Noite*, em inícios dos anos 1940. E também dos que haviam se aventurado em resenhas nos periódicos da época, como Eduardo Escorel e Sérgio Milliet, entre outros.

Um olhar positivo do crítico sobre a narrativa de estreia de Clarice se faz sentir no próprio título do artigo quando de sua publicação em livro – "No raiar de Clarice Lispector" –, que sugere não só um começo dos tempos literários da romancista iniciante, mas a ocorrência dos primeiros "raios" a iluminarem o território das letras, sugerindo brilho, irradiação, difusão de uma luz que haveria de se espraiar no tempo e no espaço, em território brasileiro e em outros continentes.

FIGURA 1: Dedicatória de Clarice Lispector ao crítico literário Antonio Candido, no primeiro romance da escritora, *Perto do coração selvagem* (1943). Acervo Nádia Gotlib.

1 Nádia Battella Gotlib é professora livre-docente (aposentada) de Literatura Brasileira da Universidade de São Paulo (USP) e autora de livros e artigos publicados no Brasil e no exterior; entre eles, *Clarice, uma vida que se conta* e *Clarice Fotobiografia*, ambos em catálogo da Edusp.

2 Antonio Candido, "No raiar de Clarice Lispector", in: *Vários escritos*. São Paulo: Duas Cidades, 1970. pp.123-31.

O crítico ressalta, nesse artigo, o caráter inovador do romance em meio a certo "conformismo estilístico" na produção brasileira da época, período – segundo Antonio Candido – marcado por uma ausência do que chama de "verdadeira aventura da expressão", que conseguisse "estender o domínio da palavra sobre regiões mais complexas e mais inexprimíveis", tal como conseguiram – e ele cita como exemplo – *Memórias sentimentais de João Miramar*, de Oswald de Andrade, e *Macunaíma*, de Mário de Andrade. E conclui:

> Com efeito, este romance é uma tentativa impressionante para levar a nossa língua canhestra a domínios pouco explorados, forçando-a a adaptar-se a um pensamento cheio de mistério, para o qual sentimos que a ficção não é um exercício ou uma aventura afetiva, mas um instrumento real do espírito, capaz de nos fazer penetrar em alguns dos labirintos mais retorcidos da mente.[3]

A literatura de Clarice "é *performance* da melhor qualidade",[4] afirma o crítico. E pertenceria, ainda segundo ele, ao grupo dos que preferem "o risco da aposta à comodidade do ramerrão".[5]

Eis uma leitura oportuna e, no meu entender, pertinente, desse primeiro romance de Clarice, mediante considerações que poderíamos estender a outros textos da escritora.

De fato, observa-se na ficção de Clarice, nesse romance e em outros trabalhos seus, até nos não ficcionais e de caráter mais jornalístico, reitero, "um pensamento cheio de *mistério*", em que a literatura surge como um "instrumento real do espírito, capaz de nos fazer penetrar em alguns dos labirintos mais retorcidos da mente", em "verdadeira aventura da expressão", que prefere "o risco da aposta à comodidade do ramerrão".

Como?

Justamente mediante a adoção de um procedimento que Antonio Candido chama de *romance de aproximação*. Na tentativa de desfazer o mero cotejo sujeito/objeto/autor/personagem, o narrador opta por um *ritmo de procura, de busca de uma identificação*. Por essa via, consegue atingir uma rara "*tensão psicológica*".

Se por um lado o crítico, cercando-se de cuidados, considera esse romance uma "tentativa de renovação" num momento em

3 Ibid., p.127.
4 Ibid., p.128.
5 Ibid., p.127.

que a obra, romance inaugural, ainda não havia conseguido se consolidar junto a um contexto crítico, por outro define os ingredientes básicos responsáveis, sim, por essa renovação.

Basta examinar a obra de outras escritoras da época, que tiveram importância como autoras de romance social, para se comprovar não só a "especificidade", mas também a "singularidade" dessa primeira obra de Clarice. É o caso de Rachel de Queiroz, em *O quinze*, de 1930, e *Caminho de pedras*, de 1937; de Lúcia Miguel-Pereira, com seus três romances dos anos 1930, *Maria Luíza* (1933), *Em surdina* (publicado em 1949, mas escrito em 1932), *Amanhecer* (1938); ou mesmo Pagu, com *Parque industrial*, de 1933.

Em *Perto do coração selvagem*, o narrador, embora mantenha uma terceira pessoa, parece sondar o que se passa no íntimo das personagens, centrando suas atenções na protagonista Joana. Os demais – que inclusive formam a triangulação (Otávio, o marido, e Lídia, a outra) – existem em função do protagonismo de Joana, que, desde a infância até a maturidade, *experimenta* a vida e seus desconcertos.

Esse percurso caracteriza-se por uma insatisfação que gera procura, busca. E que será o desenho de base do bordado romanesco dos três romances seguintes de Clarice. Joana, no final da história, encontra-se na iminência de nova busca, de uma viagem. Em *A cidade sitiada* (1949), Lucrécia, em São Geraldo, passa por várias experiências de procura de outros – até ter como meta, tal como Joana, a perspectiva de um novo encontro. Das três personagens que marcam a produção dos anos 1940, apenas Virgínia, em *O lustre* (1946), chega a um fim: depois de sucessivos encontros com o outro, nesse caso, com vários parceiros, morta em virtude de um atropelamento, aparece rodeada e vista por outros, numa antecipação da trágica cena final de *A hora da estrela* (1977).

Se por um lado esse suporte temático, da mulher e de sua busca por parceiros afetivos, sempre com suas configurações ou "sentidos" particulares, tem longa tradição, por outro tais romances têm uma marca específica: a tradução de experiências íntimas da mulher, levando ao limite, e testando, a capacidade de a linguagem traduzir, em detalhes, os tais "labirintos da mente" mencionados por Antonio Candido.

Mas seria essa inovação – considerando seu caráter de aventura e de risco, contra o conformismo – uma manifestação estética de vanguarda? É o que tentaremos averiguar a partir da leitura de um dos textos de Clarice menos examinados até o presente momento e de grande interesse para se refletir sobre o que se considera literatura de vanguarda. As implicações do debate nos remetem à relação do texto ficcional com a recepção e a crítica e introduzem ao público um perfil desconhecido da escritora: a Clarice conferencista.

A pesquisa em torno da produção de Clarice Lispector

Se examinarmos a volumosa e diversificada fortuna crítica referente à produção jornalística e literária de Clarice Lispector, é possível delinear linhas de exploração que se desenvolvem gradativamente, a partir daquele mês de dezembro de 1943, tanto no que se refere à quantidade quanto à diversidade de enfoques, segundo diferentes correntes teóricas e críticas, as quais se notam também em relação aos romances e contos.

Um dos mais significativos estudiosos da obra de Clarice Lispector é Benedito Nunes, que a partir dos anos 1960 se dedicou à leitura de praticamente toda a produção ficcional da autora, desde o primeiro romance, *Perto do coração selvagem*, até o último, já póstumo, *Um sopro de vida* (1978), passando ainda pelos contos. Seus estudos foram reunidos no volume *O drama da linguagem: uma leitura de Clarice Lispector*, publicado pela Ática em 1989.

Se, de um lado, os romances e contos têm sido os principais objetos da crítica por conta de seu alto teor artístico e criativo, de outro a edição de novos volumes da obra de Clarice estimulou estudos referentes, por exemplo, a um outro gênero: o das crônicas. É o caso das que integram a primeira edição de *A legião estrangeira*, de 1964, que na segunda parte do livro, intitulada "Fundo de gaveta", incluiu escritos com esse perfil produzidos pela autora, repertório que seria parcialmente reeditado em outro volume, intitulado *Para não esquecer*, em 1978.

Esse movimento receberia um segundo impulso com a publicação póstuma do volume *A descoberta do mundo*, em 1984, que reuniu parte das crônicas publicadas aos sábados, entre 1967 e 1973, no *Jornal do Brasil*.

Também a partir dos anos 1960, cresceu o interesse pela literatura infantil de Clarice quando da publicação do seu primeiro livro desse gênero: *O mistério do coelho pensante*, datado de 1967. A obra faz parte de uma série que inclui outros três títulos: *A mulher que matou os peixes*, de 1968; *A vida íntima de Laura*, de 1973; *Quase de verdade*, de 1978.

Mas nem só de romances, contos, crônicas e literatura infantil se constitui a produção de Clarice Lispector ou se alimenta a respectiva crítica especializada na autora. Ao longo dos anos 1980 instaurou-se uma nova linhagem de pesquisas, atenta ao levantamento exaustivo da produção jornalística de Clarice. É o caso do cuidadoso trabalho de Aparecida Maria Nunes, cujos resultados foram publicados no meio acadêmico em duas etapas – em 1991 e 1997 – e parcialmente incluídos no volume *Clarice Lispector "jornalista"*, de 2006, lançado pela editora Senac.

A partir daí, uma nova e até então desconhecida faceta da escritora veio a público; uma que compreende a aluna da Faculdade de Direito, da então Universidade do Brasil, que escreveu para o jornal dos estudantes e a jornalista que fez reportagens para a Agência Nacional e para o jornal *A Noite*, durante a ditadura do Estado Novo liderada por Getúlio Vargas.

O mapeamento dessa produção permitiu também rastrear todos os seus contos e crônicas publicados na imprensa carioca desde os anos 1940, em revistas como *Pan*, *Vamos Lêr!*, *D. Casmurro* e o suplemento "Letras e Artes" do jornal *A Manhã*.

A pesquisa de Aparecida Maria Nunes nos apresentou também, pioneiramente e na sua totalidade, outro conjunto de textos desconhecidos até aquele momento: as cerca de 450 páginas de colunas femininas publicadas em três periódicos cariocas. No jornal *Comício*, a seção intitulava-se "Entre Mulheres", e Clarice a assinava com o pseudônimo Tereza Quadros; no *Correio da Manhã*, a coluna "Correio Feminino/Feira de Utilidades" era assinada por outro pseudônimo, Helen Palmer; e no *Diário da Noite*, a coluna "Só para Mulheres" levava a assinatura da atriz e modelo Ilka Soares, mas quem redigia, como *ghost-writer* da atriz, era Clarice Lispector.

Não escapou aos objetivos da pesquisa empreendida por Aparecida Maria Nunes o levantamento exaustivo das entrevistas feitas por Clarice Lispector e publicadas tanto na revista *Manchete* quanto na revista *Fatos&Fotos*.

Desse vasto repertório ainda restaria um farto material inédito: as cartas. É bem verdade que um número significativo de suas correspondências havia sido publicado no livro de Olga Borelli, de 1981, intitulado *Clarice Lispector: esboço para um possível retrato* (atualmente esgotado, mas que sem dúvida mereceria uma nova edição).

E há que se considerar que doze dessas cartas foram doadas à Biblioteca Nacional pela irmã de Clarice, Tania Kaufmann, mas estas só seriam publicadas posteriormente, nos dois volumes organizados por Teresa Montero: *Correspondências*, de 2002, e *Minhas queridas*, de 2007. O primeiro, uma seleção da correspondência ativa e passiva da escritora; e o segundo, a reunião de algumas das cartas trocadas entre as irmãs Elisa Lispector e Tania Kaufmann. Deve-se mencionar também a correspondência trocada entre Clarice e Fernando Sabino, publicada por ele com o título *Cartas perto do coração*, em 2001, numa feliz combinação permuta de mensagens, e também única no repertório clariciano, no que respeita à quantidade. Mas ainda há dezenas de cartas suas que permanecem inéditas.

Parte da correspondência ativa e passiva de Clarice Lispector esteve depositada na Fundação Casa de Rui Barbosa, ou no próprio Arquivo Clarice Lispector, ou no de seus destinatários. Como tais arquivos estavam disponíveis a consulta, pesquisadores puderam desenvolver a leitura e a análise de tais documentos desde as últimas décadas do século passado. Embora essa correspondência passiva (com exceção das já mencionadas acima) tenha sido transcrita e reunida em trabalho acadêmico por Valéria Franco Jacyntho, até hoje não existe uma publicação que reúna o conjunto total desse material em livro, embora seja ela de grande interesse, pois ali Clarice troca informações com editores, críticos, amigos, escritores, artistas.

Nem mesmo a produção de Clarice nas artes plásticas deixou de ser analisada por meio de estudos comparados. É o caso do volume *Retratos em Clarice Lispector: literatura, pintura e fotografia*, de Ricardo Iannace, publicado pela Editora da UFMG, em 2009, com reproduções das telas criadas por Clarice Lispector.

Enquanto isso, a literatura de Clarice continuou a ser divulgada, mesmo fora do Brasil: nos Estados Unidos, esse processo teve início nos anos 1950, quando seus primeiros contos foram traduzidos para língua inglesa e publicados em revistas norte-americanas; na década seguinte, o romance *A maçã no escuro* (1961) ganhou tradução para o inglês feita pelo eminente tradutor Gregory Rabassa; na França, a partir de 1964, o primeiro romance de Clarice, *Perto do coração selvagem*, ganhou tradução para a língua francesa.

Ao longo das décadas subsequentes, a divulgação de sua obra no exterior seguiu gradativamente. Se no final do século passado toda a obra de Clarice Lispector já publicada no Brasil até então tinha sido traduzida para o francês, o inglês e o espanhol, entre outras línguas, nos primeiros anos do nosso século chegou a ser traduzida para cerca de trinta países.

Com o surgimento da internet verificou-se um movimento duplo: se, por um lado, o acesso a textos de Clarice foi amplamente facilitado por meio de *blogs* e *e-books*, por outro, ocorreu uma ampla circulação de textos atribuídos à escritora, quando, na realidade, não eram de sua autoria.

Mesmo com o vasto rol de pesquisas sobre os escritos de Clarice, ainda restam elementos de sua produção que foram pouco explorados. Ressalto pelo menos três produções dela que foram bem pouco investigadas: uma única peça de teatro, intitulada *A pecadora queimada e os anjos harmoniosos*; um artigo sobre tradução, chamado "Traduzir procurando não trair"; e uma conferência. É essa conferência, pouco mencionada pela crítica, que examinarei a seguir, pois a reflexão ali desenvolvida pela escritora permite estabelecer conexões entre as propostas críticas do leitor Antonio Candido e as da leitora Clarice Lispector no que se refere ao caráter inovador e vanguardista da literatura.

Clarice conferencista: literatura e vanguarda

A experimentação, o autoconhecimento, o conhecimento, a pesquisa

Volto, então, à questão levantada no final da primeira parte deste artigo: seria possível considerar a produção de Clarice, com seu caráter de inovação, nos termos propostos por Antonio Candido

– entre outros aspectos, enquanto literatura em estado de risco, contra o conformismo –, de vanguarda?

Sim, se considerarmos o conceito de vanguarda tal como a escritora expôs na conferência intitulada "Literatura de vanguarda no Brasil", proferida na Universidade de Austin, no Texas, em 1963. Trata-se, aliás, da única conferência que Clarice de fato escreveu, já que ela reproduzia seu conteúdo sempre que era convidada por pessoas ou instituições de outras cidades, alterando no texto apenas a localidade registrada na parte inferior de uma das páginas.[6]

Nessa conferência, preocupada em cumprir satisfatoriamente sua tarefa de discorrer sobre a vanguarda brasileira, a Clarice conferencista inicia suas considerações em tom de manifesto, anunciando suas fragilidades e sua incompetência para abordar o tema:

> Nunca tive, enfim, o que se chama verdadeiramente de vida intelectual. [...] Apesar de ocupada, desde que eu me conheço, com o escrever – eu já escrevia quando tinha sete anos de idade –, apesar disso infelizmente faltou-me encarar também a literatura de fora para dentro, isto é, como uma abstração. [...] Literatura para mim é o modo como os outros chamam o que nós, os escritores, fazemos.[7]

Quando o leitor parece estar quase convencido de que Clarice não teria condição alguma de levar adiante sua incumbência, a conferencista passa a executar a tarefa: faz sucessivas tentativas de definir o que para ela seria vanguarda. Mas, a cada investida, uma negação.

Seria experimentação? "Vanguarda seria, também para mim, é claro, experimentação", afirma. Mas, completa:

> O que me confundiu um pouco a respeito de vanguarda como experimentação é que toda verdadeira arte é também uma experimentação, e, lamento contrariar muitos, toda verdadeira vida é experimentação, ninguém escapa.[8]

Estaria Clarice contrariando os valores formais em voga? Sim, mas...

FIGURA 2: Clarice em Paris, junho de 1946. Alair Gomes (fonte: Edusp)

6 Clarice Lispector, "Literatura de vanguarda no Brasil", in: Teresa Montero e Lícia Manzo (Orgs.), *Outros escritos*. Rio de Janeiro: Rocco, 2005. pp.95-111.

7 Ibid., p.96.

8 Ibid., p.97.

> Por que então uma experimentação era vanguarda e outra não? Vanguarda seria aquela que revertesse valores formais e tentasse, por assim dizer, um oposto ao que se estivesse no momento sendo formalmente feito?[9]

Para ela, esse ponto de vista seria "simplório demais, além de que tão raso quanto as modas".

Teria, então, a vanguarda a ver com a novidade do elemento estético? Sim, porém "a expressão 'elemento estético' não se entende bem comigo", declara ela.[10]

Seria, enfim, uma forma nova para arrebentar a forma estratificada e criar uma nova visão? Sobre o assunto, diz ela, "já estava melhor":

> Qualquer verdadeira experimentação levaria a maior autoconhecimento, o que significaria: conhecimento. Vanguarda seria, pois, em última análise, um dos instrumentos de conhecimento, um instrumento avançado de pesquisa.[11]

Curiosamente, nesse trecho, Clarice usa o mesmo termo que o crítico Antonio Candido adota para se referir à literatura da escritora: "um instrumento", para ele, "real do espírito".

Para Clarice, vanguarda significa, portanto, experimentação, autoconhecimento, conhecimento, pesquisa. Implica "renovações formais" que levariam ao "reexame de conceitos".[12] Sua definição, na sequência do texto, leva em conta o debate anterior e entende a vanguarda como *libertação.*

Para exemplificá-la, Clarice recorre ao modernismo de 1922, movimento de profunda libertação por ser, "sobretudo, um novo modo de ver". E afirma: "libertação é sempre vanguarda".

Mas para quem? Sobre esse tema a escritora levanta a seguinte questão:

> libertação é às vezes avanço apenas para quem se está libertando, e pode não ter valor de moeda corrente para os outros. Para nós, 1922 significou vanguarda, por exemplo, independente de qualquer valor universal. Foi movimento de posse: movimento de tomada de nosso modo de ser, de um dos nossos modos de ser, o mais urgente naquela época, talvez.[13]

9 Ibid.
10 Ibid.
11 Ibid.
12 Ibid.
13 Ibid., p.99.

Libertação, pois, *apenas para quem está se libertando*. Eis, então, um conceito particular de vanguarda, que considera o movimento não como a tropa de choque na guarda de frente, mas como aquele que porta novos modos de ser – e, portanto, de agir artisticamente.

Não pretendo me deter aqui nos tantos apontamentos de Clarice sobre quais poemas poderiam ser considerados de vanguarda ou nas seleções que ela elabora. Menciono apenas o caso de Drummond, poeta, que Clarice lê, de rara sensibilidade.

Ao reconhecer no "Poema das sete faces", de Drummond, o divórcio com o declamatório, ela afirma:

> Drummond é a palavra nua, coberta somente por uma tênue camada: a da contenção da nudez. Drummond não se permite o êxtase, nem mesmo o do sofrimento – e nessa autoprivação ele *nos dói* ainda mais.[14]

E adota uma solução: não analisar Drummond. "Por incapacidade minha de análise, eu não tentaria analisá-lo. Essa minha incapacidade me dá grande alegria pessoal, no caso: por não poder analisá-lo, é que fico com todo ele."[15]

Sua conclusão inspira-se no poema de Drummond:

> Que será que faz com que certos rostos sejam inominavelmente *a face verdadeira de um homem*? E não apenas uma face? O que quer que seja, o olhar o vê e reconhece, *o inominavelmente*. Lendo Drummond, não um poema, mas acompanhando a sua obra, acompanha-se a profunda respiração de um homem. *Ele é um guia, sem que eu saiba dizer em quê – e isto é vanguarda para mim.*[16]

Aqui, por meio da leitura de Drummond, ela chega a um novo conceito de vanguarda: é aquilo que mais importa, o que melhor traduz um homem e sua arte, e que por isso estaria na frente – *avant-garde* – de qualquer outro recurso. Por isso, se torna um guia do leitor, mesmo sem se saber em quê.

A essa altura a conferencista já não se preocupa em saber se Drummond é ou não vanguarda (é uma questão semântica, afirma ela), pois o que importa é que sua poesia é, nas palavras dela, "uma reflexão profundamente vivida *sobre a pungência de se estar no mundo*".[17]

14 Ibid., p.101, grifos meus.

15 Ibid.

16 Ibid., grifos meus.

17 Ibid., p.102, grifos meus.

Clarice reforça, pois, a ideia de que a vanguarda é um ponto de vista novo, "mesmo que às vezes levasse apenas a mais um milímetro de visão".[18] Algo que tem a capacidade de fazer as coisas mudarem. É assim que a escritora chega ao aspecto derradeiro da vanguarda, para onde tudo se volta: o político.

A vanguarda e o político

E aí, sim, a escritora volta ao conceito tradicional de vanguarda como linha de frente.

> Para nós, politização é principalmente uma das ramificações da urgência de entendermos as nossas coisas no que elas têm de peculiares ao Brasil e no que representam necessidades profundas nossas inclusive mesmo as estéticas.[19]

E eu completaria: seria escrever "em estado de urgência e de calamidade pública", tal como o narrador Rodrigo S.M. escreve o seu romance sobre Macabéa, na confluência do político com o estético.

> É que eles vivem uma atmosfera de linha de frente, onde novos modos se esboçam. Pois de uma maneira geral – e agora sem falar apenas de politização – a atmosfera é de vanguarda, o nosso crescimento íntimo está forçando as comportas e rebentará com as formas inúteis de ser ou de escrever. Estou chamando o nosso progressivo autoconhecimento de vanguarda. Estou chamando de vanguarda "pensarmos" a nossa língua.[20]

Eis uma nova sugestão para se ler esse quase derradeiro romance de Clarice. De fato, *A hora da estrela* constitui um ponto de tensão máxima só comparável, no meu entender, ao seu livro anterior, *A paixão segundo G. H.* (1964).

Nos dois romances, o que Lispector propõe, em termos estruturais, é uma sequência embasada na tal "aproximação" – do narrador em direção a sua personagem e da personagem em direção a uma outra personagem – configurada, no primeiro caso, no romance de 1964, na figura de Janair, empregada doméstica que se transfigura em rainha negra e, num último estágio, em barata – representação do sumo vital, matéria selvagem arcaica e massacrada que, embora habite os "escombros da civilização",

18 Ibid., p.105.
19 Ibid.
20 Ibid.

resiste pulsando. Uma espécie de Macabéa, porque esta, apesar de "nada ter", num mundo construído à base do "ter", consegue resistir e sobreviver. Até ser massacrada por um carro Mercedes--Benz que tem ironicamente a estrela como logomarca.

Rebentação. No primeiro caso, mediante devoração, ou autodevoração, em cena de autofagia. No segundo caso, atropelamento, desastre, aniquilação.

Em ambos, algo ataca as entranhas do corpo, fazendo emergir o material *de-dentro* da personagem, já modificada pela experiência íntima de libertação: transplantar para o seu *de-dentro* o sumo da barata, no primeiro caso; ter inserida na própria carne as mil pontas de uma estrela, no segundo.

Uma sequência gradativa estancada pela cena final: da incorporação do outro – sumo da barata; estrela do carro de luxo – que traz às personagens a experimentação de sua própria condição humana – essa seria uma interpretação entre várias outras. Mas no segundo romance, *A hora da estrela*, ocorre o enredamento sequencial limitado a três instâncias ou personagens: autor, narrador, personagem, não por coincidência distribuídos em feminino, masculino e uma espécie de neutro, na medida em que foge das instâncias que regem uma consciência social e política, isto é, na medida em que *escapa* do sistema, considerado um território inatingível, do inominável, e por isso dúbio, do viver miseravelmente sem que isso culmine com revolta ou vingança. A personagem Macabéa simplesmente paira. Além do pensamento.

Justamente por se inscrever em diferentes estratos culturais distribuídos em personagens que pertencem a três classes sociais distintas – dos que têm a "cultura" (em sentido amplo e entre aspas), o poder de narrar, e que delegam essa função a outro, que também detém cultura, e que narra sobre os que não a detêm – e, ao problematizar essa situação social na figura do romancista Rodrigo S.M., o romance efetiva o pensamento sobre *o direito de narrar*.

Recordo o primeiro texto escrito por Clarice, ainda estudante de direito, curso que, segundo ela, foi escolhido conscientemente, por conta de sua sede de justiça. O texto "Observações sobre o direito de punir", publicado na revista estudantil da UFRJ (à época, Universidade do Brasil), traz a pergunta: quem tem o direito de punir?

E eu me pergunto se a questão de fundo em *A hora da estrela*, parafraseando Clarice, não seria esta: quem tem o direito de narrar? Como atingir o outro se, conforme escrevo, ou uso o poder da palavra, o pão se transforma em ouro? – para usar imagem da própria Clarice. Eis um tópico ligado diretamente à nossa cultura, à nossa língua.

Na parte final da conferência, Clarice afirma: "Pensar a língua portuguesa do Brasil significa pensar sociologicamente, psicologicamente, filosoficamente, linguisticamente sobre nós mesmos".[21]

Esse texto, que nos lembra um artigo de Fernando Pessoa com título muito parecido, desenvolve um pensamento político sobre a nossa língua.

> É maravilhosamente difícil escrever em língua que ainda borbulha; que precisa mais do presente do que mesmo de uma tradição; em língua que, para ser trabalhada, *exige que o escritor se trabalhe a si próprio como pessoa*. Cada sintaxe nova é então reflexo indireto de novos relacionamentos, de um maior aprofundamento em nós mesmos, de uma consciência mais nítida do mundo e do nosso mundo.[22]

E prossegue:

> Cada sintaxe nova abre então pequenas novas liberdades. Não as liberdades arbitrárias de quem pretende "variar", mas uma liberdade mais verdadeira, e esta consiste em descobrir que se é livre. Isto não é fácil: *descobrir que se é livre é uma violentação criativa*. [...] Nesta se ferem escritor e linguagem, pois, qualquer aprofundamento é penoso: ferem-se, mas reagem vivos [...]. A linguagem está descobrindo o nosso pensamento, e o nosso pensamento está formando uma língua que se chama literária e que eu chamo, para maior alegria minha, de linguagem da vida.[23]

Eis aí o sentido mais abrangente de vanguarda. Por isso Clarice considera Guimarães Rosa um escritor de vanguarda e renovador do romance, como justifica:

> Pois criou uma linguagem que é subjacente à nossa, algumas vezes como se fosse um substrato de nossa língua, e que, por

21 Ibid.

22 Ibid., grifos meus.

23 Ibid., p.106.

> isso mesmo, na sua aparente estranheza, nós reconhecemos como tocando na nossa maior intimidade. Ele é de vanguarda porque se adiantou e precipitou nossa consciência de uma verdade que não é apenas linguística, mas da pessoa brasileira. Somos, por enquanto, falsos cosmopolitas, e o interior do Brasil revelado por Guimarães Rosa está em cada um de nós, e tão bem revelado que atinge a altura de uma invenção.[24]

E conclui: "*Temos fome de saber de nós, e grande urgência, porque estamos precisando de nós mesmos, mais do que dos outros*".[25]

Não lhe escapa o que chama de "falsas vanguardas", patente em certos males: o modismo, o intelectualismo, a arte forçada e a cópia. Sobre esta última, afirma: "Parece-me que eles não se inspiram na, digamos, 'coisa em si', e sim se inspiram na literatura alheia, na 'coisa já literalizada'. Não vão diretamente à fonte, seguem o resultado já atingido por outros escritores".[26]

E, para reforçar seu ponto, convoca José Guilherme Merquior, que "fala das obras de vários poetas [...] que exprimem o desespero do mundo sem ter desespero nem mundo".[27] E cita ainda outros poetas, incluindo aí sua grande amiga Marly de Oliveira, hoje tão esquecida nos meios acadêmicos brasileiros.

Epílogo

No final da conferência, Clarice volta-se para si mesma, assumindo sua função de escritora. Afirma que está desiludida. Que não encontrou a paz. Talvez não escreva mais. Talvez volte a escrever. Que gosta, sobretudo, de pintar. E registra breves depoimentos de pessoas, entre escritores e críticos (que estavam num congresso de literatura em Brasília: Benedito Nunes, Affonso Romano de Sant'anna, Mário Chamie, José Guilherme Merquior, Autran Dourado, Silviano Santiago, Elias José), indagando-lhes qual seria o destino e a perenidade da literatura e quais as relações existentes entre literatura e jornalismo. Temas, aliás, bastante atuais.

Pensar a língua portuguesa e a cultura brasileira foi o que Clarice fez ao longo de sua obra e, especificamente, em *A hora da estrela*. Não é gratuito o fato de o narrador Rodrigo S.M. nos contar que Macabéa lhe pergunta justamente "o que é cultura". E nem o fato de ela, semialfabetizada, escrever "designar" com "gu": "desiguinar".

24 Ibid.
25 Ibid., grifos meus.
26 Ibid.
27 Ibid., p.109.

Eis uma estrela de mil pontas – constelação ficcional extraída das entranhas, manifestando um grito de indignação diante da miséria da condição humana, que apenas na hora da agonia ganha certa visibilidade.

O livro *A hora da estrela*, uma vez que continua raiando solitário, sem se filiar propriamente a um grupo, apresenta-se como vanguarda, já que avança e ilumina, sob a forma de inspiração (modelo instrumental de pesquisa para se atingir os tais labirintos da mente), a produção de tantos outros, irradiando luz no cenário da experimentação, das dores e das injustiças.

Encerro então o artigo parafraseando a própria escritora como luz de vanguarda: "Ela, Clarice, é um guia, mesmo sem que, por vezes, eu saiba dizer em quê". Quem sabe, então, a manifestação mais autêntica do que seria vanguarda não estaria nesse vazio? Segundo Clarice, evidentemente.

DE REPÓRTER A ENTREVISTADA

Depois de ter trabalhado como repórter para o jornal carioca *A Noite*, Clarice Lispector, em 1955, já uma escritora consagrada, retorna à redação, agora como entrevistada. Reproduzimos aqui esse breve bate-papo (fonte: Acervo Hemeroteca Nacional-Brasil).

Do Rio e do mundo

D. RENAULT

PERSONALIDADE

(Clarice Lispector)

NATURAL da Rússia (com dois meses de idade no Brasil), bacharel em Direito, ex-jornalista («Agencia Nacional, A NOITE), escritora (Perto do Coração Selvagem, O Lustre, A Cidade Sitiada, Alguns Contos), etc.

REPORTER — E' supersticiosa? — CLARICE — Criei as minhas superstições: uma delas é não dizer quais são. — Coleciona alguma coisa? — Não consigo guardar nada. — Qual sua diversão preferida aqui ou na América? — Cinema. — Faz esporte? — Ando a pé e a cavalo. — Se fosse para uma ilha que livros levaria? — Não levaria livros; levaria gente, que faz melhor *companhia*. — Que torna o Brasil mais conhecido nos Estados Unidos? — O café. — Qual a mais forte emoção que já sentiu? — Tive várias, em planos diferentes. — Como vê seu próprio temperamento? — Impaciente. — Quais as coisas que a alegram? — Família, amizades e literatura. — E as que a aborrecem? — Esperar qualquer coisa. — Quais os cronistas que lê comumente? — Rubem Braga, Paulo M. Campos e Fernando Sabino. — Quando pretende voltar para o Brasil? — Não depende de mim, nem de meu marido. O Itamarati é quem manda. — Gostaria de viver noutra época? — No futuro. — Por que? — Porque detesto perder tempo.

UMA CARTA PARA O PRESIDENTE

Carta de Clarice, de 1942, para o então presidente Getúlio Vargas, em que solicita o adiantamento do processo de concessão de sua cidadania brasileira. Clarice redige a carta em um papel timbrado do jornal *A Noite* – para o qual trabalhava como repórter à época –, usado pelos redatores para enviar as primeiras versões de seus textos aos editores, e não em um papel mais apropriado para correspondências, principalmente em se tratando de uma correspondência oficial. O mais provável é que a escritora, com esse gesto, tenha buscado demonstrar ao presidente que ela já se encontrava bem inserida na sociedade brasileira (fonte: Edusp).

PA 1181

A NOITE

Rio de Janeiro, 3 de Junho de 1942.

Senhor Presidente Getulio Vargas :

Quem lhe escreve é uma jornalista, ex-redatora da Agencia Nacional (Departamento de Imprensa e Propaganda), atualmente trabalhando n'A Noite, academica da Faculdade Nacional de Direito e, casualmente, russa tambem.

Uma russa de 21 anos de idade e que está no Brasil há 21 anos menos alguns meses. Que não conhece uma só palavra de russo mas que pensa, fala, escreve e age em português, fazendo disso sua profissão e nisso pousando todos os projetos do seu futuro, proximo ou longinquo. Que não tem pai nem mãe - o primeiro, assim como as irmãs da signataria, brasileiro naturalisado - e que por isso não se sente de modo algum presa ao país de onde veio, nem sequer por ouvir relatos sobre ele. Que deseja casar-se com brasileiro e ter filhos brasileiros. Que, se fosse obrigada a voltar à Russia, lá se sentiria irremediavelmente estrangeira, sem amigos, sem profissão, sem esperanças.

Senhor Presidente. Não pretendo afirmar que tenha prestado grandes serviços à Nação - requisito que poderia alegar para ter direito de pedir a V. Ex. a dispensa de um ano de prazo, necessario à minha naturalisação. Sou jovem e, salvo em ato de heroismo, não poderia ter servido o Brasil senão fragilmente. Demonstrei minha ligação com esta terra e meu desejo de servi-la, cooperando com o D. I. P., por meio de reportagens e artigos, distribuidos aos jornais do Rio e dos Estados, na divulgação e na propaganda do governo de V. Ex. E, de um modo geral, trabalhando na imprensa diaria, o grande elemento de aproximação entre governo e povo.

Como jornalista, tomei parte em comemorações das grandes datas nacionais, participei da inauguração de inumeras obras iniciadas por V. Ex., e estive mesmo ao lado de V. Ex. mais de uma vez, sendo que a ultima em 1 de Maio de 1941, Dia do Trabalho.

Se trago a V. Ex. o resumo dos meus trabalhos jornalisticos não é para pedir-lhe, como recompensa, o direito de ser brasileira. Prestei esses serviços espontanea e naturalmente, e nem poderia deixar de executa-los. Se neles falo é para atestar que já sou brasileira.

Posso apresentar provas materiais de tudo o que afirmo. Infelizmente, o que não posso provar materialmente - e que, no entanto, é o que mais importa - é que tudo que fiz tinha como nucleo minha real união com o país e que não possuo, nem elegeria, outra patria senão o Brasil.

Senhor Presidente. Tomo a liberdade de solicitar a V. Ex. a dispensa do prazo de um ano, que se deve seguir ao processo que atualmente transita pelo Ministerio da Justiça, com todos os requisitos satisfeitos. Poderei trabalhar, formar-me, fazer os indispensaveis projetos para o futuro, com segurança e estabilidade. A assinatura de V. Ex. tornará de direito uma situação de fato. Creia-me, Senhor Presidente, ela alargará minha vida. E um dia saberei provar que não a usei inutilmente.

Clarice Lispector

Clarice Lispector

FIGURA 1: Capas de *A hora da estrela*, obra que consagrou definitivamente Lispector como uma grande escritora e cuja primeira edição data de 1977.

RACISMO E O EXERCÍCIO DA *BRANQUITUDE* EM *A HORA DA ESTRELA*[1]

LUCIA VILLARES[2]

Neste artigo, examinarei a presença do racismo e a necessidade de se exercer a *branquitude* presentes no romance de Clarice Lispector *A hora da estrela* (1977). Esse romance curto retrata as lutas de uma jovem nordestina, Macabéa, que tenta sobreviver e ganhar a vida na metrópole do Rio de Janeiro. Macabéa, que é muito pobre e não se adapta bem à cidade, trabalha em um escritório como datilógrafa. Certo dia, ela encontra Olímpico, um metalúrgico também migrante do Nordeste. Eles começam a sair juntos, mas logo Olímpico perde o interesse por ela e se atrai por Glória, a colega mulata de Macabéa.

Mas como são narradas as características raciais de Macabéa? Ela claramente não está apta a viver neste mundo moderno e urbano – é retratada como "uma moça numa cidade toda feita contra ela"[3] –, e a visibilidade desempenha um papel crucial em sua caracterização. Muito do que Macabéa é deriva de como ela se aparenta, ou melhor, com o que ela *não* se parece. Seu corpo é um acúmulo de "desvantagens", de faltas, de atributos negativos.

1 Este ensaio é publicado em memória da professora Lucia Villares, falecida em 16 de julho de 2018, durante a produção deste número da *Revista da Biblioteca Mário de Andrade*. Ficam as homenagens a essa valorosa pesquisadora que muito contribuiu para a divulgação da cultura brasileira nos países de língua inglesa. O ensaio foi publicado originalmente no *Journal of Iberian and Latin American Studies* (v.14, n.2-3, 2008, p.77-85), com o título "Racism and the Performance of Whiteness in *A hora da estrela*". Tradução de Richard Sanches.

2 Lucia Villares, doutora pela University of London, foi professora, escritora e poeta brasileira radicada na Inglaterra. Ela lecionou cultura e literatura brasileiras em diversas universidades no Reino Unido. Entre as suas publicações encontra-se *Examining Whiteness: Reading Clarice Lispector through Bessie Head and Toni Morrison* (Londres: Routledge, 2011). Sua pesquisa mais recente focava a *branquitude* e a masculinidade na obra de Graciliano Ramos. Em 2017, coeditou com Sara Brandellero a coletânea *Graciliano Ramos and the Making of Modern Brazil: Memory, Politics and Identities* (Cardiff: University of Wales Press, 2017).

3 Lispector, *A hora da estrela*, p.15.

Ela é magra, suja e feia demais; não possui o que se pode chamar de encanto. Macabéa não se ajusta fisicamente ao mundo em que vive, e muito disso se deve ao fato de sua cor não estar correta: como diria Homi Bhabha,[4] ela é branca, mas não totalmente. A cor de sua pele é percebida como suja, e a personagem é frequentemente descrita como amarelada: "Se sei quase tudo de Macabéa é que já peguei uma vez de relance o olhar de uma nordestina amarelada".[5]

Em um determinado momento da narrativa, Macabéa expressa a Olímpico seu desejo de se parecer com Marilyn Monroe, enfatizando o tom "todo cor-de-rosa" do corpo de Monroe. É assim que o diálogo se desenvolve:

> – Sabe o que eu mais queria na vida? Pois era ser artista de cinema [...]. Sabe que Marilyn era toda cor-de-rosa?
> – E você tem cor de suja. Nem tem rosto nem corpo para ser artista de cinema.
> – Você acha mesmo?
> – Tá na cara.[6]

Macabéa parece estranhamente imune à brutal rejeição de Olímpico às ambições dela. A expressão "Tá na cara" sugere algo absolutamente óbvio que todos os outros – exceto Macabéa – podem entender. Macabéa, no entanto, continua como se as palavras dele não pudessem atingi-la. Algo mais forte que a brutalidade verbal de Olímpico associa Macabéa ao que o leitor percebe como as ilusões dela. Mais adiante no romance, acontecerá algo semelhante. Quando Macabéa explica à colega Glória sua ambição de se parecer com Marilyn, Glória reage da mesma forma: "Logo ela, Maca? Vê se te manca!".[7] O comentário de Glória, embora não tão brutal quanto o de Olímpico, repercute de modo similar na mente do leitor, reiterando a inadequação do corpo de Macabéa. A expressão "Vê se te manca!" é quase um sinônimo de "Tá na cara", expressando algo como "Você não percebe? É obvio". Assim, Olímpico e Glória insistem no fato de que a inadequação de Macabéa é notória e manifesta. Essa é, na realidade, a definição de pensamento racista: a imputação de atributos psicológicos e morais a certas características físicas, como a cor da pele. Macabéa nunca poderia aspirar a ser uma estrela de cinema por causa de uma

4 Ao explicar o conceito de mimetismo no contexto da textualidade colonial, Homi Bhabha se refere a um tipo de diferenciação que define o que é "quase igual, mas não exatamente" ["*almost the same but not quite*"] e "quase igual, mas não branco" ["*almost the same but not white*"] (Bhabha, 1994, p.89).

5 Lispector, op. cit., p.57.

6 Ibid., pp.53-4.

7 Ibid., p.64.

inadequação corporal: suas limitações sociais e psicológicas são óbvias para quem olha para ela.

É claro que a inadequação não reside na aparência física de Macabéa, mas no condicionamento cultural daqueles que a olham. Como Matthew Frye Jacobson[8] afirma, "raça não é apenas uma concepção; é também uma percepção".[9] Jacobson cita Ruth Benedict, segundo a qual, no pensamento racial, "o olho que vê não é um mero órgão físico, mas um meio de percepção condicionado pela tradição na qual o possuidor foi criado".[10] O problema não é Macabéa nem sua aparência, mas o enquadramento através do qual ela é percebida.

O texto chama a atenção para o quanto nossas identidades e nossas subjetividades dependem de características visíveis. Como explica Linda Schlossberg:

> Teorias e práticas de formação de identidades e sujeitos são estruturadas em grande parte em torno de uma lógica de visibilidade [...]. No nível mais básico, somos sujeitos constituídos por nossas visões de nós mesmos e dos outros e confiamos que nossa capacidade de ver e de ler carrega consigo certo grau de certeza epistemológica.[11]

Além disso, o controle do que é visível – o realce de algumas características e a ocultação de outras – permite o processo de "passar-se", pelo qual uma pessoa consegue, ao evocar os atributos visuais associados a esse grupo (por exemplo, mulheres disfarçadas de homens, ou pessoas negras ou mestiças disfarçadas de brancas etc.), ser percebida como parte de um grupo específico do qual normalmente seria excluída, realizando os atributos visuais associados a esse grupo (por exemplo, mulheres caracterizadas como homens ou pessoas negras ou mestiças caracterizadas como brancas etc.). Enquanto Macabéa obviamente não consegue "passar-se", Glória – como veremos adiante com mais detalhes – mascara suas origens africanas e controla esse processo com eficiência suficiente para impressionar Olímpico. A certa altura ele descreve Glória como "material de boa qualidade", em contraste com Macabéa, que é vista como alguém que não tem "força de raça", como um "subproduto".[12] Os comentários de Olímpico contam com uma conexão essencial

8 Jacobson, *Whiteness of a Different Color*, p.9.

9 Esta e as demais citações de autores estrangeiros foram traduzidas do inglês junto com o restante do artigo. [N. E.]

10 Benedict apud Jacobson, op. cit., p.10.

11 Schlossberg, in: Sánchez e Schlossberg, *Passing: Identity and Interpretation in Sexuality, Race and Religion*, p.4.

12 Lispector, op. cit., p.59.

entre a aparência física de Macabéa e sua identidade pessoal. Em outras palavras, ele parece acreditar no que Schlossberg identifica como "a relação aparentemente íntima entre o visual e o conhecido".[13] Ainda assim, enquanto Olímpico – e também Glória – depositam sua fé em um elo essencial entre o corpo físico de Macabéa e seu "verdadeiro eu", Macabéa localiza-se fora desse domínio do "senso comum". Algo mais forte do que todas essas evidências externas e visuais compele Macabéa a continuar a ser como é, apesar dos comentários de Olímpico.

Em determinado momento, no livro, o narrador descreve a pele de Macabéa como se coberta por manchas escuras que ela tenta disfarçar com maquiagem: "examinou de perto as manchas do rosto. Em Alagoas chamavam-se 'panos', diziam que vinham do fígado. Disfarçava os panos com grossa camada de pó branco e se ficava meio caiada era melhor que o pardacento".[14] Essas palavras deixam claro que as tentativas de Macabéa de encobrir a cor ou as imperfeições de sua pele são óbvias e visíveis. O pó branco que ela usa pode ser visto como uma tentativa de se passar por branca, uma tentativa de exercer a *branquitude*. Mas, ao contrário de Glória – que, como veremos, consegue esconder suas origens afro-brasileiras –, a tentativa de Macabéa de se passar por branca não é bem-sucedida, e seu fracasso é evidente – ficava meio caiada. A palavra "caiada" (branca) sugere a noção de uma brancura que parece artificial, não real. As tentativas de Macabéa de se passar por branca são tão evidentes e tão desajeitadas que se pode até mesmo discutir se o termo "passar-se" é ou não adequado aqui, pois seu uso pode transmitir a ideia de que Macabéa está mais ciente das normas relativas à performance do caráter racial do que ela realmente está. Trate-se de uma atitude deliberada ou não, o fracasso de Macabéa a esse respeito expõe a existência de normas aceitas e não verbalizadas que controlam a identidade racial e sua inscrição nos corpos femininos.[15]

Macabéa não é explicitamente retratada como de raça mista e, até onde sabemos, sua exclusão não é obviamente causada por ela ser etnicamente mista. Na sociedade que o romance de Lispector descreve, misturar-se etnicamente pode ser um atributo positivo, dependendo de como alguém o realiza socialmente. O "problema" com Macabéa é que ela não é capaz de usar suas origens étnicas – sejam elas quais forem – em benefício próprio.

13 Schlossberg, op. cit., p.1.

14 Lispector, op. cit., p.27.

15 A combinação entre raça e gênero na formação da identidade de Macabéa poderia ser mais explorada. Neste artigo, no entanto, como mencionado anteriormente, nosso foco será, principalmente, a questão racial.

Glória, ao contrário, é capaz de articular sua "raça mista" de forma a transformá-la em um atributo positivo.

As dificuldades de Macabéa vêm do modo como ela efetiva seu corpo. Tendo em mente a noção de Judith Butler de um "corpo que importa" [*body that matters*] – alguns corpos não conseguem se materializar e assim proporcionam o contraste necessário para permitir que outros corpos materializem a norma e se qualifiquem como "corpos que importam"[16] –, as origens mestiças de Glória são, de fato, instrumentais ao lhe oferecerem um corpo que importa. Ela é capaz, por exemplo, de roubar o namorado de Macabéa, Olímpico. Glória é descrita desta forma:

> Glória possuía no sangue um bom vinho português e também era amaneirada no bamboleio do caminhar por causa do sangue africano escondido. Apesar de branca, tinha em si a força da mulatice. Oxigenava em amarelo-ovo os cabelos crespos cujas raízes estavam sempre pretas. Mas mesmo oxigenada ela era loura, o que significava um degrau a mais para Olímpico [...]. Vendo-a, ele logo adivinhou que, apesar de feia, Glória era bem alimentada. E isso a fazia material de boa qualidade.[17]

Assim, o sangue misto de Glória (devidamente disfarçado) é instrumentalizado para que ela tenha um corpo que importa. Em contraste com o corpo ausente e quase inexistente de Macabéa, o corpo de Glória é cheio de vitalidade, força e atratividade. E parte de sua força deriva de suas origens mestiças. A "mulatice" de Glória foi devidamente disfarçada, oferecendo um bom exemplo do processo de "passar-se". Como vimos antes, ela controla sua aparência pessoal, ocultando alguns aspectos – seu "sangue africano escondido" – e enfatizando outros: seus cabelos louros, apesar de não naturais, são claramente algo de que ela se orgulha. Tudo isso incrementa seu *status* social.

O aspecto socioeconômico expresso em ser bem alimentada também é fundamental nesse processo, incluindo na equação também a questão de classe. Tecnicamente, Glória e Macabéa são integrantes da classe trabalhadora. Glória, no entanto, come *bem* e com regularidade, enquanto Macabéa é frequentemente forçada a comer papel para aplacar sua fome.[18] O açougue onde o pai de Glória trabalha é descrito pelo narrador como um lugar

FIGURA 2: Clarice Lispector escreveu parte de seu contos, poemas e romances com sua máquina portátil Underwood acomodada no colo (fonte: Edusp).

---

16 Butler, *Bodies That Matter: on the Discursive Limits of Sex*, p.16.

17 Lispector, op. cit., p.29.

18 Ibid., p.31.

muito bonito.[19] Olímpico, assim que vê Glória, percebe que ela é uma garota de *verdadeira classe* – "mas quando ele viu Glória, colega de Macabéa, sentiu logo que ela tinha classe".[20] A certa altura, a posição social da família de Glória é representada como "burguesia de terceira classe": "É que na desordem de uma terceira classe de burguesia havia no entanto o morno conforto de quem gasta todo o dinheiro em comida, no subúrbio comia-se muito".[21] Em termos de classe, Glória está claramente em situação "melhor" que Macabéa.

A identidade de Glória é assim construída a partir de uma combinação de diferentes categorias sociais, como raça e classe. Schlossberg considera tal "sobreposição" típica do processo de "passar-se":

> Se o processo de "passar-se" causar estragos nos sistemas aceitos de reconhecimento social e inteligibilidade cultural, ele também borrará linhas cuidadosamente traçadas para demarcar raça, gênero e classe, chamando a atenção para as maneiras pelas quais as categorias de identidade se cruzam, se sobrepõem, constroem e desconstroem umas às outras.[22]

Judith Butler também enfatizou como diferentes categorias sociais se cruzam na construção (e no exercício) de identidades sociais: "*normas racializantes* [*racializing norms*] [...] existem não apenas em paralelo a normas de gênero, mas são articuladas umas pelas outras".[23] No caso de Glória, podemos ver como tanto sua posição de classe quanto sua etnia ("mulatice") a ajudam a construir um corpo que importa.

A construção da identidade de Glória também é facilitada pela função de ser o Outro realizada por Macabéa, contra a qual Glória será contrastada. Esse processo fica evidente na seguinte passagem:

> Glória era toda contente consigo mesma: dava-se grande valor. Sabia que tinha o sestro molengole de mulata, uma pintinha marcada junto da boca, só para dar uma gostosura, e um buço forte que ela oxigenava [...]. Era uma safadinha esperta mas tinha força de coração. Penalizava-se com Macabéa mas ela que se arranjasse, quem mandava ser tola? E Glória pensava: não tenho nada a ver com ela.[24]

19 Ibid., p.53.

20 Ibid., p.59.

21 Ibid., p.66.

22 Schlossberg, op. cit., p.2.

23 Butler, op. cit., p.182.

24 Lispector, op. cit., p.64.

Glória consegue articular todos esses elementos para realçar sua presença física efetiva e poderosa ("material de boa qualidade"). Acima de tudo, através desse processo, Glória também se torna um exemplo do "corpo nacional", um exemplo do corpo mestiço, como celebrado no livro seminal de Gilberto Freyre, *Casa-grande e senzala* (1933).

É importante lembrar que Clarice Lispector começou a publicar no Brasil pós-Vargas. Os anos Vargas (1930-1945) foram um período de intensa construção e fortalecimento do Estado-nação. Pertencer à nação – ser um sujeito nacional – tornou-se um imperativo, do qual Lispector não poderia escapar. Publicado pela primeira vez em 1933, o livro de Gilberto Freyre forneceu uma interpretação positiva do que até então havia sido visto como a fonte de muitos dos males do país: os elementos não europeus na composição étnica de sua população. Se a miscigenação anteriormente era vista como uma maneira de evitar os problemas associados à negritude, passou a ser interpretada positivamente como uma mistura harmonizadora e integradora, como a essência do que é ser brasileiro.

Segundo o sociólogo Renato Ortiz (1985), a teoria de Freyre preencheria uma lacuna na construção da identidade da nação. A teoria do Brasil como democracia racial ocuparia um espaço que a modernização do país e a construção da nação até então haviam deixado em branco, e a atitude positiva de Freyre em relação ao mestiço seria fundamental para fornecer os elementos para a construção de um sujeito nacional racializado. É assim que Ortiz explica o processo:

> Gilberto Freyre transforma a negatividade do mestiço em positividade, o que permite completar definitivamente os contornos de uma identidade que há muito vinha sendo desenhada [...]. A ideologia da mestiçagem, que estava aprisionada às ambiguidades das teorias racistas, ao ser reelaborada pode difundir-se socialmente e se tornar senso comum, ritualmente celebrado nas relações do cotidiano, ou nos grandes eventos como o carnaval e o futebol. O que era mestiço torna-se nacional.[25]

25 Ortiz, *Cultura brasileira e identidade nacional*, p.41.

O sucesso de Glória ao empreender um *corpo nacional* reforça o *status* de Macabéa como um corpo inexistente. As origens étnicas de Macabéa não lhe beneficiam em termos do contexto nacional: sua pele *suja* atua contra ela. Sua imagem nem aparece em seu próprio espelho: "Pareceu-lhe que o espelho baço e escurecido não refletia imagem alguma. Sumira por acaso sua existência física?".[26]

Está claro, portanto, que há uma noção de um corpo "bom", "aceitável", com o qual Macabéa é a todo momento contrastada e considerada em déficit. Como vimos, o que está em operação, no fundo de tudo isso, é uma certa noção de raça. Isso fica claro na seguinte passagem: "Olímpico talvez visse que Macabéa não tinha força de raça, era subproduto".[27] Não à toa, essa frase precede a passagem em que as origens africanas – camufladas – de Glória são elogiadas.

No entanto, perto do fim do romance, após ser atropelada por um carro, Macabéa também é descrita como parte de uma "raça anã", e dessa vez a alusão racial, apesar de soar diametralmente oposta ao discurso politicamente correto de hoje, se associa a resiliência e teimosia: "apesar de tudo ela pertencia a uma resistente raça anã teimosa que um dia vai talvez reivindicar o direito ao grito".[28] É precisamente essa noção de resistência racial que quero focar no restante deste artigo.

Macabéa não constitui um caso extraordinário. O narrador se refere claramente a muitas outras mulheres como ela:

> Como a nordestina, há milhares de moças espalhadas por cortiços, vagas de cama num quarto, atrás de balcões trabalhando até a estafa. Não notam sequer que são facilmente substituíveis e que tanto existiriam como não existiriam. Poucas se queixam e ao que eu saiba nenhuma reclama por não saber a quem. Esse quem será que existe?[29]

Em outros casos, Macabéa é muitas vezes chamada simplesmente de nordestina, como se seu lugar de origem fosse sua característica mais importante: "preciso falar desta nordestina senão sufoco";[30] "quero neste instante falar da nordestina".[31] O grupo de meninas ao qual o narrador se refere nas citações acima é identificado como migrante do Nordeste do Brasil. O narrador

26 Lispector, op. cit., p.25.
27 Ibid., p.59.
28 Ibid., p.80.
29 Ibid., p.14.
30 Ibid., p.17.
31 Ibid., p.18.

também localiza as origens de Macabéa no "sertão", um espaço descrito como remoto e isolado: "Nascera inteiramente raquítica, herança do sertão – os maus antecedentes de que falei. Com dois anos de idade lhe haviam morrido os pais de febres ruins no sertão do Alagoas, lá onde o diabo perdera as botas".[32] A expressão "lá onde o diabo perdera as botas" é uma maneira de se referir a um espaço tão distante que é excluído de qualquer mapa e não pode sequer ser nomeado. As origens de Macabéa estão localizadas fora dos limites, além de qualquer território conhecido. Elas também são, ao que parece, excluídas do espaço imaginário da nação.

O narrador ressalta que tanto Olímpico quanto Macabéa vêm do Nordeste, e são, em termos de suas origens, quase irmão e irmã:

> As poucas conversas entre os namorados versavam sobre farinha, carne de sol, carne-seca, rapadura, melado. Pois esse era o passado de ambos e eles esqueciam o amargor da infância [...]. Pareciam por demais irmãos, coisa que – só agora estou percebendo – não dá para casar.[33]

No entanto, apesar do fato de serem ambos do Nordeste, Olímpico é descrito pelo narrador como diferente de Macabéa. O contraste entre eles enfatiza a importância do desempenho de papéis que a posição de nordestino pode alcançar na sociedade. As qualidades machistas de Olímpico – sua familiaridade com a violência, com o roubo e a trapaça – compensam suas origens pobres, concedendo-lhe certo *status* social. A grosseria de Olímpico em relação a Macabéa faz sentido se entendermos que, apesar de suas semelhanças, ao rejeitá-la e ridicularizá-la ele está construindo sua própria identidade como diferente. É assim que o narrador contrasta os dois nordestinos:

> Mas ainda não expliquei bem Olímpico. Vinha do sertão da Paraíba e tinha uma resistência que provinha da paixão por sua terra braba e rachada pela seca [...] nascera crestado e duro que nem galho seco de árvore ou pedra de sol. Era mais passível de salvação que Macabéa pois não fora à toa que matara um homem, desafeto seu, nos cafundós do sertão, o canivete comprido entrando mole-mole no fígado macio do sertanejo. Guardava disso segredo absoluto, o que lhe dava a

32 Ibid., p.28.
33 Ibid., p.47.

> força que um segredo dá. Olímpico era macho de briga [...]. Macabéa, ao contrário de Olímpico, era fruto do cruzamento de "o quê" com "o quê". Na verdade ela parecia ter nascido de uma ideia vaga qualquer dos pais famintos. Olímpico pelo menos roubava sempre que podia e até do vigia das obras onde era sua dormida. Ter matado e roubar faziam com que ele não fosse um simples acontecido qualquer, davam-lhe uma categoria, faziam dele um homem com honra já lavada.[34]

A habilidade de Olímpico de roubar e matar dá a ele uma sensação de poder pessoal que Macabéa não possui. Ele sabe como compensar suas origens: ele poderia *se passar* por branco. De novo, o problema com Macabéa parece residir mais em sua incapacidade de exercer a *branquitude* do que em suas próprias origens étnicas.

Estamos tratando aqui do(a) sertanejo(a), figura cujos traços físicos e culturais foram detalhadamente descritos por Euclides da Cunha em sua obra-prima *Os sertões* (1902). Nesta, Euclides apresentou a figura do sertanejo como uma composição étnica que – a partir de uma mistura inicial de sangue português, indígena e, em menor escala, africano – se desenvolveu em isolamento extremo ao mesmo tempo que em estreita relação com um ambiente muito penoso (as catingas, com sua vegetação rude e desértica e secas periódicas). O sertanejo é um mestiço no qual o elemento africano, embora presente, é de menor importância.

O romance de Clarice faz referência direta à obra de Euclides. Ao descrever Olímpico, o narrador propõe uma reflexão de que surgirá um momento em que Olímpico esquecerá suas origens e se tornará um "vencedor". O narrador, no livro de Clarice, afirma: "O sertanejo é antes de tudo um paciente. Eu o perdoo",[35] numa clara inversão do texto de Euclides: "O sertanejo é, antes de tudo, um forte".[36]

Na verdade, a descrição que Euclides faz do sertanejo é bastante ambivalente. Ele começa enfatizando sua força e contrastando-o favoravelmente com outros mestiços da costa. No entanto, ele continua o texto com uma enumeração de várias características negativas da aparência do sertanejo:

> O sertanejo é, antes de tudo, um forte. Não tem o raquitismo exaustivo dos mestiços neurastênicos do litoral.

FIGURA 3: Clarice Lispector no Palácio do Itamaraty, no Rio de Janeiro, em 1941, onde trabalhou como jornalista no Departamento de Imprensa e Propaganda (DIP) (fonte: Edusp).

34 Ibid., pp.57-8.

35 Ibid., p.66.

36 Cunha, *Os sertões*, p.142.

> A sua aparência, entretanto, ao primeiro lance de vista, revela o contrário. Falta-lhe a plástica impecável, o desempeno, a estrutura corretíssima das organizações atléticas. É desgracioso, desengonçado e torto. Hércules-Quasímodo reflete no aspecto a fealdade dos fracos [...]. É o homem permanentemente fatigado.[37]

Falta de charme, fragilidade, fealdade; a representação que Euclides produz do sertanejo não é muito diferente da imagem que nos é passada de Macabéa. No entanto, após essa introdução, Euclides observará que, diante de inesperadas adversidades, ocorre uma mudança radical no sertanejo:

> entretanto, toda essa aparência de cansaço ilude [...]. Basta-lhe o aparecimento de qualquer incidente exigindo-lhe o desencadear das energias adormecidas. O homem transfigura-se [...] reponta, inesperadamente, o aspecto dominador de um titã acobreado e potente, num desdobramento surpreendente de força e agilidade extraordinárias.[38]

Euclides da Cunha combina aspectos positivos e negativos em sua representação do sertanejo. Sua posição é bastante ambivalente, oscilando entre as teorias científicas racistas de seu tempo, com interpretações muito negativas sobre a miscigenação – "A mistura de raças mui diversas é na maioria dos casos prejudicial [...] a mestiçagem extremada é um retrocesso"[39] –, e a admiração pela força física e psicológica do sertanejo. Euclides faz de tudo para apresentar o sertanejo como uma exceção, um caso em que a miscigenação teve resultados positivos: "Aquela raça cruzada surge autônoma e, de algum modo, original, transfigurando [...] todos os atributos herdados [...], nos sertões a integridade orgânica do mestiço desponta inteiriça e robusta".[40]

O livro de Euclides da Cunha descreve uma guerra entre as forças do governo e os habitantes de Canudos, no Nordeste do Brasil. Estes últimos, sob o comando do líder religioso Antônio Conselheiro, ao exigirem o retorno da monarquia, desafiaram os ideais positivistas da jovem República. Depois de uma campanha extremamente árdua, as forças do governo republicano finalmente aniquilaram a comunidade rebelde. Euclides, no

37 Ibid., pp.142-3.
38 Ibid., p.143.
39 Ibid., p.135.
40 Ibid., p.140.

entanto, enfatiza a força da resistência dos rebeldes, em termos tanto militares quanto culturais, e vê a força física do sertanejo como a personificação de tal resistência. Macabéa será outra representação de resiliência física e cultural.

Poderíamos também considerar que Clarice Lispector está tentando rastrear as origens – e a persistência – de um tipo específico de discriminação racial: uma que, em vez de enfocar os aspectos afro-brasileiros, visa a figura do nordestino. Com relação a esse romance, é difícil não identificar tal discriminação como uma forma de racismo. Os aspectos negativos do nordestino não estão simplesmente associados a traços culturais, mas claramente relacionados às características físicas, especificamente à cor da pele ("amarelada", "cor de suja", "pardacenta"). O romance de Clarice também faz uso da terminologia racista ao recorrer a termos como "raça anã", "força de raça" e "subproduto racial".

O romance parece estar chamando a atenção para o fato de que – diferentemente do(a) mulato(a) – a figura do nordestino fora rebaixada no que se refere à composição étnica da população brasileira. O nordestino é retratado como o produto de um tipo de miscigenação que de alguma forma "azedou". Não tem as conotações positivas do(a) mulato(a) sensual que vimos acima quando discutimos o caráter da Glória. Embora importante e visível em grande número, a figura do nordestino permanece à margem da nação, desprezada e negligenciada. Ser um nordestino não é o mesmo que ter algum sangue africano.

Houve alguma controvérsia com relação às origens étnicas dos sertanejos. Euclides traçou suas origens até o século XVIII, quando índios escravizados se misturaram com os mamelucos (descendentes mestiços de europeus e indígenas) de São Paulo que se haviam se instalado no sertão. Ele aponta a ausência de sangue africano naqueles paulistas: eram "uma raça de curibocas puros,[41] quase sem mescla de sangue africano".[42] Alguns desses paulistas podem ter tido filhos de origem africana, embora, de acordo com Euclides, a contribuição africana para a composição étnica do sertanejo não tenha sido muito significativa. Em *Casa-grande e senzala*, Gilberto Freyre tenta corrigir Euclides, apontando para a importância da presença africana no sertanejo. Ele cita, por exemplo, E. Roquette-Pinto, o qual argumenta que há n'*Os sertões* muita evidência de que

41 "Curiboca" é outro termo usado para se referir aos descendentes de pais indígenas e europeus.

42 Ibid., p.125.

aqueles homens que "antes de tudo eram fortes" tinham farta gota de sangue africano. É só reler a descrição do poviléu de Canudos: "Todas as idades, todos os tipos, todas as cores [...] grenhas maltratadas de crioulas retintas; cabelos corredios de caboclas, trunfas escandalosas de africana [...]".[43]

O argumento de Gilberto Freyre visa incluir o sertanejo de Euclides no grupo étnico do mestiço brasileiro, produto da mistura de três etnias, os portugueses, os indígenas e os africanos.

> Muito do que Euclides exaltou como valor da raça indígena, ou da sub-raça formada pela união do branco com o índio, são virtudes provindas antes da mistura das três raças que da do índio com o branco; ou tanto do negro quanto do índio ou do português.[44]

No entanto, o romance de Lispector sugere que a figura do nordestino – e mais especificamente a do(a) sertanejo(a) – tem uma composição étnica distinta. O contraste entre a nordestina Macabéa e a carioca Glória, a qual consegue transformar sua africanidade em um atributo positivo da sensualidade, é uma forma de marcar essa distinção étnica. O ponto a ser observado aqui não é a importância da diferença étnica em si, mas o fato de que essa diferença étnica está repleta de significados sociais e culturais negativos, como já indicamos.

A posição de exclusão e diferença de Macabéa já foi explorada por outros críticos a partir de uma perspectiva judaica. O nome Macabéa é uma referência explícita à tribo judaica dos macabeus, a única referência direta ao judaísmo na obra de Clarice. Os macabeus eram um grupo de judeus que, durante o período de 175-134 a.C., resistiram à campanha do rei grego Antíoco Epifânio para os helenizar. Esse rei havia proibido a prática religiosa judaica, impondo aos judeus o culto de divindades pagãs. Os macabeus resistiram a essa mudança e permaneceram monoteístas. Nelson H. Vieira observa que o nome "macabeus" significa "cabeça de martelo", ou "aqueles que nunca perdem a fé".[45] Esse autor enfatiza as semelhanças entre essa expressão e a maneira pejorativa de se referir aos nordestinos como "cabeça--chata" para explicar como Macabéa – que "simplesmente resiste

43 Roquette-Pinto apud Freyre, *Casa-grande e senzala*, p.84.

44 Freyre, op. cit., p.45.

45 Vieira, *Jewish voices in Brazilian literature: a prophetic discourse of alterity*, p.142.

e aguenta" – é, na verdade, uma revisão dos "arquétipos judaicos tradicionais do mártir e do oprimido", glorificados e idealizados.[46]

Berta Waldman, no entanto, expande as noções de Vieira e ressalta que Macabéa ignora as origens bíblicas de seu nome: "não sei o que está dentro do meu nome".[47] Isso reforça sua posição de exclusão, situando-a fora do Brasil e fora de sua própria história. Para Waldman, isso significa que Macabéa está efetivamente à deriva, em "um lugar à deriva", sem história pessoal e sem senso de pertencimento.[48] Essa ausência de uma história pessoal – a falta de um passado reconhecido – é agravada pela falta de um futuro e de um rumo, como sugere a noção de "estar à deriva". O tempo que Macabéa habita é aquele que não tem passado nem futuro: "Mas Macabéa de um modo geral não se preocupava com o próprio futuro: ter futuro era luxo".[49] A personagem habita um eterno presente no qual se move aleatoriamente.

Por outro lado, Waldman também enfatiza a frequência com que o narrador compara Macabéa ao "capim". Waldman interpreta essa imagem recorrente "como uma metáfora para a persistência e a determinação de Macabéa".[50] É interessante notar, no entanto, que a imagem do capim contém um paradoxo. Se, de um lado, no que se refere à propagação aleatória, o capim ecoa a falta de direção de Macabéa, de outro, suas raízes são muito fortes, fixando Macabéa firmemente no solo urbano do Rio de Janeiro:

> O que estava acontecendo era um surdo terremoto? Tinha-se aberto em fendas a terra de Alagoas. Fixava, só por fixar, o capim. Capim na grande cidade do Rio de Janeiro. À toa. Quem sabe se Macabéa já teria alguma vez sentido que também ela era à toa na cidade inconquistável.[51]

Apesar de sua falta de direção, apesar de ser derrotada pela grande cidade, Macabéa encontra seu espaço, uma maneira de se inserir na metrópole. Ela leva seu próprio estado nativo de Alagoas para o Rio, onde ele permanecerá, fixado ali. Essa ambivalência marca a sobrevivência de Macabéa e sua morte.

Embora Macabéa tenha enormes dificuldades em se passar por branca e em afirmar-se na sociedade, não devemos perder de vista seus sucessos. Durante um breve trecho do romance, Macabéa se regozija com a possibilidade de ter um futuro, de pertencer a

46 Ibid., p.141.

47 Lispector, op. cit., p.56.

48 Waldman, *A paixão segundo C.L.*, p.100.

49 Lispector, op. cit., p.58.

50 Waldman, op. cit., p.97.

51 Lispector, op. cit., pp.80-1.

algo, de se tornar, de certa forma, um sujeito em si mesmo. Nas páginas finais, quando uma cartomante recomendada por Glória revela a Macabéa o que vai lhe acontecer, ela tem um futuro e um pouco de esperança: "Macabéa nunca tinha tido coragem de ter esperança".[52] Ela muda e percebe que tem sido muito infeliz: "Madama Carlota havia acertado tudo. Macabéa estava espantada. Só então vira que sua vida era uma miséria. Teve vontade de chorar ao ver o seu lado oposto, ela que, como eu disse, até então se julgava feliz".[53] Seu futuro incipiente – que não durará mais do que alguns minutos – traz mais uma vez a associação com a imagem do capim: "viu entre as pedras do esgoto o ralo capim de um verde da mais tenra esperança humana. Hoje, pensou, hoje é o primeiro dia de minha vida: nasci".[54]

Portanto, é apenas nos minutos finais de sua vida que Macabéa começa a encontrar e a dar sentido ao que lhe acontecia. Ela finalmente adquire uma consciência e uma sensação de ter um lugar na sociedade. Só então, quando percebe que tem um passado a rejeitar e um futuro a desejar, Macabéa consegue entender o quão infeliz ela havia sido: "Só então vira que sua vida era uma miséria. Teve vontade de chorar ao ver seu lado oposto, ela que, como eu disse, até então se julgava feliz".[55]

A autoconsciência de Macabéa – a respeito de sua inserção em um ambiente cultural – imediatamente precede seu fim. Seu nascimento como sujeito consciente é quase simultâneo à sua morte. Esse é possivelmente um sintoma do pessimismo de Clarice Lispector. A autora leva algumas páginas para lidar com a nova esperança de Macabéa. As últimas palavras da personagem – "quanto ao futuro" – não são compreendidas pelos transeuntes, ao que se segue um momento de enjoo: "queria vomitar o que não é corpo, vomitar algo luminoso. Estrela de mil pontas".[56] Essas últimas palavras, "estrela de mil pontas", indicam que o desejo de Macabéa de se tornar uma estrela de cinema – como expresso no próprio título do romance – não se realizará.

As tentativas de "pertencimento" de Macabéa enfrentam obstáculos insuperáveis. O racismo não questionado, do qual Macabéa pode estar protegida enquanto não reivindicar um lugar na sociedade, prevalece no final, e sua capacidade de resistir – como seu nome e origem podem sugerir – é muito limitada. Poder-se-ia dizer que o fato de se tornar consciente de sua posição de exclusão

52 Ibid., p.76.

53 Ibid., p.79.

54 Ibid., p.80.

55 Ibid., p.79.

56 Ibid., p.85.

e seu subsequente desejo de mudar tal situação forçam Macabéa a ver e enfrentar a própria *branquitude*. O alemão branco e rico que dirige o carro que a mata poderia ser interpretado como uma aparição incorporada da brancura europeia, que se torna visível e se situa em oposição direta à existência de Macabéa. Esta poderia coexistir com uma *branquitude* não examinada – desejável, porém irrealizável – de Marilyn Monroe. Mas, ao tomar consciência de sua exclusão como sujeito, Macabéa se torna consciente de uma situação de opressão: a *branquitude* acaba sendo um obstáculo concreto e real, ao qual Macabéa não pode sobreviver.

Bibliografia

BHABHA, Homi K. *The location of culture*. Nova York: Routledge, 1994.

BUTLER, Judith. *Bodies that matter: on the discursive limits of sex*. Nova York: Routledge, 1993.

CUNHA, Euclides da. *Os sertões*. São Paulo: Brasiliense, 1983.

FREYRE, Gilberto. *Casa-grande e senzala*. São Paulo: José Olympio, 1973.

LISPECTOR, Clarice. *A hora da estrela*. Rio de Janeiro: Rocco,1999.

JACOBSON, Matthew Frye. *Whiteness of a different color: european immigrants and the alchemy of race*. Cambridge: Harvard University Press, 1998.

ORTIZ, Renato. *Cultura brasileira e identidade nacional*. São Paulo: Brasiliense, 1985.

SÁNCHEZ, María Carla; SCHLOSSBERG, Linda. *Passing: identity and interpretation in sexuality, race and religion*. Nova York: New York University Press, 2001.

VIEIRA, Nelson. *Jewish voices in Brazilian literature: a prophetic discourse of alterity*. Gainessville: University Press of Florida, 1995.

WALDMAN, Berta. *A paixão segundo C.L.* São Paulo: Escuta, 1998.

FIGURA 1: Clarice Lispector e seu marido Maury Gurgel Valente em Berna, Suíça, onde moraram de abril de 1946 a maio de 1949 (fonte: Edusp).

FICÇÕES DO IMPOSSÍVEL: CLARICE LISPECTOR, LÚCIO CARDOSO E A "IMPOSSIBILIDADE"[1]

SEVERINO JOÃO ALBUQUERQUE[2]

De algum modo cada um de nós oferecia sua vida a uma impossibilidade. Mas era verdade também que a impossibilidade terminava por ficar mais perto de nossos dedos que nós mesmos.

Clarice Lispector, *A maçã no escuro*

Em uma passagem fundamental de seu livro *Epistemology of the Closet* [Epistemologia do armário], Eve Kosofsky Sedgwick aborda o papel importante – e profundamente irônico – que o "armário" [*closet*] desempenhou na cultural ocidental, de uma maneira geral, como uma de suas tensões mais produtivas dos últimos cem anos, tendo proporcionado um alargamento e mesmo um aumento na consistência e na longevidade da cultura. Embora a autora reconheça os perigos inerentes a esse tipo de afirmação e se preocupe em comentar os males provocados pelo "armário", ela afirma que ele tem sido um "inesgotável produtor da moderna cultura ocidental e da história em geral".[3] O "armário", ou "o regime do segredo aberto" – como por vezes ela o chama –, com suas regras restritivas e contraditórias de privacidade e abertura, o público e o privado, conhecimento e ignorância, contribuiu significativamente para a formulação de questões-chave sobre valor e epistemologia na sociedade contemporânea.

A figura de Proust se destaca nessa discussão: um dos capítulos de *Epistemology* é dedicado a ele, e outras referências sobre o romancista francês se encontram ao longo do livro todo. A epígrafe do primeiro capítulo, na qual me baseio aqui, mormente, vem de uma passagem do livro *A prisioneira* [*The Captive*], de Proust, e terá relevância considerável para meu argumento.[4] Existem importantes aspectos que aproximam Marcel Proust (1871-1922) de Lúcio Cardoso (1912-1968) no que se refere a sensibilidade, gosto, sexualidade, estilo de vida e literatura.

1 Publicado originalmente em Susan Canty Quinlan e Fernando Arenas (Orgs.), *Lusosex: Gender and Sexuality in the Portuguese-Speaking World* (Minneapolis; Londres: University of Minnesota Press, 2002. pp.84-104) com o título "Fictions of the Impossible: Clarice Lispector, Lúcio Cardoso and *impossibilidade*". Traduzido por Richard Sanches.

2 Severino João Albuquerque é professor na University of Wisconsin-Madison, onde ministra cursos de graduação e pós-Graduação em língua portuguesa e literatura e cultura brasileiras. Sua principal área de pesquisa é teatro e gênero contemporâneo brasileiro. É coeditor da *Luso-Brazilian Review* (Brazilian literature and culture), da coletânea *Performing Brazil: Essays on Identity, Culture, and the Performing Arts* (University of Wisconsin Press, 2015) e autor de *Tentative Transgressions: Homosexuality, AIDS and the Theater in Brazil* (University of Wisconsin Press, 2004).

3 Sedgwick, *Epistemology of the Closet*, p.68.

4 "A mentira, a mentira perfeita, sobre as pessoas que conhecemos, as relações que tivemos com elas, nosso móbil em determinada ação que formulamos de modo inteiramente diverso, a mentira sobre o que somos, sobre o que amamos, sobre o que sentimos em relação à criatura que nos ama e que julga ter-nos modelado à sua semelhança porque nos beija o dia inteiro – essa mentira é uma das únicas coisas neste mundo que pode nos abrir perspectivas para o novo, para o desconhecido, que pode abrir nossos sentidos adormecidos para a contemplação de universos que jamais teríamos conhecido" (Proust apud Sedgwick, op. cit., p.67).

Com uma sexualidade marginalizada expressa ao longo de suas vidas e seus escritos, ambos os escritores exemplificam a homossexualidade figurada nos limites da narrativa (com incidentes homoeróticos ocultados em uma visão geral) e nas fronteiras dos discursos público e privado (como se pode observar em suas cartas e diários, por exemplo). E talvez o mais importante: esses dois homens precederam a "invenção do homossexual", que evoluiu de Wilde a Stonewall. Conquanto Proust tenha vivido em uma sociedade central e contemporânea a esse processo, Lúcio sobreviveu como outro, em um mundo que era em si periférico a essa invenção e a outros desenvolvimentos significativos do pensamento do século XX.

Em uma sociedade como a brasileira – por um lado, subalterna e dependente; por outro, carnavalesca e canibal –, a noção de "inversão" ocupa um lugar central. Tendo em mente as visões amplamente debatidas de Mikhail Bakhtin e Roberto DaMatta sobre a carnavalização, e as considerações de Richard Parker sobre a particularidade da homossexualidade no Brasil,[5] pretendo mobilizar neste texto as ideias relevantes apresentadas por Sedgwick em *Epistemology*[6] e por Judith Butler em seu artigo "Imitation and Gender Insubordination" [Imitação e insubordinação de gênero].[7]

Sedgwick rejeita o uso tradicional e homofóbico do "tropo da inversão" [*inversion trope*] – isto é, o conceito de inversão como "*anima muliebris in corpore virili inclusa*" [a alma feminina presa em um corpo de homem] e vice-versa – porque tal aplicação se baseia na perpetuação da ideia de um desejo heterossexual essencial – a atração entre homens e mulheres independentemente do sexo dos corpos que abrigam tais elementos.[8] Atrelado a essa noção, mas em parte contraditório a ela, está o tropo do "separatismo de gênero", que, ainda segundo a autora, "tende a reassimilar a um e outro uma identificação e um desejo, enquanto modelos invertidos, por contraste, dependem da sua capacidade de distinção".[9]

O relacionamento complexo entre os dois modelos, nos últimos cem anos (desde a fundação, em 1897, por Magnus Hirschfeld e outros, do movimento alemão por direitos dos homossexuais), é crucial para a compreensão da assimetria de gênero, da opressão e da resistência.[10] De maior interesse para

5 Igualmente bem conhecidas são as duas mais tradicionais noções de inversão: a freudiana e a marxista. Como define a linguagem enganosamente desinteressada de *Três ensaios sobre a teoria da sexualidade* [*Three Contributions to the Theory of Sex*]: "há homens cujo objeto sexual não é a mulher, mas o homem, e mulheres para quem não o homem, e sim a mulher, representa o objeto sexual. Diz-se dessas pessoas que são "de sexo contrário", ou melhor, "invertidas", e chama-se o fato de *inversão*. O número de tais pessoas é bastante considerável, embora haja dificuldades em apurá-lo com precisão" (Freud, 1958, p.86). Na visão marxista, "a concepção de ideologia como consciência invertida [é] determinada pelo que é em si uma realidade social e histórica invertida. Assim, o mercado capitalista, um verdadeiro conjunto de relações, inverte a realidade subjacente das relações de produção, dando aparência de uma interação livre e igual para o que é fundamentalmente um processo de exploração desigual e coercitivo" (Larsen, 1990).

6 Sedgwick, op. cit.

7 Butler, "Imitation and Gender Insubordination", in: Fuss (Org.), op. cit.

8 Sedgwick, op. cit., p.87.

9 Ibid., p.88.

10 Ibid.

mim, aqui, é o fato de que, caso se considere que o *tópos* comum da "inversão de gênero" postula a tendência do homossexual do sexo masculino a se identificar com a heterossexualidade feminina, a autoimagem de Lúcio Cardoso *vis-à-vis* Clarice Lispector só pode conduzir a um impasse relacional.[11] Além disso, Lúcio nunca teve nenhuma relação sólida e estável com qualquer homem homossexual.[12] Suas únicas manifestações nesse sentido foram o que chamo de "relacionamentos de sensibilidade", com Octávio de Faria e depois com Walmir Ayala, por exemplo, ou, então, por meio de encontros fortuitos que apenas aumentavam seu sentimento de culpa e pecado, como testemunham algumas passagens de seu *Diário completo*.

Judith Butler, em sua análise do indivíduo homossexual que se supõe inverter ou imitar o gênero heterossexual oposto, apresenta uma longa discussão sobre o axioma que declara que o "gênero é um tipo de imitação para qual não existe o original" (o qual ela prefere reformular como "um tipo de imitação que produz a noção em si do original como um efeito e uma consequência da própria imitação"). Mais adiante, ela conclui que meras inversões são impossíveis, uma vez que "toda a estrutura de cópia e origem se mostra radicalmente instável na medida em que cada posição se inverte dentro da outra e confunde a possibilidade de qualquer forma estável de localizar a prioridade lógica ou temporal de ambos os itens".[13] Refletindo sobre a ideia apresentada por Derrida em "The Double Session" [A dupla sessão] (incluído em *Dissemination* [Disseminação]), de que a inversão deve ser entendida através de um estudo cuidadoso do deslocamento mimético, Butler afirma:

> Se a estrutura de imitação de gênero é tal que o imitado é até certo ponto produzido – ou melhor, reproduzido – por imitação, [...] então alegar que as identidades lésbica e gay estão implicadas nas normas heterossexuais ou na cultura hegemônica em geral não é derivar a homossexualidade [gayness] da heterossexualidade [straightness]. Ao contrário, a imitação não copia o que é anterior, mas produz e inverte os próprios termos de prioridade e derivação.[14]

11 A relação entre os dois guarda paralelos com o relacionamento da pintora inglesa Dora Carrington com o escritor de Bloomsbury, Lytton Strachey (retratado em 1995 em um filme dirigido por Christopher Hampton); um paralelo latino-americano encontra-se no relacionamento entre os escritores mexicanos Antonieta Rivas Mercado e Manuel Rodríguez Lozano (estou em dívida com minha colega Vicky Unruh, da Universidade do Kansas, por ter me chamado a atenção para este último relacionamento).

Sobre esse tipo de relação, em geral, ver Malone (1980) e Whitney (1990). Ambos os autores usam "histórias de vida" reunidas a partir de questionários e entrevistas com pessoas que estão ou estiveram nesse tipo de relacionamento. Os dois livros fornecem uma abundância de detalhes pessoais, mas desapontam pela inabilidade em oferecer insights teóricos. Ver também: "Women among Men: females in the male homosexual community, *Archives of Sexual Behaviors* (1976, pp.157-69), de Carol A. Warren; e *The New Couple: Women and Gay Men* (Nova York: Serview Books, 1979), de Rebecca Nahas e Myra Turley. Uma abordagem mais abertamente "*queer*" é feita em "Interviews with Five Faghagging Women", *Heresies* (n.12, 1981, pp.10-14), de Camilla Decarnin.

12 Embora esses relacionamentos "separatistas de gênero" não fossem possíveis na época de Lúcio, a pressão social intensa impedia que surgissem ou durassem muito tempo.

13 Butler, op. cit., p.22.

14 Ibid., p.21.

Considero aqui que a relação entre Clarice Lispector e Lúcio Cardoso constitui um excelente quadro para examinar a interação entre as ideias de derivação, (re)produção e inversão no centro da formação cultural brasileira do meio do século XX.

Quando Clarice conheceu Lúcio, no início dos anos 1940 (ele com 28 anos, ela com vinte), a escritora iniciava uma carreira que, três décadas depois, lhe daria uma posição de destaque nas letras brasileiras. A ambiguidade que ela imediatamente percebeu na figura de Lúcio seria um elemento crucial tanto para atração que sentiria por ele como para a produção e expressão de seu universo ficcional.[15] Desenvolveu-se entre eles, gradualmente, uma relação baseada em afinidades que iam além do campo da literatura e que logo revelaria a duplicidade e a ambivalência que Teresa de Lauretis (1984) identificou como centrais para o desejo feminino e sua passividade e ação entrelaçadas,[16] e confirmava, ao mesmo tempo, a argumentação de Butler sobre a instabilidade de "toda a estrutura de cópia e origem".

Graças às muitas máscaras detrás das quais ela se escondia e pelas quais também se revelava, Clarice Lispector criou em torno de si uma mística de ambiguidade ao longo de toda a vida. Por meio de reticências, evasivas, rodeios e informações conflituosas encontrados em seus depoimentos, orais e escritos, Clarice cultivou uma incerteza a respeito de sua idade (dando diferentes datas de nascimento para diversos entrevistadores), nacionalidade (considerando-se alternativamente russa, ucraniana, brasileira, nordestina), origem étnica (se era ou não judia), aparência física, opiniões políticas e assim por diante. Tal incerteza incluía sua sexualidade, a qual não foi discutida, especialmente em sua obra, até 1990, não apenas porque a escritora sistematicamente se recusava a falar sobre o assunto, mas também porque se presumia que ela era heterossexual.[17] No entanto, seu intenso vínculo com as mulheres – em especial no final da vida – era bem conhecido. Dois de seus afetos, em especial, são notórios: a enfermeira Siléa Marchi (contratada depois que Clarice sofreu queimaduras graves em sua casa, em 1966) e, mais importante, a escritora Olga Borelli, que se apresentou a ela em 1971 e permaneceu a seu lado até Clarice morrer, em 1977.[18]

FIGURA 2: O escritor Lúcio Cardoso, por volta de 1940. Divulgação Editora Nova Fronteira.

15 A atração do judeu pelo Outro, especialmente durante o período histórico do Holocausto na Europa, precisa ser levada, aqui, em consideração; a fascinação de Clarice com a origem familiar de Lúcio – tradicional, mineira, católica e de direita – denota seu desejo de pertencer plenamente ao seu país adotivo. Sou grato a Silviano Santiago por me ajudar a formular essa interpretação (entrevista, 15 ago. 1996).

16 Lauretis, *Alice Doesn't: Feminism, Semiotics*, p.156.

17 Nádia Battella Gotlib observa que, mesmo na década de 1970, Clarice ainda era inflexível em sua recusa. Para os entrevistadores, que com frequência lhe pediam que falasse sobre sua vida amorosa, ela dava a mesma resposta: "É segredo" (Gotlib, 1997, p.320).

18 A alusão ao relacionamento tem sido frequente, mas os críticos sempre se esquivaram de apresentá-lo como um caso de amor. Até onde sei, foi apenas em 1995 que um crítico se referiu a Borelli com um termo fortemente associado a relacionamentos homossexuais: "a companheira de longa data de Lispector" (Vieira, 1995a, p.104). A expressão é amplamente difundida como um modo codificado de se referir a parceiros homossexuais (ver, por exemplo, seu uso em obituários de aids na década de 1980).

Tendo já dominado a arte de enfrentar aquilo que Helene Cixous considera o grande obstáculo para se lidar com a diferença,[19] Clarice acercou-se de Lúcio Cardoso como "o mesmo que não é" – uma fonte de pistas para a produção e derivação.[20] A presença de Lúcio é bastante sentida como imagem e contraste em dois contos de Clarice escritos em 1940-1941 e publicados postumamente em *A bela e a fera*. Naquele, com o título sugestivo "História interrompida", a narradora mulher se lembra da figura de W., com quem um dia desejara se casar. Tornando-se consciente do distanciamento frio do rapaz, ela tenta, em vão, "achar uma fórmula que pudesse salvá-lo".[21] Pretendendo justificar o recato de W., a mulher admite ter tentado se convencer a aceitar o truísmo: "destrói-se tudo em torno de si, mas a si próprio e aos desejos (nós temos um corpo) não se pode destruir".[22]

A ideia da impossibilidade de se manter um relacionamento com "um igual", com "um mesmo que é", fundamenta o conto "Obsessão", no qual Daniel, personagem aparentemente inspirado em Lúcio (Barbosa, 1993b, p.184), provoca em Cristina uma atração que ela sente ser não apenas "diferente do amor", mas também algo "mais impossível ainda"; "ele me amaria e eu me vingaria, sentindo-me... igual a ele".[23] Incapaz de sentir (deixar-se ser só) como Daniel, Cristina rompe com o objeto de seu desejo. Quando retorna a Jaime, o marido que abandonara por Daniel, ela reassume uma situação desesperançosa, pois Jaime, por sua vez, "adivinhava-me diferente dele".[24]

Dentre as cartas que Clarice enviou a Lúcio,[25] a mais antiga ainda remanescente, datada de 13 de julho de 1941 e enviada de Belo Horizonte, se encerra com um intrigante *postscriptum*: "Esta carta você não precisa rasgar".[26] O comentário sugere fortemente que existiam cartas anteriores e que elas traziam o pedido do remetente para serem destruídas. Se Lúcio seguiu ou não as instruções de Clarice, não se sabe, mas a ausência de qualquer carta anterior a essa sugere que elas foram, de fato, destruídas. Embora o verbo "rasgar" apareça em aspas (e não está claro o porquê),[27] é possível supor que Clarice tenha se preocupado com o conteúdo das cartas, as quais provavelmente incluíam declarações sensuais e amorosas, como ela mesma assinalou anos depois:

19 "Nosso problema, quando queremos escrever, falar, evocar o outro, refere-se a como não fazer isso a partir de nós mesmos [...]. Em uma relação com o outro, há tudo que não é do mesmo, do mesmo que não é, e do outro que ele ou ela é" (Cixous, 1990, p.44).

20 Como um homem, Lúcio era para Clarice "um mesmo que não é", mas como um homem gay ele era simultaneamente "um mesmo que é". Além disso, a possível bissexualidade de Clarice torna a questão ainda mais complicada. Em consideração ao "mesmo que não é", deve se ter em mente a discussão de Sedgwick a respeito d'*O retrato de Dorian Gray* e, especialmente, suas considerações sobre "a classificação linguisticamente inapelável de qualquer um que compartilhe o gênero de alguém como sendo 'o mesmo' que o seu, e qualquer um que não o compartilhe como sendo o Outro" (Sedgwick, 1990, p.160). Clarice Lispector tinha um interesse ativo por esse romance de Wilde, tendo feito referências a ele em passagens de seus escritos e depois traduzido e "adaptado" o livro para o português (Wilde, 1974). (Eu examinei essa tradução/"adaptação" em "Reading Translation Queerly: Lispector's Translation of *The Picture of Dorian Gray*", Bulletin of Hispanic Studies, n.76 [1999], pp.691-702.)

21 Lispector, "História interrompida", in: *A bela e a fera*, p.18.

22 Ibid., p.16.

23 Lispector, "Obsessão", in: *A bela e a fera*, p.68.

24 Ibid., p.82.

25 Até agora, 20 cartas de Clarice Lispector para Lúcio Cardoso foram localizadas e catalogadas; elas foram escritas entre 1941 e 1947 (Barbosa, 1993b, p.183-4). Os originais estão no Arquivo Clarice Lispector do Museu de Literatura da Fundação Casa de Rui Barbosa, no Rio de Janeiro. Dessas cartas, Carelli incluiu em artigo (1988b) integralmente sete, além de trechos de mais três.

> Ele fora a pessoa mais importante da minha vida durante a minha adolescência. Naquela época ele me ensinava como se conhecem as pessoas atrás das máscaras, ensinava o melhor modo de olhar a lua. [...] Em tantas coisas éramos tão fantásticos que, se não houvesse a impossibilidade, quem sabe teríamos nos casado.[28]

Curiosamente, embora Clarice tivesse 21 anos quando escreveu aquela carta, de Belo Horizonte, usou nesta recordação de 1969 o termo "adolescência", possivelmente para encobrir as discrepâncias relativas à sua idade.[29] Mas o que realmente importa aqui são os usos que fez de termos como *impossibilidade* ou, algumas linhas antes, "sua vida misteriosa e secreta" – eufemismos para a homossexualidade de Lúcio.

O relacionamento entre os dois permanece forte com o passar das décadas, sobrevivendo até mesmo ao casamento de Clarice com outro homem em 1943, o diplomata Maury Gurgel Valente. A persistência de Clarice continua igualmente tenaz, na medida em que tenta derrubar a reticência de Lúcio e as barreiras autoimpostas. É o que revelam as passagens a seguir, retiradas de uma carta datada de 6 de fevereiro de 1944, de Belém do Pará: "Eu só falo de mim porque nem sei o modo de abordar você"; e, rememorando a conversa que tiveram quando se despediram no Rio de Janeiro antes de ela partir em viagem, Clarice alude ao que provavelmente era o centro do problema: "Quando eu telefonei para você pra me despedir fiquei aborrecida com um engano seu. Eu disse que nunca tinha podido chegar mais perto de seus problemas porque você nunca me deixava".[30]

Levaria mais uma década e meia para que Clarice superasse o impasse ocasionado por essa diferença essencial. À época, ela escrevia *A maçã no escuro* (1961), texto fundamental de sua produção ficcional. Nesse livro, a busca pela compreensão do outro é central, assim como na maioria dos seus outros trabalhos. Aqui, no entanto, a discussão está circunscrita à noção de impossibilidade. Martim, protagonista do sexo masculino, tipo tão raro na ficção de Clarice, deve reformular sua identidade na esteira de uma crise pessoal, e só pode fazê-lo por meio de um "gesto de ruptura",[31] um crime, pois ele acredita ter assassinado a esposa. "Nesse estágio elementar de

No número 9 da revista *Remate de Males* foram reproduzidas em versão fac-similar três cartas de Clarice para Lúcio e deste para ela. Parece que essas três cartas de Lúcio para Clarice foram as únicas que sobreviveram. O filho de Clarice, Paulo Gurgel Valente, confirmou o caso (entrevista pelo telefone, 16 ago. 1996). Seriam essas as únicas cartas que Lúcio escreveu para Clarice? Teria esse homem educado, das letras, deixado de responder a ao menos vinte cartas que recebera de Clarice, em uma época em que a escrita ainda não havia sucumbido às exigências e distrações da vida moderna? Ou Clarice de fato destruiu as outras cartas que recebera dele? Deve se destacar o fato de que Lúcio sempre demorava a responder as cartas de Clarice, o que provocava toda sorte de reclamação por parte dela, de reprimendas para que deixasse de ser "preguiçoso" ("Correspondência", p.219) a apelos bem-humorados (Carelli, 1988a, p.47). No que se refere ao atraso e às respostas tardias, talvez seja apropriado considerar as seguintes observações de Joanna Russ, ainda que tenham sido feitas em um contexto muito diferente (o da pornografia em *Star Trek*): "Nós [...] sexualizamos nossa condição feminina, nos adestramos, fizemos das restrições do patriarcado nossas próprias disposições. Por exemplo, mulheres esperam [...]. Daí as análises intermináveis de motivos e hesitações, ao longo de páginas e mais páginas; uma demora que é em si eroticamente provocante, já que se trata de uma sexualização do que nos é ou foi apresentado como a "realidade" das mulheres. ([Camilla] Decarnin sugeriu [...] considerar essa espera metaforicamente, relacionando-a com a necessidade das mulheres de terem longas "preliminares" para atingir o orgasmo.) Mulheres não devem iniciar a atividade sexual. Daí o grande enredo convencional que finalmente liberta os amantes para serem sexuais, em que a falta de responsabilidade é em si excitante, um intensificador da excitação, da vulnerabilidade e da emoção retirada da condição" (p.86-7).

autoconsciência, o processo de restabelecimento da identidade funciona como percepção e aprendizado da alteridade."[32] Para alcançar esse estágio, os atributos da impossibilidade devem ser compreendidos. No extenso trabalho de Cixous sobre *A maçã no escuro*, a compreensão do outro é descrita como uma tentação, uma vez que o ato de entender nos tenta a "tomar ou absorver", num processo "em que não há amor senão em sua transmissão". O estranho namoro de Martim e Vitória é apresentado em termos de uma "vitória do fracasso" e um "fracasso da vitória", com Martim saindo vitorioso de sua derrota em "manter o impossível na impossibilidade", isto é, embora não tendo obtido sucesso em compreender os "outros", ele constantemente se esforça nessa direção.[33] Mais adiante, a questão é solucionada por meio de uma leitura atenta de um texto curto de Clarice, "É para lá que eu vou" (incluído em *Onde estivestes de noite*). Nesse texto, que Cixous acredita conter o infinito numa casca de noz,[34] Clarice resume a noção de impossível como a compreensão de que no próprio enunciado de algo residem os limites da sua existência; é o reconhecimento do impossível que assinala a existência do impossível. Da mesma forma, "o movimento em direção à realidade é o que constitui a realidade",[35] e "o objetivo é sempre o movimento à frente, nunca a chegada".[36] A linguagem é fundamental nesse movimento, embora alcançar uma comunicação com o outro – saltando do "eu" para o "você" – seja uma impossibilidade. E é nesse movimento – pela escrita – que o escritor tenta dissolver as fronteiras e chegar aos limites do outro.

Entre a maior parte dos críticos, a relação Clarice-Lúcio é ignorada,[37] até mesmo em um trabalho de peso como o de Marta Peixoto, sugestivamente intitulado *Passionate Fictions* [Ficções passionais] (1994); e no estudo biográfico mais citado sobre Clarice Lispector,[38] o nome de Lúcio aparece apenas três vezes, e só porque é usado por Clarice em cartas às suas irmãs.[39] Em alguns casos, a relação é apenas mencionada; os críticos gostam de afirmar, por exemplo, que foi Lúcio quem sugeriu a Clarice o título joyciano *Perto do coração selvagem* para seu primeiro romance, publicado em 1944. Earl Fitz se refere a Lúcio como "amigo, mentor e confidente da Agência Nacional"; nas páginas anteriores, usa o termo "colega" no lugar de "confidente".[40] Nem

26 Carelli, *Corcel de fogo*, p.44.

27 Saber exatamente "por que", de acordo com Nádia Battella Gotlib, já é outra impossibilidade. Escrevendo sobre a reação de Clarice ao arquivamento de seus papéis pessoais, Gotlib sustenta que a autora partia de uma premissa epistemológica: "já que conhecer é impossível, que se caminhe à beira do 'quase'" (1997, p.314). A experiência de tal limitação, argumenta Gotlib, levou Clarice a "um estilo de agir que lhe permitia divisar o universo do impossível e também de dele se alimentar" (p.315) (uma maneira de ser que lhe deu condições de discernir e prosperar no universo do impossível).

Respondendo à minha pergunta sobre a relação Clarice-Lúcio, Gotlib atentou para o fato de que o que enxergamos como relacionamentos problemáticos, como em grande parte da biografia de Clarice, são em larga medida fragmentos e partes, lacunas, questões e indefinições deliberadas. Os pesquisadores de Clarice deveriam ao máximo, portanto, traçar conexões e delinear conclusões preliminares (entrevista por telefone, 27 ago. 1996).

28 Lispector, "Lúcio Cardoso", in: *A descoberta do mundo*, p.244.

29 Na certidão de nascimento de Clarice (ou melhor, uma declaração do pai dela obtida por um funcionário de cartório no Recife) consta como ano de nascimento 1920 (fac-símile in Varin, 1987, p.84).

30 Carelli, *Corcel de fogo*, p.44.

31 Cixous, *Reading with Clarice Lispector*, p.61.

32 Ibid., p.94.

33 Ibid., p.67.

34 Ibid., p.69.

35 Ibid., p.74.

36 Ibid., p.77.

37 Duas biografias recentes de Clarice são exceção (Gotlib, 1995; Ferreira, 1999). Em ambas, Lúcio é mencionado com alguma frequência (especialmente no começo de cada livro) e várias páginas são dedicadas à relação entre os dois. A homossexualidade de Lúcio é claramente mencionada no livro de Gotlib (mas não do de Ferreira), embora nenhum esforço seja feito para aprofundar questões de produção e duplicação de gênero.

38 Borelli, *Clarice Lispector: esboço para um possível retrato*.

39 Ibid., pp.134-7.

40 Fitz, *Clarice Lispector*, pp.25 e 5.

41 Carelli, *Corcel de fogo*. O título vem de uma frase tirada de "Lúcio Cardoso", uma crônica escrita em forma de carta que elogia Lúcio, publicada no *Jornal do Brasil* em 11 de janeiro de 1969 (Lispector, 1984, pp.243-5) e reimpressa em Cardoso (1991, pp.786-7).

42 Cardoso, *Diário completo*, p.255.

43 Antínoo era o jovem amante de Adriano, imperador de Roma entre 117 e 138 d.C. A beleza legendária de Antínoo e a devoção de Adriano à memória do falecido jovem amante inspiraram a arte romana por séculos; ver, entre outros, Boswell (1980, p.84-6). A fascinação de Lúcio Cardoso pela história de Antínoo e Adriano só fez crescer quando ele descobriu o livro *Les Mémoires d'Hadrien* [Memórias de Adriano], de Marguerite Yourcenar, que ele leu em francês. Lúcio escreveu ao menos um poema inspirado pelo jovem, o soneto "Antinous" (original no Arquivo do Museu de Literatura, Casa de Rui Barbosa).

44 Carelli, *Corcel de fogo*, p.46.

45 O texto de Carelli foi publicado em português em 1988; sua tese de doutorado, *L'Univers romanesque de Lúcio Cardoso* [O universo romanesco de Lúcio Cardoso], que incluiu a maior parte desse material, foi defendida em 1986 na Universidade de Paris III (Sorbonne Nouvelle).

46 Ibid., p.224.

47 Ibid. O leitor é novamente confrontado com o substantivo *mal*, que também ocorre em suas citações anteriores (onde aparece entre aspas para sinalizar o uso

mesmo o melhor estudo sobre a vida e a obra de Lúcio Cardoso avança sobre a questão da *impossibilidade*.[41] Embora o livro inclua um capítulo sobre o relacionamento em questão, a abordagem de Carelli deixa muito a desejar, não apenas porque evita tratar da homossexualidade de Lúcio, mas principalmente porque ignora as questões do "eu" e do "outro", da inversão, e da (re)presentação e da (re)produção. Intitulado "A paixão de Clarice", o pequeno capítulo (onze páginas, das quais mais da metade são preenchidas por longas citações de cartas e anotações de diário) se esquiva de questões cruciais, assim como no restante do livro. Há um mal-estar notável com a homossexualidade ao longo do trabalho; palavras como *homossexual* e *gay* não aparecem uma vez sequer até a metade do livro – que trata de questões biográficas –, e *homossexualidade* tem uma única ocorrência, e mesmo assim não por conta de Carelli, mas em uma citação do diário de Lúcio. Esse trecho do diário, do final da década de 1950,[42] sugere que Lúcio superou sua resistência em pronunciar o termo, sinalizando ao menos uma aceitação parcial de sua sexualidade – uma condição que Clarice tentou muitas vezes nomear. Uma dessas ocasiões foi quando ela enviou a Lúcio, de Nápoles, um cartão-postal, em 30 de setembro de 1944. Ele trazia um busto de Antínoo e uma mensagem de Clarice:[43] "Transmito-lhe agora esse Efebo da Itália. Até parece um pouco você... Não me esqueça".[44]

Carelli, escrevendo na década de 1980, parece ter ficado menos à vontade com o tema da homossexualidade de Lúcio do que Clarice quase meio século antes.[45] Assim, em vez de abordar a questão a partir de um ângulo que poderia deixar espaço para considerações a respeito da homofobia, repressão e aceitação, Carelli sustenta sua leitura em termos patológicos:

> O "mal" que o aflige não deixa de estar ligado ao que a psiquiatria chama de esquizofrenia, essa psicose caracterizada por uma desagregação do psíquico que está na origem de uma ambivalência dos pensamentos e dos sentimentos, bem como de uma conduta paradoxal devido à perda do contato com a realidade.[46]

Ainda insistindo nesse caminho infeliz, Carelli se volta para a ficção de Lúcio, cuja natureza tortuosa ele explica nos seguintes

FIGURA 3: Retrato de Clarice por ocasião de viagem a Roma, quando acompanhou o marido, o diplomata Maury Gurgel, em uma de suas missões, em 1945. Ela e o marido se encontravam na capital italiana quando foi anunciado o fim da Segunda Guerra Mundial (fonte: Edusp).

repetido que Lúcio faz do termo no *Diário completo* [p.9]). Quanto ao significado desse substantivo em português ("doença", como em "mal de Parkinson", por exemplo; ou o oposto de bom, como em "o bem e o mal"), seu uso associado à homossexualidade denota intolerância e (auto-)opressão.

48 Cardoso, *Diário completo*, p.20, trecho de 15 set. 1949.

49 O *Diário completo* consiste em duas seções: a primeira (totalizando 167 páginas e dedicada a Walmir Ayala) abrange o período de dois anos, de agosto de 1949 a março de 1951, quando Lúcio se dedicou mais intensamente à redação de seu diário; a segunda parte (totalizando 133 páginas e dedicada a Octávio de Faria) inclui os trechos mais curtos e esporádicos que escreveu em uma década, de maio de 1952 a outubro de 1962. Essas foram, é claro, as passagens que Lúcio selecionou para publicação; muitas páginas e parágrafos de seus cadernos foram apagados ou destruídos durante esse processo; ele também menciona ter perdido ou não ter dado continuidade a outros diários na sua juventude (Cardoso, 1970, pp.5-6). A primeira parte foi publicada originalmente em 1961; o *Diário completo* foi publicado postumamente, dois anos depois de sua morte. Lúcio também escreveu trechos de diários e reflexões genéricas sobre a vida e a arte em outros cadernos; dois deles, pequenos e não datados, foram publicados: "Diário de terror" e "Pontuação e prece", o primeiro na revista *Senhor* de novembro de 1961, no Rio de Janeiro, com título diferente, "Diário proibido: Páginas secretas de um livro e de uma vida", e também em Carelli (1985, pp.68-

termos: "o mal profundo das criaturas cardosianas está ligado à indefinição do pai e à onipresença da mãe".[47]

E, assim, Mario Carelli, um crítico francês de ascendência italiana, escrevendo no final do século XX, embora provavelmente seguro a respeito da natureza vanguardista de sua praxe crítica, estava, na verdade, caindo na armadilha e perpetuando os mesmos preconceitos da maioria dos críticos franceses que escreveram até meados dos anos 1970, sobre Rimbaud, Proust, Gide, Genet, entre outros. O pretexto da discrição, do bom gosto e do respeito ao direito à privacidade eram, na realidade, tentativas de disfarçar uma significativa inquietação, quando não uma repugnância, quanto ao tema da homossexualidade. No caso de Lúcio Cardoso, a questão se torna ainda mais complicada por conta da reticência do romancista em aceitar sua própria homossexualidade, que ele enxergava como uma espécie de falha ou pecado, o que o impedia de escrever abertamente sobre o tema em seu diário ou em outros lugares. Mesmo em seu romance mais autobiográfico, *Dias perdidos* (1943), ele evita falar da homossexualidade. No *Diário completo*, embora os registros iniciais mostrassem que Lúcio estava ciente, assim como Proust, do papel desempenhado pelas "mentiras" (ver nota 4), pela evasão e pelo "armário" ("O que aprendemos, é como nos ocultar [...] O que ocultamos, é o que importa, é o que somos"),[48] os trechos mais próximos do final do volume soam defensivos e apologéticos, assim como essa passagem de 17 de março de 1951:[49]

> Se de nem tudo falei, se sobre aquilo que provavelmente constituiria o interesse do público mais numeroso calei-me ou apenas sugeri o que devia ser a verdade, é que um arrolamento constante de fatos sempre me pareceu monótono e sem interesse para ninguém. A questão sexual, por exemplo, que alguns leitores provavelmente reclamariam, que adiantaria estampá-la, destituída de força, apenas para catalogar pequenas misérias sem calor e sem necessidade?[50]

Ainda assim, como se Lúcio sentisse repentinamente a vasta importância do que estava sendo deixado de fora, o penúltimo parágrafo dessa mesma anotação surpreende o leitor por sua natureza reveladora, embora bastante sucinta:

> Este Diário é uma súmula de remorso e de consciência culpada. Tenho agora outro remorso, é o de não ter ido até o fim, de não ter perseguido até à fronteira, as sombras que sempre me acenaram de lá. Renuncio, mas sem fé no bem que pratico.[51]

Aparentemente imune a qualquer abjeção em torno da homossexualidade,[52] Clarice persistiu em Lúcio ao longo dos anos 1940, mas parece ter se silenciado depois disso. Seu silêncio talvez possa ser explicado por uma série de fatores, incluindo o cansaço, a distância geográfica (foram tempos de longas estadas no exterior, na companhia do marido diplomata) e a falta de resposta (em ambos os sentidos do termo, "responder" e "reagir") por parte de Lúcio, que havia embarcado em uma década de alcoolismo que lhe renderia um derrame, em 1962, deixando-o paralisado até sua morte, em 1968. Com efeito, em uma carta enviada de Torquay, Inglaterra, em 1959, para uma de suas irmãs, Clarice já sugere que seu interesse por Lúcio havia minguado; referindo-se a Julien Green, ela escreve que o romancista francês "foi minha paixão por muito tempo", e acrescenta um comentário entre parênteses que pode ser lido como uma reflexão oblíqua a respeito de sua relação com Lúcio: ("também as paixões literárias vão se apagando, sem saber por quê").[53] Anos depois, após o primeiro derrame de Lúcio, houve uma aproximação, com visitas cordiais, e o incentivo de Clarice ao seu recém-descoberto talento para a pintura. Incapaz de escrever e de falar, mas tendo recuperado o uso da mão esquerda, Lúcio começou a pintar, primeiro como terapia, depois profissionalmente. Clarice compareceu a ao menos um de seus vernissages, na Galeria Goeldi, no Rio de Janeiro, em 19 de maio de 1965;[54] também na ocasião compareceram grandes nomes das artes e da sociedade brasileira, incluindo Carlos Drummond de Andrade.

Um estudo mais cuidadoso sobre o tema deverá levar em consideração a "paixão de Clarice" em outros termos que não os da abordagem do capítulo homônimo de Carelli, nem dos trabalhos de Benedito Nunes (1987) e Berta Waldman (1993), igualmente intitulados e de matiz existencialista; deverá, ao contrário, recorrer a "uma subjetividade outra",[55] em uma abordagem que abra espaço à situação de alguém que se encontra

-75) e Cardoso (1991, pp.743-9); e o último em Carelli (1985, pp.75-7) e Cardoso (1991, pp.751-3). Ainda não foi publicado o "Diário de bordo", um manuscrito de quatro páginas arquivado (junto com os originais do *Diário completo* e "Diário de terror") no Arquivo Lúcio Cardoso, na Fundação Casa de Rui Barbosa, no Rio de Janeiro. Para bons estudos sobre os diários de Lúcio, ver Carelli (1985); Guy Besançon, "Le Journal intime de Lúcio Cardoso", *Cahier du Monde Ibérique et Luso-Brésilien (Caravelle)*, n.52, 1989, pp. 73-90; e Egon de Oliveira Rangel, "Em torno do discurso e da perversão", *Caderno de Estudos Linguísticos*, n.19, 1990, pp.159-72.

50 Cardoso, *Diário completo*, p.169.

51 Ibid.

52 Kristeva comenta que "não é uma falta de limpeza ou saúde que causa abjeção, mas o que perturba a identidade, o sistema, a ordem. O que não respeita as fronteiras, as posições, as regras" (1982, p.4).

53 Borelli, *Clarice Lispector*, p.138. Essa afirmação é mais uma das que denotam a enorme admiração (compartilhada entusiasticamente por Lúcio) que Clarice tinha pela obra de Julien Green, o romancista francês que, assim como Proust e Lúcio, manteve uma "vida misteriosa e secreta". Teresa Virginia de Almeida estudou os dois autores, numa perspectiva comparativa, em sua tese de doutorado *Lúcio Cardoso e Julien Green: Transgressão e culpa* (Universidade de São Paulo).

54 Coluna de Lea Maria, *Jornal do Brasil*, 21 maio 1965.

55 Uso aqui o título do estudo de Francisco Caetano Lopes Júnior. (1991) sobre três novelas brasileiras de diferentes épocas com temática gay: *Bom-crioulo*, de Adolfo Caminha; *Crônica da casa assassinada*, de Lúcio Cardoso; e *Stella Manhattan*, de Silviano Santiago. Em *Bom-crioulo* (1893), supostamente o primeiro romance abertamente gay das Américas, "vários alinhamentos e realinhamentos de gênero se operam e representam outros níveis de deslocamento que incluem relações de classe e raça que, por sua vez, apontam para alinhamentos ainda mais complexos e ideológicos" (Bueno, p.95). Tanto *Crônica* quanto *Stella Manhattan* (1985) se baseiam num elemento performativo de gênero: este último por meio de seu personagem epônimo que "dramatiza através de seu próprio corpo as muitas contradições de uma escrita que, produzida nas margens do mundo ocidental, engole antropofagicamente seus inimigos" (Lopes Júnior, 1991, p.412); e o primeiro por meio do irmão mais novo dos Menezes, o *cross-dresser* Timóteo, o qual considero em um trabalho ainda em processo de elaboração até o momento chamado "Timóteo's Divinity: Gender, Transgression and Performance in *Crônica da casa assassinada*" [A divindade de Timóteo: gênero, transgressão e performance em *Crônica da casa assassinada*]. Lopes Júnior também publicou uma versão curta de seu ensaio no periódico *Brasil/Brazil* ("*Stella Manhattan*: Uma subjetividade outra", 1991, pp.54-78).

56 É igualmente interessante que, no penúltimo parágrafo, *você* se torne a irmã de Lúcio, Maria Helena Cardoso, a qual Clarice exorta a escrever um livro sobre Lúcio. Maria Helena acatou a sugestão de Clarice escrevendo *Vida-vida* (1973). O livro, escrito entre dois outros seus – uma autobiografia (1968) e um romance bastante autobiográfico intitulado *Sonata perdida* (Rio de Janeiro, Nova Fronteira, 1979) –, abrange quase exclusivamente os anos da enfermidade de Lúcio.

57 Manuel Bandeira (1886-1968), eterno solteirão, era um tipo de poeta laureado não oficial do Brasil na época em que Clarice e Lúcio iniciaram suas carreiras literárias. Membro de uma geração mais antiga e participante de diversos movimentos literários, Bandeira sempre apoiou Clarice e Lúcio. Essa citação vem de um famoso

num impasse relacional, em uma época e uma sociedade impregnadas pelo lugar-comum da inversão de gênero e suas profundas ramificações.

A "paixão de Clarice" é, assim, mais bem compreendida como uma situação na qual se deseja um outro "que é" e "não é"; portanto, de alguém que se esforça para produzir e/ou derivar, mas se confronta com o problema da "impossibilidade". A resolução desse impasse não estava ao alcance de Clarice, assim como, gradualmente, os problemas relativos a seu casamento e ao controle de seus demônios; a única coisa que talvez estivesse sob seu poder era sua escrita, por meio da qual podia expressar sua visão a respeito da complexidade e da multiplicidade do ser, tarefa que vem sendo designada por "travessia do oposto", como no subtítulo do livro de Olga de Sá (1993). A escolha de Sá faz alusão a uma mensagem de Clarice escrita para os "possíveis leitores" de seu romance, *A paixão segundo G.H.*

A crônica, ou reminiscência, citada anteriormente, escrita em 1969 sob a forma de carta para Lúcio depois de sua morte (ou, para ser mais preciso, escrito em algum momento entre a morte de Lúcio, em 23 de setembro de 1968, e a data de publicação no *Jornal do Brasil* – 11 de janeiro de 1969) é o único documento existente ou testemunho escrito que registra a reação de Clarice à perda de Lúcio. É interessante notar que, ao longo da carta, Clarice muda o destinatário nominal (o destinatário final é, naturalmente, o leitor implícito da crônica): inicialmente, a carta é dirigida a Lúcio como *você*, mas nos parágrafos subsequentes o mesmo aparece em terceira pessoa como *ele* (terceiro parágrafo), *esse homem* (quinto parágrafo), ou *Lúcio* (último parágrafo).[56] O distanciamento proporcionado pelos mais diferentes e distantes pronomes e substantivos sugerem os esforços de Clarice em aceitar a partida de seu amado. Pelo que sei, não há outro registro escrito sobre a reação de Clarice à morte de Lúcio, mas sabe-se que, em geral, a morte de seus entes queridos pesava muito sobre ela, o que talvez explique sua demora em publicar essa crônica elegíaca.

O tema da *impossibilidade* conduz quase que inevitavelmente à especulação sobre "uma vida inteira que podia ter sido e que não foi", para citar outro conhecedor do problema.[57] E se não houvera qualquer *impossibilidade*? E se Lúcio não tivesse levado uma "vida secreta e misteriosa"? E se essas duas pessoas que se davam maravilhosamente bem tivessem, de fato, se casado? Clarice Lispector era fascinada por especulações e situações contrafactuais; em uma crônica datada de 14 de novembro de 1970, ela especula sobre como teria sido sua vida se sua família tivesse emigrado para os Estados Unidos em vez do Brasil:[58]

> Se minha família tivesse optado pelos Estados Unidos, eu teria sido escritora? Em inglês, naturalmente, se fosse. Teria casado provavelmente com um americano e teria filhos americanos. E minha vida seria inteiramente outra. Escreveria sobre o quê? O que é que amaria? Seria de que Partido? Que gênero de amigos teria?[59]

Uma compreensão definitiva da "verdadeira natureza" da relação entre Clarice e Lúcio talvez não possa ser alcançada, ao menos nada que vá além de um consenso geral sobre sua importância. Carelli usa o termo *vestígios* para descrever as evidências disponíveis. Ele tem razão até certo ponto, mas ainda existem diversas cartas, documentos e textos, além de entrevistas com pessoas que conheciam os autores, que podem trazer novas informações preciosas.[60] Mas o que mais importa aqui é que os leitores *queer* da cultura brasileira não se intimidem com pesquisas desafiadoras, nem se desviem, por outros motivos, de seus objetivos.

Deixando de lado interpretações tão simplistas como as do amor não correspondido, ou até mesmo alguma mais complexa, como a do caso amoroso vicariamente experienciado,[61] uma leitura mais contundente a respeito dessa relação problemática incluiria o elemento da *aprendizagem* por parte de Clarice, de como ela encarava uma nova realidade, a de *queerness*, elemento que delinearia vários de seus futuros personagens. Pela mediação de Lúcio, Clarice experimentou o impacto de uma situação que Judith Butler descreve como aquela em que

> O efeito paródico ou imitativo das identidades gay não funciona nem para copiar nem para emular a heterossexualidade, mas sim para expô-la como uma imitação incessante e desesperada de sua própria idealização naturalizada.[62]

verso de "Pneumotórax", poema escrito em 1930 por Bandeira no qual divertidamente lamenta as limitações que a tuberculose trouxe a sua vida. Rubem Braga escala Bandeira e Lispector como personagens em sua crônica "O poeta e os olhos da mosca"; no relato de Maria José Barbosa, "Braga reconta a história de quando Bandeira passou por Lispector e seu noivo no Flamengo, em um momento em que o poeta se sentia desesperadamente solitário e infeliz por conta de um amor não correspondido. Ele tinha a forte sensação de que ela entendia sua dor" (apud Marting, pp.220-1).

58 Essa crônica se chama "Esclarecimentos: explicação de uma vez por todas". Estou em débito com o ensaio informativo de Roselena Nicolau, "Misteriosa Clarice" (1994), por ter chamado a minha atenção para esse texto que Gotlib também analisa (1995, pp.113-5).

59 Lispector, "Esclarecimentos: explicação de uma vez por todas", in: *A descoberta do mundo*, p.499. Não podemos deixar de notar a escolha dos termos de Clarice nesse trecho, quando ela poderia ter usado outras palavras como *tipo* e *espécie*.

60 Ironicamente, Carelli fala de "traços" no mesmo trecho em que reproduz várias cartas inéditas que Clarice e Lúcio trocaram (Carelli, 1988b).

61 Não de menor relevância para o debate são as seguintes observações feitas por Richard Bernstein (em sua resenha do romance *The Love Affair as a Work of Art* [O caso de amor como uma obra de arte], de Dan Hofstadter) sobre as expressões de amor nas cartas que Proust escreveu a Jeanne Fouquet, que era casada com seu melhor amigo: "Estaria Proust escrevendo aquelas cartas para dissimular o amor homossexual proibido que sentia por seu amigo, Gaston de Caillevet? Mr. Hofstadter, como sempre resistindo a explicações simples, não responde à pergunta, mas se aproveita da impossibilidade disso acontecer".

A relação Lispector-Cardoso é importante porque lança luz sobre a intersecção das ansiedades (se não dos pânicos) – sexual, social, política – que estão no centro da produção intelectual brasileira de meados do século XX. A consequência das crises (no sentido de "pontos de inflexão" ou "etapas cruciais") provocadas por esse encontro foi significativa para as respectivas carreiras, mas, ainda que seja evidente que em suas vidas pessoais e profissionais ela esteve longe de ser desprezível, as reverberações, por vezes contraditórias, geradas por essa crise os deixaram mais preparados para enfrentar e dar sentido aos desafios e conflitos implicados pelo enigma da *impossibilidade*.

Referências

BARBOSA, Maria José Somerlate. Biographical Statements and Criticisms. In: MARTING, D. (Org.). *Clarice Lispector*: A Bio-Bibliography. Westport (CT): Greenwood Press, 1993a. pp.220-1.

_______. Published Letters to and from Clarice Lispector; Biographical Statements and Criticism. In: MARTING, D. (Org.). *Clarice Lispector*: A Bio-Bibliography. Westport (CT): Greenwood Press, 1993b. pp.183-90.

BERNSTEIN, Richard. In Love with the Lore (or Lies?) of Love Affairs. *New York Times*, 14 fev. 1996. C-2.

BORELLI, Olga. *Clarice Lispector*: esboço para um possível retrato. Rio de Janeiro: Nova Fronteira, 1991.

BOSWELL, John. *Christianity, Social Tolerance, and Homosexuality*: Gay People in Western Europe from the Beginning of the Christian Era to the Fourteenth Century. Chicago: University of Chicago Press, 1980.

BUENO, Eva Paulino. Caminha, Adolfo. In: FOSTER, D. W. (Org.). *Latin American Writers on Gay and Lesbian Themes*: A Bio-Critical Sourcebook. Westport (CT): Greenwood Press, 1994. pp.94-100.

BUTLER, Judith. Imitation and Gender Insubordination. In: FUSS, D. (Org.). *Inside/Out*: Lesbian Theories, Gay Theories. New York: Routledge, 1991. pp.13-31.

CARDOSO, Lúcio. *Diário completo*. Rio de Janeiro: José Olympio, 1970.

_______. "Diário de terror"; "Pontuação e prece". Apud CARELLI, M. Écrits intimes de Lúcio Cardoso. *Cahiers du Monde Hispanique et Luso-Brésilien* (*Caravelle*), n.45, 1985, pp.68-77.

_______. *Crônica da casa assassinada*. Ed. Mario Carelli. Madrid; Brasília: Consejo Superior de Investigaciones Científicas/Conselho Nacional de Pesquisa, 1991.

CARDOSO, Maria Helena. *Por onde andou meu coração?*. 2.ed. Rio de Janeiro: José Olympio, 1968.

_______. *Vida-vida*. Rio de Janeiro: José Olympio, 1973.

CARELLI, Mario. Écrits intimes de Lúcio Cardoso. *Cahiers du Monde Hispanique et Luso-Brésilien* (*Caravelle*), n.45, 1985, pp.63-78.

62 Butler, "Imitation and Gender Insubordination", in: Fuss (Org.), pp.22-3.

CARELLI, Mario. *Corcel de fogo*: vida e obra de Lúcio Cardoso, 1912-1968. Trad. Júlio Castañon Guimarães. Rio de Janeiro: Editora Guanabara, 1988a.

_______. Vestígios de um "amor impossível": Clarice Lispector e Lúcio Cardoso revelam em suas cartas dados importantes da gênese de suas obras. *Folha de S.Paulo*, 20 ago. 1988b, pp.9-11.

CIXOUS, Helène. *Reading with Clarice Lispector*. Ed. e trad. Verena Andermatt Conley. Minneapolis: University of Minnesota Press, 1990.

DIAZ, Nancy Gray. A maçã no escuro. In: MARTING, D. (Org.). *Clarice Lispector*: A Bio-Bibliography. Westport (CT): Greenwood Press, 1993. pp.93-7.

FERREIRA, Teresa Cristina Montero. *Eu sou uma pergunta*: uma biografia de Clarice Lispector. Rio de Janeiro: Rocco, 1999.

FITZ, Earl. *Clarice Lispector*. Boston: Twayne Books, 1985.

FOSTER, David W. (Org.). *Latin American Writers on Gay and Lesbian Themes*: A Bio-Critical Sourcebook. Westport (CT): Greenwood Press, 1994.

FREUD, Sigmund. Inversion. Invert. In: NANDOR, F.; GAYNOR, F. (Orgs.). *Freud*: Dictionary of Psychoanalysis. Greenwich (CT): Fawcett, 1958. pp.86-7.

FUNDAÇÃO Casa de Rui Barbosa. Inventário do Arquivo Lúcio Cardoso. Rio de Janeiro: Ministério da Cultura; Fundação Casa de Rui Barbosa, 1989.

GOTLIB, Nádia Battella. *Clarice, uma vida que se conta*. São Paulo: Editora Ática, 1995.

_______. Ser ou não ser autobiográfica (A propósito de Clarice Lispector). In: SOUZA, E. M.; MIRANDA, W. M. (Orgs.). *Navegar é preciso, viver*: escritos para Silviano Santiago. Belo Horizonte: Editora da UFMG; Salvador: Editora da UFB; Niterói: Editora da UFF, 1997. pp.314-22.

HOFSTADTER, Dan. *The Love Affair as a Work of Art*. Nova York: Farrar, Straus and Giroux, 1996.

KRISTEVA, Julia. *Powers of Horror*: An Essay on Abjection. Trad. Louis Roudiez. Nova York: Columbia University Press, 1982.

LARSEN, Neil. *Modernism and Hegemony*: A Materialist Critique of Aesthetic Agencies. Minneapolis: University of Minnesota Press, 1990.

LAURETIS, Teresa de. *Alice Doesn't*: Feminism, Semiotics, Cinema. Bloomington: Indiana University Press, 1984.

LISPECTOR, Clarice. *Near to the Wild Heart*. Trad. Giovanni Pontiero. Nova York: New Directions, 1970.

_______. História interrompida. In: *A bela e a fera*. Rio de Janeiro: Nova Fronteira, 1979a. pp.13-21.

_______. Obsessão. In: *A bela e a fera*. Rio de Janeiro: Nova Fronteira, 1979b. pp.41-82.

_______. Esclarecimentos: explicação de uma vez por todas. In: *A descoberta do mundo*. Rio de Janeiro: Nova Fronteira, 1984a. pp.498-9.

_______. Lúcio Cardoso. In: *A descoberta do mundo*. Rio de Janeiro: Nova Fronteira, 1984b. pp.243-5.

_______. *The Apple in the Dark*. Trad. Gregory Rabassa. Austin: University of Texas Press, 1986.

LISPECTOR, Clarice. *The Passion According to G. H.* Trad. Ronald W. Sousa. Minneapolis: University of Minnesota Press, 1988.

_______ . Correspondência. *Remate de Males*, n.9, 1989, pp.211-25.

LOPES JÚNIOR, Francisco Caetano. Uma subjetividade outra. In: REIS, R. (Org.). *Toward Socio-Criticism*: Luso-Brazilian Literatures. Tempe: Center for Latin American Studies, Arizona State University, 1991. pp.67-75.

_______ . Santiago, Silviano. In: FOSTER, D. W. (Org.). *Latin American Writers on Gay and Lesbian Themes*: A Bio-Critical Sourcebook. Westport (CT): Greenwood Press, 1994. pp.410-3.

MALONE, John. *Straight Women/Gay Men*: A Special Relationship. Nova York: Dial, 1980.

MARTING, Diane E. (Org.). *Clarice Lispector: A Bio-Bibliography*. Westport (CT): Greenwood Press, 1993.

NICOLAU, Roselena. Misteriosa Clarice. *Jornal do Brasil*, n.29, Rio de Janeiro, B-1, 2, 1994.

NUNES, Benedito. A paixão de Clarice Lispector. In: *Os sentidos da paixão*. São Paulo: Companhia das Letras, 1987. pp.269-81.

PEIXOTO, Marta. *Passionate Fictions*: Gender, Narrative and Violence in Clarice Lispector. Minneapolis: University of Minnesota Press, 1994.

RUSS, Joanna. *Magic Mommas, Trembling Sisters, Puritans and Perverts*: Feminist Essays. Trumansburg (NY): Crossing Press, 1995.

SÁ, Olga de. *Clarice Lispector*: a travessia do oposto. São Paulo: Annablume, 1993.

SEDGWICK, Eve Kosofsky. *Epistemology of the Closet*. Berkeley: University of California Press, 1990.

VARIN, Claire. *Clarice Lispector*: rencontres brésiliennes. Laval, Quebec: Éditions Trois, 1987.

VIEIRA, Nelson. Clarice Lispector: A Jewish Impulse and a Prophecy of Difference. In: *Jewish Voices in Brazilian Literature*. Gainesville: University Press of Florida, 1995a. pp.100-50.

_______ . *Jewish Voices in Brazilian Literature*. Gainesville: University Press of Florida, 1995b.

WALDMAN, Berta. *Clarice Lispector*: A paixão segundo C. L. 2.ed. São Paulo: Editora Escuta, 1993.

WHITNEY, Catherine. *Uncommon Lives*: Gay Men and Straight Women. Nova York: New American Library, 1990.

WILDE, Oscar. *O retrato de Dorian Gray*. Trad. e adapt. Clarice Lispector. Rio de Janeiro: Tecnoprint/Ediouro, 1974.

Entrevistas

Nádia Battella Gotlib (entrevista por telefone, 27 ago. 1996)
Paulo Gurgel Valente (entrevista por telefone, 16 ago. 1996)
Silviano Santiago (Rio de Janeiro, 15 ago. 1996)

CLARICE NA *ATLÂNTICO*

A *Atlântico – Revista Luso-Brasileira* foi um projeto dos governos de Brasil e Portugal que visava criar uma maior aproximação entre os dois países. Ela foi publicada entre 1942 e 1950 e teve um total de 16 números, que eram lançados e distribuídos concomitantemente em ambos os países. Por sugestão do escritor e diplomata Ribeiro Couto, Clarice publica, em um dos números da revista, o conto "Os bonecos de barro", que mais tarde integraria a obra *A cidade sitiada* (1948).

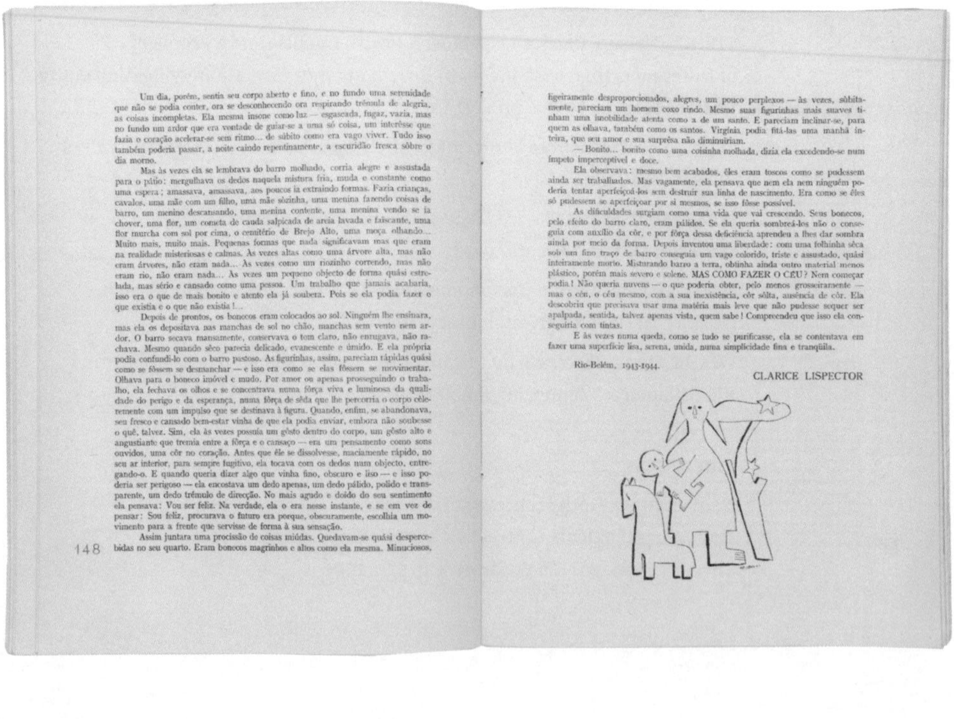

Um dia, porém, sentia seu corpo aberto e fino, e no fundo uma serenidade que não se podia conter, ora se desconhecendo ora respirando trêmula de alegria, as coisas incompletas. Ela mesma insone como luz — esgaseada, fugaz, vazia, mas no fundo um ardor que era vontade de guiar-se a uma só coisa, um interêsse que fazia o coração acelerar-se sem ritmo... de súbito como era vago viver. Tudo isso também poderia passar, a noite caindo repentinamente, a escuridão fresca sôbre o dia morno.

Mas às vezes ela se lembrava do barro molhado, corria alegre e assustada para o pátio: mergulhava os dedos naquela mistura fria, muda e constante como uma espera; amassava, amassava, aos poucos ia extraindo formas. Fazia crianças, cavalos, uma mãe com um filho, uma mãe sòzinha, uma menina fazendo coisas de barro, um menino descansando, uma menina contente, uma menina vendo se ia chover, uma flor, um cometa de cauda salpicada de areia lavada e faiscante, uma flor murcha com sol por cima, o cemitério de Brejo Alto, uma moça olhando... Muito mais, muito mais. Pequenas formas que nada significavam mas que eram na realidade misteriosas e calmas. Às vezes altas como uma árvore alta, mas não eram árvores, não eram nada... Às vezes como um riozinho correndo, mas não eram rio, não eram nada... Às vezes um pequeno objecto de forma quási estrelada, mas sério e cansado como uma pessoa. Um trabalho que jamais acabaria, isso era o que de mais bonito e atento ela já soubera. Pois se ela podia fazer o que existia e o que não existia!...

Depois de prontos, os bonecos eram colocados ao sol. Ninguém lhe ensinara, mas ela os depositava nas manchas de sol no chão, manchas sem vento nem ardor. O barro secava mansamente, conservava o tom claro, não enrugava, não rachava. Mesmo quando sêco parecia delicado, evanescente e úmido. E ela própria podia confundi-lo com o barro pastoso. As figurinhas, assim, pareciam rápidas quási como se fôssem se desmanchar — e isso era como se elas fôssem se movimentar. Olhava para o boneco imóvel e mudo. Por amor ou apenas prosseguindo o trabalho, ela fechava os olhos e se concentrava numa fôrça viva e luminosa da qualidade do perigo e da esperança, numa fôrça de sêda que lhe percorria o corpo cèleremente com um impulso que se destinava à figura. Quando, enfim, se abandonava, seu fresco e cansado bem-estar vinha de que ela podia enviar, embora não soubesse o quê, talvez. Sim, ela às vezes possuía um gôsto dentro do corpo, um gôsto alto e angustiante que tremia entre a fôrça e o cansaço — era um pensamento como sons ouvidos, uma côr no coração. Antes que êle se dissolvesse, maciamente rápido, no seu ar interior, para sempre fugitivo, ela tocava com os dedos num objecto, entregando-o. E quando queria dizer algo que vinha fino, obscuro e liso — e isso poderia ser perigoso — ela encostava um dedo apenas, um dedo pálido, polido e transparente, um dedo trêmulo de direcção. No mais agudo e doído do seu sentimento ela pensava: Vou ser feliz. Na verdade, ela o era nesse instante, e se em vez de pensar: Sou feliz, procurava o futuro era porque, obscuramente, escolhia um movimento para a frente que servisse de forma à sua sensação.

Assim juntara uma procissão de coisas miúdas. Quedavam-se quási despercebidas no seu quarto. Eram bonecos magrinhos e altos como ela mesma. Minuciosos,

148

ligeiramente desproporcionados, alegres, um pouco perplexos — às vezes, sùbitamente, pareciam um homem coxo rindo. Mesmo suas figurinhas mais suaves tinham uma imobilidade atenta como a de um santo. E pareciam inclinar-se, para quem as olhava, também como os santos. Virgínia podia fitá-las uma manhã inteira, que seu amor e sua surprêsa não diminuiriam.

— Bonito... bonito como uma coisinha molhada, dizia ela excedendo-se num ímpeto imperceptível e doce.

Ela observava: mesmo bem acabados, êles eram toscos como se pudessem ainda ser trabalhados. Mas vagamente, ela pensava que nem ela nem ninguém poderia tentar aperfeiçoá-los sem destruir sua linha de nascimento. Era como se êles só pudessem se aperfeiçoar por si mesmos, se isso fôsse possível.

As dificuldades surgiam como uma vida que vai crescendo. Seus bonecos, pelo efeito do barro claro, eram pálidos. Se ela queria sombreá-los não o conseguia com auxílio da côr, e por fôrça dessa deficiência aprendeu a lhes dar sombra ainda por meio da forma. Depois inventou uma liberdade: com uma folhinha sêca sob um fino traço de barro conseguia um vago colorido, triste e assustado, quási inteiramente morto. Misturando barro a terra, obtinha ainda outro material menos plástico, porém mais severo e solene. MAS COMO FAZER O CÉU? Nem começar podia! Não queria nuvens — o que poderia obter, pelo menos grosseiramente — mas o céu, o céu mesmo, com a sua inexistência, côr sôlta, ausência de côr. Ela descobriu que precisava usar uma matéria mais leve que não pudesse sequer ser apalpada, sentida, talvez apenas vista, quem sabe! Compreendeu que isso ela conseguiria com tintas.

E às vezes numa queda, como se tudo se purificasse, ela se contentava em fazer uma superfície lisa, serena, unida, numa simplicidade fina e tranqüila.

Rio-Belém, 1943-1944.

CLARICE LISPECTOR

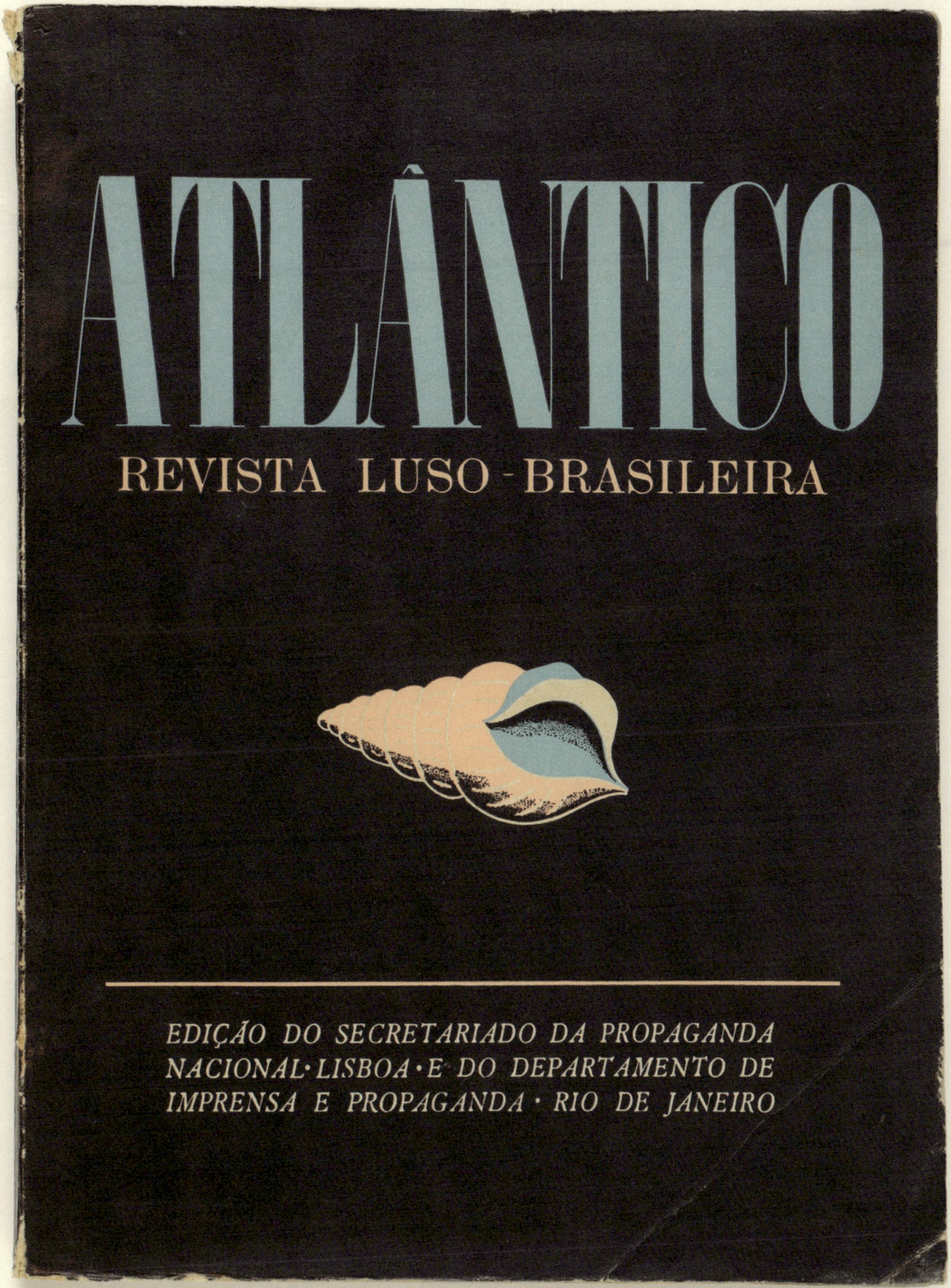
ATLÂNTICO
REVISTA LUSO-BRASILEIRA
EDIÇÃO DO SECRETARIADO DA PROPAGANDA
NACIONAL·LISBOA·E DO DEPARTAMENTO DE
IMPRENSA E PROPAGANDA · RIO DE JANEIRO

Não é valido o retrato que não tiver o sinête.
(Os signaes physionomicos ficaram registrados)
Recife
Director do Gabinete
Photographia tirada em 19 de JULHO de 1932.
Assignatura do identificado

"O OVO E A GALINHA": UMA FUSÃO DE BRUXARIA, ENSAIO, POEMA, CONTO E CRÔNICA

JULIO AUGUSTO XAVIER GALHARTE[1]

Eu sei das iluminações do ovo
Manoel de Barros, *O livro das ignorãças*

Em entrevista concedida a Júlio Lerner, em janeiro de 1977, realizada pela TV Cultura, Clarice Lispector, tentando repelir a classificação de escritora hermética, vinda de parte da crítica, afirma que entende tudo o que escreve. Logo em seguida, a entrevistada pensa melhor e diz que existe a exceção: "Bom, tem um conto que não compreendo muito bem [...], 'O ovo e a galinha'". Depois, quando o jornalista pergunta à escritora qual é "seu filho predileto", ela volta a mencionar esse texto: "'O ovo e a galinha', que é um mistério para mim".

Do que trata esse "filho predileto" de Lispector? São palavras e silêncios rondando situação relativamente simples e trivial: dona de casa tem à sua frente, numa cozinha, um ovo; ao menos é isso que lemos no início do texto. No entanto, a simplicidade e a trivialidade serão abandonadas na sequência, pois o ovo em princípio tão estático e comum sobre a mesa, de repente, foge para se colocar inusitadamente sobre o azul, transmuta-se de comida em habitante da lua, evoca assuntos como vida, morte e amor, rechaçando qualquer paradeiro espacial ou semântico.

A partir de olhar que desliza pelos contornos de um ovo e mergulha em sua interioridade cheia de surpresas, questionamentos e mistérios, faz-se o dizer de "O ovo e a galinha". Por intermédio do ovo, enxergam-se o corriqueiro, o incomum, o grosseiro da matéria, o refinado do intangível, a comida, o que transcende a fome do corpo etc.

"Etc, etc, etc..."[2] é o que pode ecoar dias inteiros na mente do leitor, pensando nas várias possibilidades de leituras desse texto. E isso se dá principalmente por causa da infinidade de significados para apenas um signo: "ovo".

FIGURA 1: Carteira de identidade de Clarice Lispector, tirada aos 11 anos de idade (fonte: Edusp).

1 Julio Augusto Xavier Galharte é professor, pesquisador e pós-doutor em Teoria Literária pela Unicamp. Foi professor da Universidade Federal de Mato Grosso do Sul, Universidade Estadual de Mato Grosso do Sul e Unesp, campus Araraquara. Este ensaio foi elaborado a partir de sua dissertação de mestrado em Teoria Literária e Literatura Comparada "A palavra extinta: silêncios em 'O ovo e a galinha' e *Worstward ho*, de Samuel Beckett", defendida na USP em 2000.
2 Todas as citações de "O ovo e a galinha" são retiradas da edição de *Legião estrangeira* da editora Ática, de 1977.

Os conteúdos mais heterogêneos estão presentes em "O ovo e a galinha", fazendo proliferar grande variedade de imagens, falas e gêneros nesse texto publicado inicialmente em 1964, com mais doze escritos na primeira seção de *A legião estrangeira*, anunciados como "contos". Em 1969, "O ovo e a galinha" é republicado em espaço reservado para crônica no *Jornal do Brasil*, dividido em três partes, publicadas em 5, 12 e 19 de julho. Conta, nesta última versão, com acréscimos e cortes, e tem seu título alterado para "A atualidade do ovo e da galinha".[3] Em 1971, o texto é novamente classificado como "conto" ao integrar a coletânea *Felicidade clandestina*. Depois de passear por livro, jornal e livro novamente, viaja com sua autora para a Colômbia em 1976. Lá, em Congresso de Bruxaria, uma plateia de desconhecidos e "iniciados" ouve a leitura desse texto "estrangeiro" (como em 1964), "atual" (como em 1969), "clandestino" (como em 1971) e "bruxo". Clarice, convidada ao evento para dissertar sobre a relação entre magia e literatura, decide ler "O ovo e a galinha", o que pode indicar a presença de alguns elementos ensaísticos no escrito.

É possível ouvir frases com tom ensaístico-filosófico, nesse escrito, no versar sobre o amor, "Amor é quando é concedido participar um pouco mais" e na paródia a Descartes, "Existo, logo sei". No entanto, a questão do gênero em "O ovo e a galinha" é bem complexa, como já se podia notar nos "passeios" do texto nas décadas de 1960 e 1970, pois é possível detectar nele, além dos elementos ensaísticos: fragmentos de crônica na simbiose de cotidiano e ficção ("De manhã na cozinha sobre a mesa vejo o ovo"; "Só as máquinas veem o ovo"), bem como "fiapos" de narrativas (um velho desenha na areia, uma mulher declara seu amor a um ovo).

Pode-se observar que a presença de uma população de agentes, formando uma rede de mistérios, dá a alguns trechos do escrito uma atmosfera paródica de romance de espionagem. Há também um quê de ficção científica, em tom levemente irônico, na galinha que mira no horizonte um Ovo Voador Não Identificado que vai em sua direção. No entanto, todas essas imagens soltas não chegam a compor verdadeiramente uma narrativa, já que "O ovo e a galinha" se mostra avesso a enredos, não sendo regido pelo princípio de causa e efeito.

3 Esse e outros textos lispectorianos publicados no *Jornal do Brasil* foram reunidos no volume *A descoberta do mundo*.

Se o leitor – ao ver na primeira frase do texto, "De manhã na cozinha sobre a mesa vejo o ovo", os principais elementos de uma boa anedota: sujeito, ação, tempo, espaço – pensar que está lendo um conto terá, no prosseguir da sua leitura, lancinante decepção. Quem espera que aconteça algo mais com a mulher de "O ovo e a galinha", além de olhar o ovo, se frustra terrivelmente, já que o escrito traz um acúmulo não de ações, mas de elucubrações.

Para aumentar sua complexidade quanto ao gênero, esse texto lispectoriano carrega consigo poesia, que se aloja nas metáforas ("Ovo é a cruz que a galinha carrega") e nas imagens incomuns ("Quando eu era antiga um ovo pousou no meu ombro"). Além disso, marcas de poema podem ser notadas nas seguintes reiterações sonoras:

Aliterações:

> O ovo nos põe portanto em perigo; Como um projétil parado. Pois ovo é ovo no espaço. A que pensou que tinha penas de galinha para se cobrir por possuir pele preciosa. [...] Pelo menos torna menos penoso o prazer.

Assonâncias:

> Sendo impossível entendê-lo, sei que se eu o entender é porque estou errando. Entender é a prova do erro. Entendê-lo não é o modo de vê-lo; Não é o caso de ter inveja pois inclusive algumas das condições, piores do que as dos outros são apenas as condições ideais para o ovo.

Rimas:

> o trabalho do dia amanhecido
> começa, gritado e rido
> e comido
>
> Estou cada vez mais sem força
> de acreditar, estou morrendo,
> adeus, olhei demais um ovo
> e ele foi me adormecendo.

"O ovo e a galinha" transita entre a narrativa, o poema e o ensaio. No caso do último, obscuridade e contradição são seus importantes elementos formadores, que também aparecem no escrito de Lispector, considerado, inclusive, como um dos textos mais complexos da autora. Da mesma forma, o ovo é feito de obscuridade e de contradição: "Sendo impossível entendê-lo [o ovo], sei que se eu o entender é porque estou errando". "O amor pelo ovo também não se sente. O amor pelo ovo é supersensível." Obscuridade e contradição são exatamente os elementos que distinguem o ensaio do discurso de Descartes, que defendia exatamente o oposto (clareza e distinção), como indica Theodor Adorno: "O ensaio desafia gentilmente os ideais da *clara et distincta perceptio* e da certeza livre da dúvida".[4] Ensaisticamente, a mulher de "O ovo e a galinha" transforma a proposta clara e distinta do *cogito* cartesiano ("penso, logo existo") em "existo, logo sei".

O ensaísta, segundo Adorno, pauta-se pelo enfoque pessoal com que aborda seus temas, o que se revela na fluidez da sua escrita, que imita a liberdade de fuga do objeto tratado:

> Historicamente, o ensaio, é, então, parente da retórica, que a mentalidade científica, desde Descartes e Bacon, quis fazer frente [...]. A satisfação que a retórica quer proporcionar ao ouvinte é sublimada no ensaio na ideia de felicidade de uma liberdade frente ao objeto, liberdade que dá mais de si ao objeto sem se preocupar em colocar nele uma impiedosa ordem das ideias.

Também "O ovo e a galinha" – com seu falar solto, liberto das cadeias da rigidez estrutural, usadas em outras formas textuais – acompanha algo que é avesso a dogmas e cerceamentos. Algo, inclusive, que é feito de casca escorregadia, e que tem como destino fugir.

"O ovo e a galinha" é, portanto, quase ensaio, quase poema, quase narrativa. Esse texto também não dispensa características de crônica, tanto que Clarice o publicou no *Jornal do Brasil*, quando requisitada para publicar um escrito nesse gênero. Duas marcas de "O ovo e a galinha" são típicas da crônica: o humor e a eleição de um fato em princípio banal e quotidiano que acaba por

4 Adorno, "O ensaio como forma", in: *Notas de literatura 1*, p.31.

trazer profundas revelações: a dona de casa olha um ovo, antes de transformá-lo no alimento matinal seu e de seus filhos. A partir daí, descobertas inquietantes se sucedem.

Segundo Arrigucci, a crônica, pela etimologia da palavra, remete ao termo grego *chronos* [tempo], tratando-se, portanto, de "uma representação temporal dos eventos passados, um registro de vida escoada", em que um autor tenta fazer perdurar o vivido, tecendo "a continuidade do gesto humano na tela do tempo".[5] Assim, a experiência de olhar o ovo, em uma manhã, distingue-se da mesma experiência ocorrida em outras manhãs. A propósito, as dimensões temporais em "O ovo e a galinha" são complexas e dignas de nota.

Às vezes as referências temporais são pautadas por um senso cronológico, ligado à vida diária, extraindo, inclusive, daí seu componente *cronístico*. Essa realidade se apresenta através de expressões do tipo "de manhã", "de madrugada". Nesse contexto, a mulher assume o compromisso de preparar o ovo como alimento matinal. Todavia, há trechos em que aquilo que está em sua mesa se nega a ser comida e, assim, não mais se tem a manhã, na qual se deve ter a refeição, e sim um instante imensurável no qual tudo cabe: o ontem, o hoje e o amanhã. É como se todos os séculos se enfiassem num intervalo, formando, assim, uma nova dimensão temporal: um tempo "ovular". Por isso, a mãe do ovo, a galinha, concilia em si antiguidade e atualidade, pois é "a tragédia mais moderna", trazendo à tona, inclusive, um outro tipo de tempo, o mítico, pautado na ciclicidade.

Ciclicidade que é posta na forma e no fundo desse texto lispectoriano – com relação à forma, pois o escrito termina como começa: uma mulher olhando o ovo (mesmo que entre essas pontas do texto o ovo tenha se movido, ao "final" ele retoma sua posição inaugural). No que diz respeito ao conteúdo do escrito, ele também é mítico, pois a imagem do ovo é recorrente nos mitos da criação em várias sociedades do mundo. "A você [ovo] dedico o começo. A você dedico a primeira vez." A imagem do ovo está, pois, na convenção mítica e nesse texto de Clarice, associada à busca do princípio dos tempos. Em vários mitos, o ovo se quebra e a metade superior da sua casca se transforma em céu, enquanto a inferior, em água e terra.

5 Arrigucci, "Fragmentos da crônica", in: *Enigma e comentário*, p.51.

O ovo como recipiente do princípio da vida humana também é muito recorrente nessas histórias. O homem que nasce do ovo é imagem que remonta tanto ao imaginário quanto à realidade da espécie humana que teria surgido, segundo a mitologia e a ciência respectivamente, a partir de um ovo primal e de um óvulo fecundado. Nem Adão, nem macacos, mas ovos. Ocorre que em "O ovo e a galinha" o ovo não possui só o sentido de criação, mas também de destruição, de morte, como será visto mais adiante neste ensaio.

"O ovo e a galinha" concilia, então, crônica e mito? Parece que sim. É texto lábil em termos de gêneros, como a própria crônica também o é. Arrigucci indica:

> [...] às vezes a prosa da crônica se torna lírica como se tivesse sido tomada pela subjetividade de um poeta do instantâneo [...]. Outras vezes, a tendência é para a prosa da ficção, pela ênfase da objetivação de um mundo recriado imaginariamente: ela pode se confundir com o conto, a narrativa satírica, a confissão.[6]

Um dos maiores cronistas brasileiros foi Machado de Assis, que, no dia 10 de fevereiro de 1895, publicou, na *Gazeta de notícias*, uma crônica que tratou exatamente do enigma de quem nasceu primeiro: o ovo ou a galinha. Fábio Lucas, no ensaio "Clarice Lispector e o impasse da narrativa contemporânea" (1976) comparou esse texto de Machado com "O ovo e a galinha", de Clarice, indicando que, ao abordar essa questão profunda, Machado preferiu se distanciar e afirmar que foi o galo quem nasceu primeiro. Diferentemente de Clarice que, segundo Lucas, tem "um envolvimento mais dramático" com a pergunta. Para o crítico, em "O ovo e a galinha", "a verdade existencial não tem forma de sentença nem é conversível a uma explicação lógica, mas *é algo averbal* e intuitivo, que só pode ser sugerido". Com esse pressuposto, Lucas manifesta a sua impressão de que talvez "'O ovo e a galinha' tenha sido uma tentativa de substituir o silêncio pelo ovo".

"Silêncio" e "palavra" são ideias usadas, então, em "O ovo e a galinha", por um "eu" hesitante entre a narração, a enunciação

6 Ibid., p.55-6.

cronística, o discurso ensaístico e o dizer poético. Seria o caso de analisar as características desse "eu".

Em "A personagem do romance" (1963), Antonio Candido argumenta que, se na antiguidade as histórias tinham personagens simples e enredos bastante enovelados, com o passar dos séculos ocorreu, na contemporaneidade, uma inversão: as narrativas passaram a mostrar personagens com alta complexidade psicológica, enquanto os entrechos se tornaram cada vez menos intrincados.

Cheia de questionamentos, impasses e pensamentos controversos, a mulher de "O ovo e a galinha" apresenta ao leitor sua complexa "vida interior". Mas, para isso, opta não pelo narrar, mas pelo dizer-se. Ela é uma usina de frases que são visitadas por um ou outro fantasma de narrativa.

A complexidade da "vida interior" dessa enunciadora deve-se principalmente ao fato de sua interioridade viver em contínuas revoluções. "A metamorfose está se fazendo em mim",[7] diz a personagem. Assim como o ovo (terreno, lunar, arcaico, revolucionário, triângulo que se tornou elíptico etc.) é transformação constante, essa mulher também persegue a mudança, transmutando-se a cada linha do texto. É individualidade: "Eu propriamente dita, só tenho mesmo servido para atrapalhar"; bem como coletividade: "A um jeito de dar a mão, nós nos reconhecemos". E mais: apresenta-se como dona de casa com algo de vidente, galinha, coisa, agente, iniciada, mística, escritora etc.

Sigo, então, para uma análise mais demorada das mutações dessa enunciadora. Em sua cozinha, ela se prepara para uma de suas costumeiras tarefas de administradora de assuntos domésticos: aprontar o café da manhã para ela e suas crianças. Mas, naquela manhã especial, entregue à visão do ovo, demora-se à mesa, esquecida dos seus quefazeres de dona de casa. Ela, até então presa à casca do que a rodeava, vai com os olhos até a gema das coisas. Daquele momento em diante, findam-se as preocupações corriqueiras, como a de preparar a refeição matinal, e avulta-se o desejo de descobrir o que existe por trás de um ovo: vida, morte, riso, amor, Deus.

Nasce, então, entre frigideiras e fogão, uma "filósofa" atenta aos muitos significados do ovo à sua frente. Ovo que não mais lhe

7 Lispector, op.cit.

desperta o apetite do corpo, e sim do espírito. Ao dizer: "Viver leva à morte"; "Amor é quando é concedido participar um pouco mais"; "De ovo a ovo chega-se a Deus"; essa mulher parece estar mergulhando fundo no seu potencial perscrutador.[8]

Mas a entrada no mundo dos pensadores não lhe garante conforto, pois acaba notando que não pode repetir frases de Descartes, por exemplo, sem alterar sua forma e seu sentido. A não identificação com um modo excessivamente racional de ver o mundo faz com que ela adultere o "cogito" cartesiano: em vez de "penso, logo existo" prefere "existo, logo sei". O viver, e não o pensar, é o que traz a sabedoria na perspectiva dessa mulher. O pensamento não lhe é fundamental, e sim a existência, do mesmo modo como ocorre com os animais. Ela começa a ter a impressão que nasceu no lugar errado: a fauna é que acolheria melhor sua repentina náusea por um mundo movido à razão. "Jamais pensar no ovo é um modo de tê-lo visto". Assim, olha para si e, apesar de não se ver envolta em um manto de penas, sente-se a mãe do ovo. Então, ela pede desligamento do grupo de homens que, com seu raciocínio, ignoram, e procura integrar-se a uma legião de galinhas tontas que, justamente por não refletirem, sabem.

Como essa mulher não tem sossego em suas transformações, percebe que o mundo dos bichos ainda não lhe é o mais adequado. Depois de notar a *coisidade* do ovo, dá-se conta de que a casca, como um espelho, reflete sua própria imagem: "Eu te amo, ovo. Eu te amo como uma coisa nem sequer sabe que ama outra coisa". A mulher-coisa afirma que ela e seus iguais têm sentimentos. As coisas também amam.

"Amor é quando é concedido participar um pouco mais." A enunciadora define amor como puro movimento participativo, ou seja, a dinâmica gerada, por exemplo, no compartilhar dos problemas do outro e no interagir da busca solidária das suas possíveis soluções. Com esse pressuposto, permanecer para sempre estagnado nas coisas lhe seria insuportável.

Assim, volta ao reino dos humanos e retoma sua função de dona de casa que exerce amor ao preparar o ovo para suas crianças comerem. Em seu papel materno, abdica de sua fome, priorizando a dos seus rebentos: "mãe é para isso".

Perdendo a fome física em nome da renúncia, alimento para sua alma materna, ela não come o ovo. Com a refeição matinal-

8 Marilena Chaui, em trecho de seu livro *Convite à filosofia* (1994), utiliza-se do texto de Clarice Lispector para apresentar uma questão profunda de cunho filosófico: a diferença entre o dogmatismo e o estranhamento na busca pela verdade. De acordo com ela, o dogmatismo estaria vinculado a uma atitude em que "tomamos o mundo como já dado, já feito, já pensado", aceitamos o convencional integrando-nos a ele. No caso do estranhamento, o modo como as coisas sempre foram concebidas perde o nexo. Avulta-se o não familiar justamente naquilo que se acreditava conhecer tão bem. Segundo a pensadora, isso ocorre na escrita de Clarice, já que a escritora consegue maravilhar-se daquilo que em geral se considera banal: é como se nunca houvéssemos deparado com um ovo, que se torna, ao nosso olhar, um "abismo misterioso".

material na mesa, seus olhos e mãos se direcionam ao além do visível e do palpável. "O ovo é invisível a olho nu"; "Não toco nele. É a aura dos meus dedos que vê o ovo".

Na teosofia,[9] "ovo áureo" ou "ovo luminoso" é a aura de cada ser humano. É a emanação, não captável à visão da maioria dos homens, que reflete os pensamentos, as palavras ou as ações do ser, revelando sua realidade interior, seu espírito: "Esta aura é o espelho no qual os sensitivos e clarividentes percebem o verdadeiro homem e o vêem *tal como ele* é, não como parece ser".[10]

Então, o ovo é invisível para a maioria, exceto para clarividentes como a própria enunciadora;[11] para alguns, é "impossível de ver", e para outros "supervisível". O radical "super" da palavra "supervisível" remete ao fora do comum, ao sobrenatural. *Superver* o ovo corresponderia a ter uma visão mais alargada, o dom de enxergar não apenas o grosseiro, que o olho físico alcança, mas também o sutil, que só o olho do espírito capta.

Talvez pela imagem da vidente que "O ovo e a galinha" evoca, este escrito foi escolhido por sua autora para ser lido no Congresso de Bruxaria de Bogotá, em 1976, substituindo, assim, "Magia", texto preparado especialmente para o evento. Neste ensaio, a escritora afirma que "os fenômenos naturais são mais mágicos do que os sobrenaturais". Desse modo, o sobrenatural pode estar na cozinha (terreno onde se dão atividades rotineiras) entre a mesa e os olhos de uma mulher que prepara o café da manhã. O próprio ato de cozinhar pode ser considerado "mágico" ou "feitiçaria" no universo clariciano, porque as magas de avental transformam ingredientes diferentes em uma massa homogênea. Em *Quase de verdade* (1993) Lispector mostra como os ovos e outros ingredientes triviais podem virar instrumentos de magia nas mãos das donas de casa, acostumadas a fazer os milagres da modificação: "Oniria é meio mágica, mas só quando entra na cozinha. Imaginem que, com ovo, farinha de trigo, manteiga e chocolate, ela consegue fazer explodir um bolo que é gostoso até para rei e rainha. Pergunto a você: quem é a pessoa mágica na cozinha de sua casa?"[12]

Em um dos artigos que escreveu para o jornal *Diário da noite*, Clarice, assinando como Ilka Soares, discorreu mais uma vez sobre o porquê considera a dona de casa uma maga, e a cozinha,

9 Teosofia (do grego *Theosophia*), segundo Helena Petrovna Blavatsky, é a doutrina da "verdade universal", que toma reflexões e preceitos básicos de todas as religiões e filosofias: "o homem é um ser espiritual em estado de evolução e desenvolvimento e [...] a humanidade pode progredir na via da evolução através do exercício físico, mental, espiritual adequados, fazendo-a desenvolver as faculdades e os poderes que a tornarão capaz de ultrapassar o véu externo do que é chamado de matéria e passar a ter relações conscientes com a Realidade fundamental" (Blavatsky, s.d., p.685).

10 Blavatsky, *Glossário teosófico*, p.447.

11 Na versão de "O ovo e a galinha", publicada no *Jornal do Brasil* com o título "A atualidade do ovo e da galinha", Clarice retoma a frase que consta no texto publicado anteriormente em *A legião estrangeira*: "O ovo é invisível", ao que acrescenta: "para a enorme maioria das pessoas" (Lispector, 1999).

12 Lispector. *Quase de verdade*, sem paginação.

um “laboratório de feitiçaria”.[13] Seu argumento recorreu a uma analogia com as receitas caseiras de cosméticos:

> Em casa mesmo você poderá fabricar seus cremes de beleza, como uma feiticeira moderna que faz sozinha seu elixir de longa juventude. Feiticeira quase sempre trabalha com fogo. Você também, tanto que a cozinha será o quartel-general. Também porque lá se encontra o liqüidificador – outro instrumento de feitiçaria moderna.[14]

Atrás da dona de casa de “O ovo e a galinha” pode-se entrever a figura da feiticeira a inventar poções alimentares, a remexer em sua caldeira-frigideira, imagens mágicas que incansavelmente vivem a se transformar em outra coisa. Ela retira de sua cartola, não coelhos, mas inúmeros ovos, estes se multiplicando como aqueles em seus significados.

“Vidente” e “feiticeira”, a dona de casa segue, então, a sondar sua própria alma. “O ovo é a alma da galinha”. De tanto olhar tal sutileza (sua alma), começa a enxergar a sutileza máxima (Deus). “De ovo a ovo chega-se a Deus que é invisível a olho nu”.

Assim, o ovo sobre a mesa, numa de suas variações, transforma-se em pura inefabilidade: é alma, é Deus. A mulher de “O ovo e a galinha” nota que, além de dona de casa é uma “mística” que busca a fonte de tudo ao seu redor, a começar pelo ovo. Como os hindus e os judeus hassídicos, ela começa a ver Deus em todas as coisas. Percebe a figura divina a habitar a clara e a gema que estão na mesa, alimento espiritual à mão.

Essa dona de casa tem três irmãs, às quais se liga pelo laço da identidade: a mulher de “A repartição dos pães”, publicado em *A legião estrangeira* (1964), que enxerga Deus nas acácias; a narradora de “Perdoando Deus”, do livro *Felicidade clandestina* (1971), que percebe Deus em um rato morto, bicho no qual ela quase pisa, no seu caminhar distraído; e G.H., do romance *A Paixão segundo G.H* (1964), que vê Deus na massa branca de uma barata. Das três, a mulher de “O ovo e a galinha” se parece mais com G.H., porque, além de descobrir Deus no tangível, como as outras, também faz as mesmas fusões que a outra: de elementos místicos e paródicos, bem como do sagrado e do profano. Tanto no caso de “O ovo e a galinha” quanto no de *A paixão segundo*

FIGURA 1: Retrato de Clarice da década de 1940. Divulgação Editora Rocco.

13 Lispector, “Laboratório de feitiçaria”, *Diário da Noite*. Este artigo foi consultado na Casa de Rui de Barbosa, no Rio de Janeiro, em que está disposto em forma de recorte arquivado, sem indicação da paginação.
14 Ibid.

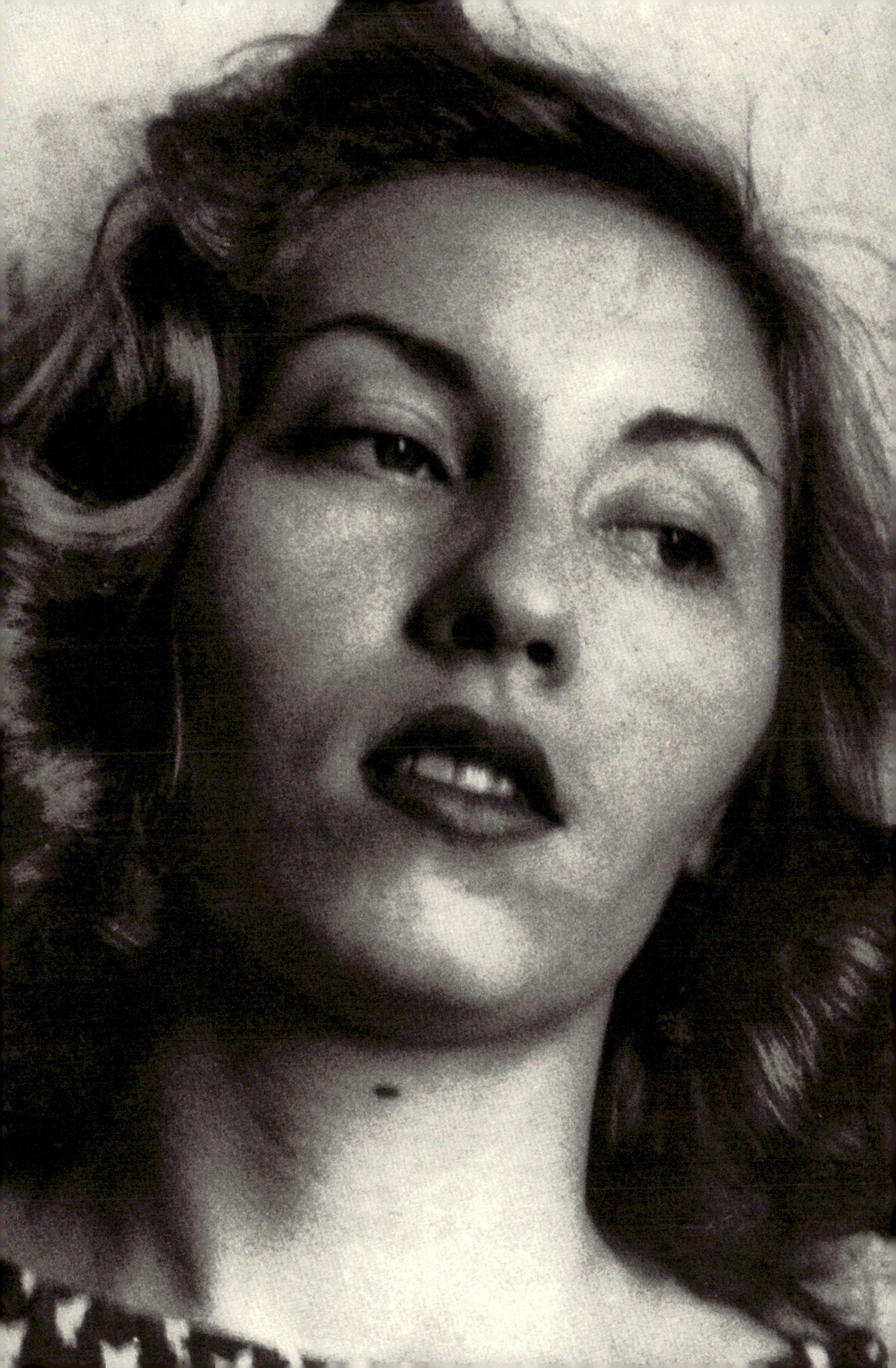

GH, isso não se dá de forma simples, mas através de elucubrações complexas. Tão complexas que, por vezes, só os integrantes do seu grupo de iniciados podem entender: "E quanto aos iniciados, os iniciados disfarçam o ovo." Envolvida em mistérios, a dona de casa fala através de cifras, deixando o ovo "protegido por tantas palavras". Ela faz parte de um grupo de agentes que são instrumentalizados para a feitura do ovo, recebendo pouquíssimas instruções para compreender esse processo.

Tais agentes podem ser entendidos não só como aqueles envolvidos na mística secreta do ovo, mas os escritores que se servem de imagens e palavras cujo sentido eles fazem questão de não explicar. Criam uma obra-ovo plena de enigmas, hieróglifos sobre o papel, com senhas coladas à casca verbal, escondendo profundos significados-gemas.

Um retrospecto das revoluções e metamorfoses em "O ovo e a galinha": uma mulher, envolvida com o seu compromisso de dona de casa, move-se até a cozinha para lá permanecer inerte em frente a um ovo que espelha suas modificações. O ovo faz com que ela se veja duplicada: concilia a razão de um ser pensante e a estupidez de uma galinha.

A imagem se multiplica e ela percebe sua faceta de coisa estática, bem como seu perfil de existência móvel que olha e é olhada pelos seres à sua volta, até então julgados inanimados, assim como o ovo. Transmuta-se em vidente, maga, iniciada e escritora, a ver e a ocultar a imagem do ovo que ora está à sua mesa, ora está em lugares longínquos que sua vidência e imaginação alcançam. E assim segue ela em mutações contínuas naquela manhã em sua cozinha, porque seu olhar se colou a um ovo.

A faceta de escritora dessa mulher (cujo dizer é cifrado, para deixar o ovo "protegido por tantas palavras") merece mais atenção, pois aqui está o silêncio, tema tão caro a Clarice.[15] Calar sobre os significados de suas obras é recorrência entre os autores modernos que, segundo Hugo Friedrich, preferem o mutismo associado à obscuridade ao invés da explicitação. O estudioso recolheu declarações significativas de importantes nomes da modernidade literária que estão ligados a essa vertente: "Existe uma glória em não ser compreendido";[16] "[Escrever um poema é] elevar as coisas decisivas à linguagem do incompreensível";[17]

15 Tal como a palavra, o silêncio é multissignificativo, pois é o "reduto do possível, do múltiplo" (Orlandi, 1995, p.13), já que pode ser introspectivo, contemplativo, de resistência, de disciplina, de exercício do poder, de derrota da vontade etc. (Ibid., p.44). Na obra de Lispector como um todo os silêncios mais recorrentes são o introspectivo e o contemplativo.
16 Baudelaire, apud Friedrich, *Estrutura da lírica moderna: da metade do século XIX a meados do século XX*.
17 Benn, apud Friedrich, *Estrutura da lírica moderna: da metade do século XIX a meados do século XX*.

"Ninguém escreveria versos se o problema da poesia consistisse em fazer-se compreensível".[18]

Lispector dialoga, por meio de seus silêncios, com esses autores mencionados – Baudelaire, Benn e Montale –, bem como com alguns escritores brasileiros, como João Cabral de Melo Neto, principalmente com seu poema "O ovo de galinha",[19] texto publicado em 1961, portanto três anos antes do conto quase homônimo ao de Clarice.

Os versos inaugurais do autor pernambucano são estes:

> Ao olho mostra a integridade
> de uma coisa num bloco, um ovo.
> Numa só matéria, unitária,
> maciçamente ovo, num todo.
> Sem possuir um dentro e um fora,
> tal como as pedras, sem miolo:
> é só miolo: o dentro e o fora
> integralmente no contorno.[20]

Percebo que tanto no texto de Melo Neto quanto no de Lispector existe uma "poética do olhar",[21] mostrando a situação de quase imobilidade dos olhos de alguém que mira um ovo. No entanto, já no início do poema cabralino pode se notar a diferença entre seu imaginário e o de Clarice: só o escritor mineraliza o ovo ("maciçamente ovo, [...] tal como as pedras, sem miolo"), levando em frente sua fixação pelas imagens pétreas, enquanto a fixação de Lispector, em sua obra como um todo, é por líquidos.

Todavia, contrapondo-se à própria convenção, Cabral, nos versos seguintes, amolece e esquenta o ovo, que anteriormente era duro e frio:

> No entanto, se ao olho se mostra
> unânime em si mesmo, um ovo,
> a mão que o sopesa descobre
> que nele há algo suspeitoso:
> que seu peso não é o das pedras,
> inanimado, frio, goro;
> que o seu é um peso morno, túmido,
> um peso que é vivo e não morto.[22]

18 Montale apud Friedrich, *Estrutura da lírica moderna: da metade do século XIX a meados do século XX*.
19 Esse escrito cabralino faz parte da obra *Serial e antes* (1961).
20 Melo Neto, "O ovo de galinha", p.292.
21 Essa expressão é de Regina Pontieri, que a usou como subtítulo de seu livro *Clarice Lispector: uma poética do olhar* (1999), no qual analisa esse tema no romance *A cidade sitiada* (1948).
22 Melo Neto, op.cit., pp.292-93.

O ovo nos dois textos é associado à arte: em Clarice, é jarro e desenho; em João Cabral, é escultura elaborada por "mãos escultoras escondidas na água, na brisa".[23]

Ambos os escritos terminam atribuindo ao ovo um caráter místico, destacando sua luminosidade. No texto de Lispector, o ovo clareia a cozinha[24] e no de João Cabral ele é associado a uma vela acesa.

Nos títulos dos textos é possível notar dessemelhanças: enquanto no dopoema de Cabral o ovo é o foco, e a galinha, nada mais que um qualificativodele em uma locução adjetiva ("O ovo *de galinha*"), no título do texto de Clarice a galinha tem destaque igual ao ovo, assumindo a importância de um substantivo ("O ovo e *a galinha*"). Ainda nessa obra, em outro trecho a figura da galinha assume tanta força que é como se Lispector "corrigisse" o título cabralino: "Com o tempo, o ovo se tornou um ovo de galinha. Não o é. Mas, adotado, usa-lhe o sobrenome. Deve-se dizer 'o ovo *da* galinha'".[25] O tema da maternidade ganha assim importância no escrito clariciano, já que a galinha é a gestora e mãe do ovo, estando presente em vários parágrafos, diferente dos versos de João Cabral, nos quais a ave se encontra completamente ausente.

A admiração de Clarice por João Cabral era intensa e recíproca. Tanto que ele escreveu um poema em homenagem a ela, por ocasião de seu falecimento, no qual, inclusive, salientou a fixação da escritora – perceptível não só nos seus escritos, mas também em suas conversas – pelo tema da morte.[26] Esse assunto também aparece intensamente nos textos cabralinos, de modo geral, e foi a referência central de seu livro *A indesejada das gentes*, título que o autor pernambucano emprestou de um dos versos do poema "Consoada", escrito por seu conterrâneo Manuel Bandeira. Este, por sua vez, havia parodiado o conto de Machado de Assis "A desejada das gentes". Todos os três autores versam nesses escritos sobre o morrer.

Em uma parte de *A indesejada das gentes*, de João Cabral, aparece o poema "Ovo podre", indicando que o ovo pode metaforizar não só o início da vida, mas também seu término. Talvez, o autor de *Morte e vida Severina* (1955) tenha se inspirado na poética ovular de Lispector, já que, em "O ovo e a galinha", o substantivo "ovo" pode significar óbito. Ele é um objeto letal. "[Ovo é] Como um projétil parado". É um estilhaçar sangrento. "Ovo que se quebra dentro da galinha é como sangue".

23 Ibid, p.93.

24 Há termos no texto que remetem ao universo dos pensadores místicos: "medita", "sacrifício", "devoção", "adoração". Eles se apresentam principalmente no último parágrafo, quando a mulher vê a cozinha sendo aclarada pela sua luminosidade-palidez, que o ovo reverbera.

25 Grifo meu.

26 O poema, cujo título é "Contam de Clarice Lispector", e que consta no livro Agrestes (1985) é este: "Um dia, Clarice Lispector/ intercambiava com amigos/ dez mil anedotas de morte,/ e do que tem de sério e circo./ Nisso, chegam outros amigos/ vindos do último futebol,/ comentando o jogo, recontando-o,/ refazendo-o, de gol a gol./ Quando o futebol esmorece,/ abre a boca um silêncio enorme/ e ouve-se a voz de Clarice: Vamos voltar a falar de morte?" (Melo Neto, 1997a, p.252).

Além do brasileiro João Cabral de Melo Neto, o texto de Lispector também dialoga com a obra do poeta português Fernando Pessoa. Leiamos, por exemplo, esta passagem do escrito clariciano:

> Com o dinheiro que me dão, ando ultimamente bebendo. Abuso de confiança? Mas é que ninguém sabe como se sente por dentro aquele cujo emprego consiste em fingir que está traindo, e que termina acreditando na própria traição.

Como o "eu" pessoano do poema "Autopsicografia",[27] a enunciadora do texto de Clarice é uma poeta fingidora; simula tão bem que até sua dor acaba também por se transformar em fingimento. Outra coincidência entre a mulher de "O ovo e a galinha" e os "eus" dos poemas de Pessoa é que oferecem suas vozes como instrumentos para vozes outras se manifestarem.

Na edição brasileira do livro *Das origens e essência da maçonaria e do seu contributo judaico*, de Fernando Pessoa, é incluído um texto do autor sem título, de 14 de janeiro de 1935, no qual afirma:

> Creio na existência de mundos superiores ao nosso e de habitantes desses mundos, em experiências de diversos graus de espiritualidade, subtilizando-se até se chegar a um ente supremo, que presumivelmente criou este mundo [...]. Dadas estas escalas de seres, não creio na comunicação direta com Deus, mas, segundo a nossa afinação espiritual, poderemos ir comunicando com seres cada vez mais altos.[28]

A ideia do autor de "Autopsicografia" de que há entidades superiores de outras esferas que se ligam e se comunicam com os homens da Terra se afina com uma passagem de "O ovo e a galinha":

> O que me revela que talvez eu seja um agente é a ideia de que meu destino me ultrapassa: pelo menos isso eles tiveram mesmo que me deixar adivinhar, [...] fizeram-me esquecer o que me deixaram adivinhar, mas vagamente ficou-me a noção de que meu destino me ultrapassa, e de que sou instrumento do trabalho deles.

27 Pessoa, *Cancioneiro*, pp.164-5.

28 Pessoa, *Das origens e essência da maçonaria e do seu contributo judaico*, p.20.

A enunciadora, tendo a consciência de que só poderia ser instrumento, um "meio de transporte para o ovo", afirma que não haveria possibilidade de o trabalho ser só seu. Declara ainda que já tentou se estabelecer por conta própria e que dessa "malograda experiência" só lhe restou a mão trêmula.

Assim como Alberto Caeiro, Ricardo Reis, Álvaro de Campos e outros heterônimos rondam a mão do "eu" dos poemas do escritor português, esperando um momento propício para se apoderarem dela e se expressarem, uma "legião estrangeira" formada por entes "invisíveis a olho nu" envolvem a mão e acossam a alma da mulher de "O ovo e a galinha", transformando o ovo em palavras.

Se o "eu" do poema pessoano autopsicografa, o de "O ovo e a galinha" "ovopsicografa". Para os entes de Pessoa e Lispector, escrever é se desconhecer, já que tal processo conta com a participação de terceiros e o "eu" narrador se desdiz para dizer o que lhe ditam outros "eus". Mas, em certas circunstâncias, no meio desse coro, ouve-se mais alto "a voz do silêncio". Pessoa e Clarice sabiam também valorizar o indizível e se interessaram, inclusive, pela via mística do mutismo. Com relação ao escritor português, a sua disposição em traduzir *A voz do silêncio*, de Helena Blavatsky, revela sua inclinação ou gosto pelo assunto. Nessa obra, logo em suas primeiras páginas, lê-se: "Quando ao tumulto do mundo a tua Alma que desabrocha dá ouvidos; quando à voz clamorosa da grande ilusão a tua Alma responde; [...], sabe, ó discípulo, que do seu Deus silencioso a tua Alma é um sacrário indigno".[29]

Clarice também se interessou pelas ideias de Blavatsky; a doutrina dessa mística russa é citada em uma crônica, intitulada "As maravilhas de cada mundo", publicada em 16 de maio de 1970, no *Jornal do Brasil*, na qual ela usa o advérbio "teosoficamente" para se referir à última maravilha de Azálea, uma amiga da narradora: "Sétima [maravilha]: a morte. Ela crê, teosoficamente, que depois da morte a alma se encarna em outro corpo e tudo começa de novo, com a alegria das sete maravilhas renovadas".[30]

Voltando à ideia do poeta como intermediário (ele estaria ao mesmo tempo entre seus iguais, os de corpos tangíveis, e os mensageiros de outra esfera, a diáfana), pode-se afirmar que esse entendimento não surgiu com a literatura moderna de

29 Blavatsky, *A voz do silêncio*, pp.46-7.

30 Lispector, 1999, p. 289.

Pessoa e Lispector. Vem da antiguidade clássica, uma vez que os gregos já acreditavam que o poeta era um porta-voz dos deuses – fenômeno da "mania".

Retomando a menção aos escritores modernos, Northrop Frye em *Anatomia da crítica* (2014) cita quatro deles, Rimbaud, Yeats, Joyce e Rilke que retomaram a temática clássica da "mania". Percebe como eles conciliaram em seus textos mito e ironia (esta a maior referência de modernidade para o crítico), confirmando as teorias cíclicas da História.

"Eles me querem ocupada e distraída, e não importa como. Pois, com minha atenção errada e minha tolice grave, eu poderia atrapalhar o que se está fazendo através de mim". Inspirada por "eles", a enunciadora de "O ovo e a galinha" anuncia o aspecto divinal da sua obra-ovo: "A galinha desajeitada, o ovo certo". "Você é perfeito, ovo". Aquela que escreve é falha, mas a mensagem emana perfeição. "Como poderia a galinha se entender se ela é a contradição do ovo?".

Parece, nesse contexto, que quem escreve é uma ferramenta de carne e osso a serviço de forças superiores, intangíveis; ser escritor(a) seria afirmar-se como mediador(a) de um processo que estaria circunscrito no horizonte do milagre, a fazer, sem cerimônia, invisíveis pontes entre as coisas da Terra e do Céu.

Nessa perspectiva, a imagem do ovo que desce das alturas e pousa na mesa da enunciadora confirmaria o processo de escrita divina e irônica. A figura da escritora em "O ovo e a galinha" fica, então, entre o honrado (a enunciadora se diz uma escolhida) e o ridículo, conciliando o divino e o estapafúrdio, pois é aproximada tanto à imagem da mensageira dos céus quanto à da galinha desajeitada.

A escrita da enunciadora do texto de Clarice tem, pois, algo de deificado e uma parcela humana. Ela transfere seus "gens" para a obra que está gestando. Assim, apesar de dizer que o ovo é divinamente certo, afirma, em outro momento, que nele estão também os sinais humanos da falha: "Pois venho notando que tudo o que é erro meu tem sido aproveitado". A dona de casa-escritora não quer que se cortem as raízes que a prendem à Terra. "Mas dedicar-me à visão do ovo seria morrer para a vida mundana, e eu preciso da gema e da clara."

Que, então, seu escrito se faça do diáfano e do que está à mão, do espírito e do corpo, da casca materializada e necessária, bem como do que só a aura toca. A mulher, ao escrever, quer manter o equilíbrio entre o divino e o terreno, pois sabe que tem em si o bem e que também faz "um mal aos outros que, francamente".

Em seu humano e divinal ofício, a mulher de "O ovo e a galinha" gesta um universo místico com letras enigmáticas e reluzentes que vem seduzindo leitores por conciliar belamente o material e o imaterial, literatura e bruxaria, bem como a clara e a gema do furor da vida. Ave, ovo, bendito "filho predileto" de uma criatividade magistral.

Bibliografia

ADORNO, Theodor W. "O ensaio como forma". In: *Notas de literatura 1*. Trad. Jorge de Almeida. São Paulo: Duas Cidades; Editora 34, 2003. pp.15-45.

ARRIGUCCI, Davi. "Fragmentos da crônica". In: *Enigma e comentário*. São Paulo: Companhia das Letras, 1987. pp.51-66.

BLAVATSKY, Helena. *Glossário teosófico*. Trad. Sílvia Sarzana. São Paulo: Ground, s.d.

________. *A voz do silêncio*. 2.ed. Trad. Fernando Pessoa. São Paulo: Ground, 1990.

CANDIDO, Antonio. "A personagem do romance". In: Cândido et al. *A personagem de ficção*. 3.ed. São Paulo: Editora Perspectiva, 1972.

CHAUÍ, Marilena. "Dogmatismo e estranhamento". In: *Convite à filosofia*. 5.ed. São Paulo: Ática, 1995. pp.96-96.

FRIEDRICH, Hugo. *Estrutura da lírica moderna*: da metade do século XIX a meados do século XX. São Paulo: Duas Cidades, 1978.

FRYE, Northrop. *Anatomia da crítica*: quatro ensaios. Trad. Marcus de Martini. São Paulo: É Realizações, 2014.

LISPECTOR, Clarice. *A descoberta do mundo*. Rio de Janeiro: Rocco, 1994.

________. *A legião estrangeira*. São Paulo: Ática, 1977.

________. *Felicidade Clandestina*. Rio de Janeiro: Sabiá, 1971.

________. *A paixão segundo G.H.* RJ: Francisco Alves, 1993.

________. Quase de verdade. 5.ed. São Paulo: Siciliano, 1993.

LUCAS, Fábio. "Clarice Lispector e o impasse da narrativa". *Poesia e prosa no Brasil*. Belo Horizonte, 1976. pp.11-29.

MELO NETO, João Cabral de. *A educação pela pedra e depois*. Rio de Janeiro: Nova Fronteira, 1997a.

________. *Serial e antes*. Rio de Janeiro: Nova Fronteira, 1997b.

ORLANDI, Eni Puccinelli. *As formas do silêncio*: no movimento dos sentidos. Campinas: Editora da UNICAMP, 1995.

PESSOA, Fernando. "Autopsicografia". *Cancioneiro*. In: *Obra poética*. Rio de Janeiro: Nova Aguilar, 1972. pp.164-165.

________ . *Das origens e essência da maçonaria e do seu contributo judaico*. São Paulo: Princípio Editora, 1993.

PONTIERI, Regina Lúcia. *Clarice Lispector: uma poética do olhar*. São Paulo: Ateliê Editorial, 1999.

Foto-
Musso
Rio

PELOS CAMINHOS DE CLARICE LISPECTOR

VILMA MOREIRA FERREIRA[1]

A beleza dos textos de Clarice Lispector está sempre relacionada à magia que se esconde no íntimo das palavras por ela escolhidas, em sua incrível aptidão para a redação de textos de diferentes esferas – da literária à jornalística –, ainda que por vezes despretensiosamente, e sua capacidade de levar o leitor a mergulhar profundamente em diferentes temáticas da vida cotidiana. No mergulho da vida vivida, observada e pensada por Clarice, o leitor percorre muitos caminhos que o conduzem também a uma descoberta do mundo e de sua própria vida, ainda que a vida seja um mistério, como ela sempre observou.

Por volta de 1940, Clarice foi redatora da Agência Nacional, que era, à época, um órgão oficial de informação do Brasil, criado por Getúlio Vargas em pleno Estado Novo e subordinado ao Ministério da Justiça e Negócios Interiores, que depois de algum tempo o transformou no Departamento de Imprensa e Propaganda (DIP). Esse órgão possuía as funções de coordenar a propaganda nacional, controlar, com o auxílio do Ministério da Educação, a política cultural do país, promover as manifestações cívicas e fazer a censura dos meios de comunicação e das artes em geral. Além dessas, também distribuía a propaganda do governo através do Serviço de Divulgação do Conselho Nacional de Imprensa (CNI).

Clarice assumiu, ali, o cargo de repórter. Nesse período, trabalhou com os jornalistas José Conde e Antônio Callado, além do escritor Lúcio Cardoso, de quem se tornou uma grande amiga. O trabalho na Agência também possibilitou o contato com muitas personalidades, como o imortal Francisco de Assis Barbosa, jornalista e historiador que, entre os muitos postos que ocupou, foi técnico de educação do Instituto Nacional do Livro – sob chefia de Sérgio Buarque de Holanda –, assessor do gabinete de Juscelino Kubitschek e procurador do estado da Guanabara.

Em 1941, quando foi cobrir a inauguração do abrigo Cidade das Meninas, para garotas pobres, um projeto idealizado pela

FIGURA 1: Foto de formatura de Clarice Lispector no curso ginasial do Colégio Sílvio Leite, em 1936 (fonte: Edusp).

1 Vilma Moreira Ferreira é mestre em Comunicações e Letras (Universidade Presbiteriana Mackenzie, São Paulo), doutora em Ciências da Comunicação pela Escola de Comunicações e Artes da USP e professora da Fatec.

primeira dama Darcy Vargas, Clarice, trabalhando ainda para a Agência, escreveu a reportagem "Onde se ensinará a ser feliz", publicada para o jornal de Campinas *Diário do Povo* em 19 de janeiro daquele ano. Escreveu essa e também outras reportagens, além de entrevistar personalidades e traduzir poemas.

Mais tarde, Lispector foi trabalhar como repórter para o jornal vespertino *A Noite*, onde reencontrou colegas com quem trabalhara na Agência Nacional. Concomitantemente a seu ofício jornalístico, ela escrevia contos que eram publicados em variados periódicos. Essa prática era comum entre os escritores, que se valiam da imprensa para divulgar seus trabalhos literários.

Em 1944, Clarice deixou o jornal para acompanhar seu marido em viagens mundo afora. Ele era diplomata e havia sido transferido para Nápoles. Após acompanhá-lo em missões no exterior, em 1951 voltou ao Brasil e começou a atuar como articulista no jornal *Comício*, dirigido por Rubem Braga e Joel Silveira. Em 1952, mudou-se com a família para os Estados Unidos por conta de nova atividade do marido como embaixador. Nesse período, dedicou-se a escrever romances e contos.

Retornou em definitivo para o Brasil em 1959, quando estava separada e já era uma escritora consagrada. No tempo em que ficou fora do país, teve quatro livros de ficção publicados: *Perto do coração selvagem* (1943), premiado como Melhor Romance pela Fundação Graça Aranha em 1944, *O lustre* (1946), *A cidade sitiada* (1949) e *Alguns contos* (1952). Mais tarde, em 1961, recebeu o prêmio Carmen Dolores de Melhor Livro do Ano pela obra *A maçã no escuro*.

Entre agosto de 1959 e fevereiro de 1961, Clarice colaborou para o jornal *Correio da Manhã*, escrevendo a coluna "Correio Feminino – Feira de Utilidades", publicada às quartas e sextas-feiras. A coluna, assinada com o pseudônimo Helen Palmer, trazia conselhos de beleza e notas sobre moda, saúde, comportamento, culinária, cuidados com os filhos e o lar... enfim, tratava de "assuntos femininos".

Ela colaborou ainda, a partir de 1959, com a revista *Senhor*. Em abril daquele ano, Clarice também passou a escrever a coluna semanal "Só para Mulheres", do jornal *Diário da Noite*, que pertencia aos Diários Associados, de Assis Chateaubriand. Nessa época, o editor-chefe do jornal era Alberto Dines, que o havia transformado em um tabloide vespertino. Clarice redigia a coluna mas não a assinava; na verdade, ela era a *ghost-writer* da atriz e modelo Ilka Soares.

Em 1967, mais exatamente no dia 19 de agosto daquele ano, data em que o "Caderno B" do *Jornal do Brasil* passou a circular aos sábados e domingos, ela começou a assinar a coluna semanal "Clarice Lispector", publicada à página 2 desse caderno. Por quase sete anos enviou para a redação do jornal seus textos, cessando sua contribuição em dezembro de 1973.

O "Caderno B" surgira em 1960, criado por intelectuais e jornalistas que se dedicavam a escrever sobre a cultura nacional e internacional. Incluía textos artístico-literários que traziam informações sobre arte, literatura, música e teatro, sobre comportamento e o cotidiano, com foco principalmente no Rio de Janeiro.

Entre maio de 1968 e outubro de 1969, Clarice escreveu também para a revista *Manchete*, na seção intitulada "Diálogos Possíveis" com Clarice Lispector. Todos os sábados, publicava suas entrevistas com personalidades de vários campos: cantores, músicos, pintores, atores, escritores, jornalistas, teatrólogos, técnicos de futebol, entre outros.

Os textos das entrevistas iniciavam-se com a descrição do entrevistado, em que se enunciavam algumas de suas características, ou a de algum acontecimento a ele relacionado. Clarice valorizava não só aquele com quem conversava como também o leitor, atribuindo importância a este enquanto interlocutor de sua produção escrita. O tom das entrevistas variava de acordo com o entrevistado. Algumas eram mais formais; outras, conduzidas em tom de bate-papo. O papel de Clarice como entrevistadora às vezes se invertia, e os entrevistados é que passavam a lhe fazer perguntas. Também não eram raros os momentos em que inseria na entrevista suas próprias experiências.

O interessante é que algumas de suas entrevistas escritas para *Manchete* foram republicadas no *Jornal do Brasil*, fosse exatamente como a versão publicada na revista, como transcrição indireta da entrevista original ou em fragmentos.

Tratava-se de um processo de criação e recriação muito característico de sua produção textual.

A entrevista com Pablo Neruda, por exemplo, foi publicada na *Manchete* e, no mesmo período, no *Jornal do Brasil*, com a única diferença de que, neste último, foi dividida em duas partes, veiculada em sábados consecutivos. Nessa entrevista, Clarice demonstrou sua extraordinária técnica de tornar possível o diálogo com o entrevistado. No parágrafo introdutório, descreveu em detalhes sua chegada ao local escolhido para o encontro: "Cheguei à porta do edifício de apartamentos onde mora Rubem Braga e onde Pablo Neruda e sua esposa Matilde se hospedavam – cheguei à porta exatamente quando o carro parava e retiravam a grande bagagem dos visitantes".

Depois, seguiu descrevendo o poeta e a forma como se deu o encontro:

> Não brinca porém em serviço: disse-me que se me desse a entrevista naquela noite mesma só responderia a três perguntas, mas se no dia seguinte de manhã eu quisesse falar com ele, responderia a maior número. E pediu para ver as perguntas que eu iria fazer. Inteiramente sem confiança em mim mesma, dei-lhe a página onde anotara as perguntas, esperando só Deus sabe o quê. Mas o quê foi um conforto. Disse-me que eram muito boas e que me esperaria no dia seguinte. Saí com alívio no coração porque estava adiada a minha timidez em fazer perguntas.

Como entrevistadora, Clarice deixou registrados os sentimentos diante do trabalho que iria realizar. O ato da entrevista não significava, para ela, apenas o instante em que dialogava com seu interlocutor direto, mas abarcava também o momento que precedia o encontro. Toda a descrição dos estágios anteriores ao ato da entrevista permitia ao leitor se aproximar dos detalhes que envolviam sua realização, e não raro ele mesmo se via incluído junto aos demais interlocutores da conversa: entrevistador e entrevistado.

No dia seguinte ao encontro com Neruda, ainda pela manhã, Clarice retornou ao apartamento e resumiu o *tête-à-tête*: "Já havia respondido às minhas perguntas, infelizmente: pois, a partir de uma resposta, é sempre ou quase sempre provocada outra pergunta, às vezes aquela a que se queria chegar. As respostas eram sucintas. Tão frustrador receber resposta curta a uma pergunta longa".

Com essa descrição, ela dava mostras de como construía sua técnica para realizar uma entrevista. As respostas seriam sempre o impulso para uma nova pergunta. Para conseguir que Pablo Neruda lhe desse algo mais que respostas curtas, ela expôs a timidez que tinha durante o ato do diálogo: "Contei-lhe sobre a minha timidez em pedir entrevistas, ao que ele respondeu: 'Que tolice!'".

Depois dessa confissão, Neruda seguiu respondendo a 25 outras perguntas de Clarice. Ao término da reprodução do diálogo da entrevista para o leitor, ela declarou que poderia prolongar a entrevista "quase que indefinidamente". E termina o texto descrevendo que ganhou do poeta seu livro *Cem sonetos de amor*, com a dedicatória "De seu amigo Pablo", e concluindo:

> Eu também sinto que ele poderia se tornar meu amigo, se as circunstâncias facilitassem. Na contracapa do livro diz: "Um modo manifestado com uma espécie de sensualidade casta e pagã: o amor como uma vocação do homem e a poesia como sua tarefa".
> Eis um retrato de corpo inteiro de Pablo Neruda nestas últimas frases.

Para Clarice, o estar de corpo inteiro era um ato máximo de o escritor fazer-se presente em tudo o que escrevia. *De corpo inteiro*, aliás, é o título da coletânea dos textos que publicou na coluna "Diálogos Possíveis", da revista *Manchete*. Livro este publicado pela primeira vez em 1975.

Em entrevista que fez com Tarcísio Meira, a escritora apresentou uma breve descrição do ator e da relação dele com sua esposa Glória Menezes. De acordo com as impressões ali registradas por Clarice, esses atores eram "dois exemplares bonitos de seres humanos", mas que não pareciam "se contentar com esse dom de beleza". O diálogo que se seguiu abordou a carreira do ator no teatro e na televisão e o trabalho com a esposa, além de tocar no assunto das admiradoras. Clarice encerra a entrevista com a pergunta: "O que é que você está achando deste nosso diálogo?", ao que Tarcísio responde: "Um diálogo agradável, que confirmou a impressão que eu tinha de sua pessoa. Tenho a certeza de que foram perfeitamente entendidas as coisas que tentei dizer e sou grato por essa oportunidade de conversar com o público, por seu intermédio".

De fato, reportar com fidelidade a vida e o trabalho dos entrevistados foi uma grande contribuição de Clarice para os leitores; e o ato de criação de suas entrevistas, um caminho de muita magia – algo que definia as técnicas por ela empregadas. Algumas pessoas podem achar que estas não eram estritamente jornalísticas, mas é exatamente aí que se nota como sua capacidade artística criadora estabelecia uma comunicação tão especial em seus textos para imprensa como em tudo o mais que escrevia. Afinal, tratava-se de uma escritora talentosa e premiada, não havia como negar.

Mais tarde, em 1984, muito do material publicado no *Jornal do Brasil* foi reunido no livro póstumo *A descoberta do mundo*. Ainda que não se tratasse de inéditos, ao serem transpostos da esfera periodista para a bibliográfica, os textos passaram a ser vistos de modo diferente, uma vez que agora se inseriam num espaço-tempo diverso, mais perene.

O percurso jornalístico de Clarice intensificou seu contato com o leitor, e fez com que conquistasse ainda mais projeção profissional. Na crônica "Adeus, vou-me embora!", publicado no *Jornal do Brasil* em 27 de abril de 1968, Clarice construiu o texto dialogando com os leitores, respondendo diretamente aos comentários das cartas enviadas e lidas. No desenvolvimento de suas respostas, sem esconder a satisfação que sentia, escreveu:

> Sou uma colunista feliz. Escrevi nove livros que fizeram muitas pessoas me amar de longe. Mas ser cronista tem um mistério que não entendo: é que os cronistas, pelo menos os do Rio, são muito amados. E escrever a espécie de crônica aos sábados tem me trazido mais amor ainda. Sinto-me tão perto de quem me lê. E feliz por escrever para os jornais que me infundem respeito. [...] escrever para um jornal é uma grande experiência que agora renovo, e ser jornalista, como fui e como sou hoje, é uma grande profissão. O contato com o outro

FIGURA 2: Capa do primeiro número da revista *Senhor*, de março de 1959 – publicação mensal da qual Clarice foi colaboradora fixa até a extinção do projeto original, em 1964. Imagem de exemplar do Acervo da BMA.

MARÇO 1959
SR.
SENHOR
CR$ 70,00
AS NEVES DE KILIMANJARO
HEMINGWAY
CARLOS LACERDA
UMA ROSA É UMA ROSA É UMA ROSA
OS PRAZERES DO CRIME
O.M. CARPEAUX
CLARICE LISPECTOR
A MENOR MULHER DO MUNDO

> ser através da palavra escrita é uma glória. Se me fosse tirada a palavra pela qual tanto luto, eu teria que dançar ou pintar. Alguma forma de comunicação com o mundo eu daria um jeito de ter. E escrever é um divinizador do ser humano.

A capacidade criadora da escritora e jornalista Clarice Lispector pode ser explicada por sua sensibilidade inteligente, e talvez fosse isso o que a tornava especial e lhe possibilitava incutir a magia nos textos que escrevia. Na crônica "Sensibilidade inteligente", publicada no *Jornal do Brasil* em 2 de novembro de 1968, ela declarou que a chamavam de inteligente quando a queriam elogiar, mas que ficavam surpresos quando ela respondia que não se considerava assim, que esse não era seu ponto forte. Clarice entendia que as pessoas confundiam inteligência com sensibilidade inteligente: "apesar de admirar a inteligência pura, acho mais importante, para viver e entender os outros, essa sensibilidade inteligente. Esta, sim, várias vezes tive ou tenho". O mesmo ocorria quando as pessoas diziam que ela era uma intelectual; a isso Clarice respondeu, no texto "Intelectual? Não.", publicado também em 2 de novembro de 1968: "sou uma pessoa que pretendeu pôr em palavras um mundo ininteligível e um mundo impalpável".

A magia de Clarice reside justamente em seu modo de ver, sentir e interpretar os acontecimentos da vida cotidiana e de conceituá-los em seus textos. Ela escrevia para dar sentido, em primeiro lugar, à sua vida e, depois, à do leitor. A escrita representava sua própria sobrevivência, possibilitava materializar o mundo ininteligível e intangível que a cercava. Às vezes, alegava que as palavras nem sempre conseguiam comportar tudo o que ela queria representar do cotidiano.

Seus textos sempre tiveram relação, explícita ou implícita, com os acontecimentos do dia a dia. Abordavam temáticas diversificadas, diferente do que opinam estudiosos da literatura e do jornalismo, amigos ou admiradores, segundo os quais ela escrevia apenas sobre temas intimistas, femininos ou autobiográficos. Além disso, alguns dos textos se formavam a partir de trechos de algum romance já escrito, ou de seus contos, enquanto outros incorporavam comentários, entrevistas, notas, preces, cartas, protestos, anúncios, todos com tonalidades expressivas variadas, que não se enquadravam apenas como meras crônicas.

Devido ao seu estilo de redação, à forma de estruturar seus textos e ao modo como abordava as temáticas, classificá-los sempre foi tarefa difícil. Até mesmo para Clarice, que sempre tratou disso com seu leitor. No texto "Ser cronista", publicado no *Jornal do Brasil* em 22 de junho de 1968, Clarice elencou as preocupações que tinha a respeito desse trabalho que desenvolvia para um jornal diário: "Sei que não sou, mas tenho meditado ligeiramente no assunto. Na verdade eu deveria conversar a respeito com Rubem Braga, que foi o inventor da crônica. Mas quero ver se consigo tatear sozinha no assunto e ver se chego a entender. Crônica é um relato? É uma conversa? É o resumo de um estado de espírito? Não sei".

Era preferível escrever para comunicar suas ideias, seus pontos de vista, suas inquietações e surpresas com relação aos fatos do cotidiano a ter de se prender a formas estabelecidas no campo do jornalismo e da literatura. É importante reforçar que, para a própria Clarice, seus textos não dependiam apenas das predefinições de gêneros em que supostamente deviam se enquadrar; sua escrita lhe possibilitava realizar o ato mais necessário do ser humano: o de se comunicar com o outro. Tudo o que redigia visava romper o isolamento e abrir caminho para o diálogo; e em sua escrita a comunicação de fato acontecia.

Em "Máquina escrevendo", publicado em 29 de maio de 1971 no *Jornal do Brasil*, Clarice confidenciou:

> Sinto que já cheguei à liberdade. A ponto de não precisar mais escrever. Se eu pudesse, deixava meu lugar nesta página em branco: cheio do maior silêncio. E cada um que olhasse o espaço em branco o encheria com seus próprios desejos. Vamos falar a verdade: isto aqui não é crônica coisa nenhuma. Isto é apenas. Não entra em gênero. Gêneros não me interessam mais. Interessa-me o mistério. Preciso ter um ritual para o mistério? Acho que sim.

Seus questionamentos levavam-na a comparar o ato de escrever para o jornal e para o livro. Também a faziam refletir sobre o leitor do jornal e o de literatura. O mais interessante de todas as colocações que fazia era o diálogo que estabelecia com o leitor. Como se pode verificar em "Escrever", publicado no mesmo jornal em 2 de maio de 1970:

> Escrever para o jornal não é tão impossível: é leve, tem que ser leve, e até mesmo superficial: o leitor, em relação a jornal, não tem vontade nem tempo de se aprofundar.

Clarice refletia insistentemente sobre sua produção jornalística e, mesmo depois de anos de colaboração para o *Jornal do Brasil*, demonstrava contínua necessidade de meditar sobre isso, como pode ser observado em "Escrever para jornal e escrever livro", publicado em 29 de julho de 1972:

> Hemingway e Camus foram bons jornalistas, sem prejuízo de sua literatura. Guardadíssimas as devidas e significativas proporções, era isto o que eu ambicionaria para mim também, se tivesse fôlego.
> Mas tenho medo: escrever muito e sempre pode corromper a palavra. Seria para ela mais protetor vender ou fabricar sapatos: a palavra ficaria intata. Pena que não sei fazer sapatos.
> Outro problema: num jornal nunca se pode esquecer o leitor, ao passo que no livro fala-se com maior liberdade, sem compromisso imediato com ninguém. Ou mesmo sem compromisso nenhum.

Sua criatividade e, principalmente, a liberdade de compor uma escrita que ia além de formatos padronizados fizeram de Clarice Lispector uma jornalista especial e importante tanto para o campo do jornalismo quanto para o da literatura.

Quase impossível deixar de admirar sua capacidade criadora, sua arte de escrever, com a qual eternizava a arte da vida vivida. Percorria os caminhos mais diversos, de temas misteriosos da existência, para tratar de assuntos corriqueiros do dia a dia, inclusive de temas referentes à política e à economia do país. Clarice tinha uma forma singular de reportar os acontecimentos do cotidiano da época.

A condição humana, sob seu olhar minucioso, sempre ganhou destaque. A escritora sensibilizava-se pelas questões ligadas ao ser humano, às agruras que a crise impunha à difícil sobrevivência da população. A discussão mais ampla sobre a temática da fome e da pobreza, por exemplo, não era tão frequente no jornal como deveria ser; e, quando ocorria, o foco estava sempre nos índices econômicos: nas perdas salariais, no valor e poder de compra do salário mínimo e no aumento do custo de vida causados pela inflação.

Em "Daqui a vinte e cinco anos", publicado em 16 de setembro de 1967, materializaram-se – por meio da relação que a escritora estabeleceu entre os acontecimentos relacionados à crise pela qual o país passava e as notícias que enchiam as páginas do próprio jornal – suas preocupações e inquietações: a inflação ameaçava a estabilidade econômica e depreciava o poder de compra dos brasileiros. Nessa época, o país passava por sérios problemas econômicos, que não escaparam ao olhar da autora:

> Perguntaram-me uma vez se eu saberia calcular o Brasil daqui a vinte e cinco anos. Nem daqui a vinte e cinco minutos, quanto mais vinte e cinco anos. Mas a impressão-desejo é que num futuro não muito remoto talvez compreendamos que os movimentos caóticos atuais já eram os primeiros passos afinando-se e orquestrando-se para uma situação econômica mais digna de um homem, de uma mulher, de uma criança. E isso porque o povo já tem dado mostras de ter mais maturidade política do que a grande maioria dos políticos, e é quem um dia terminará liderando os líderes. "Daqui a vinte e cinco anos o povo terá falado muito mais."

Clarice interpretava a realidade sob a perspectiva dos cidadãos e sob a sua própria – afinal, a escritora também era cidadã. Dessa forma, reportou não apenas a crise econômica, mas, e principalmente, a crise social vivenciada por todos. Embora não pudesse "calcular o Brasil", sua sensibilidade inteligente lhe possibilitava descrever suas impressões e seus desejos. A impressão sobre uma situação econômica não digna no (então) presente a fazia desejar (futuro por que ansiava) que a situação econômica mudasse, dando mais dignidade para todos.

O desejo também declarado de que "o povo terá falado muito mais" reportava implicitamente à sua impressão. Diante da situação política daquele momento, essa frase tinha alto teor subversivo para ser dita em plena ditadura militar. O Brasil, em 1967, passava por um período de censura imposta pelo regime. De 1964, após o golpe militar, até 1968, antes do decreto do Ato Institucional (AI) nº 5, a ordem autoritária não tinha regras claras, isto é, não havia limites definidos entre o proibido e o permitido. Qualquer crítica ou denúncia poderia ser considerada como ato subversivo: participar de manifestações públicas, escrever artigos, criar músicas, romances, peças de teatro, fazer chegar à imprensa denúncias de tortura, entre outras ações.

Com o AI-5 decretado, em dezembro de 1968, houve a suspensão do direito de votar e dos direitos políticos, proibiram--se as atividades e manifestações relacionadas a assuntos de natureza política. Diante disso, Clarice arriscou-se muito ao expor suas impressões sobre os movimentos caóticos da época, mas não poderia deixar de fazê-lo, chegando mesmo a participar ativamente de manifestações contra as imposições do regime autoritário. Esteve presente, inclusive, na histórica Passeata dos Cem Mil. Assim, não nos causa espanto ver como Clarice dá seguimento a suas impressões, tão sensíveis à degradação social, ao longo de "Daqui a vinte e cinco anos":

> Mas se não sei prever, posso pelo menos desejar. Posso intensamente desejar que o problema mais urgente se resolva: o da fome. Muitíssimo mais depressa, porém, do que em vinte e cinco anos, porque não há mais tempo para esperar: milhares de homens, mulheres e crianças são verdadeiros moribundos ambulantes que tecnicamente deviam estar internados em hospitais para subnutridos.

A partir da interação com a realidade, Clarice comoveu-se com o povo que passava fome, ou melhor, com o fato de que "milhares de homens, mulheres e crianças são verdadeiros moribundos ambulantes". Além disso, buscou provocar uma discussão sobre o tema, fazer a denúncia sobre esse problema social, bem como o da miséria, fatos compartilhados a partir das imagens retiradas do dia a dia. Diante do que ela observava, podia comparar a miséria a uma "calamidade pública" e demandar que as autoridades agissem com rapidez, pois a miséria era um grande mal que acometia muitas pessoas. A fome endêmica era um problema constante que afetava física e espiritualmente a população. E, como resposta à pergunta que lhe havia sido feita, declarou na conclusão: "Os líderes que tiverem como meta a solução econômica do problema da comida serão tão abençoados por nós como, em comparação, o mundo abençoará os que descobrirem a cura do câncer".

Em outro texto, "Carta ao ministro da Educação", de 17 de fevereiro de 1968, Clarice, na qualidade de cidadã participante e ativa, ciente dos acontecimentos cotidianos, pôde manifestar-se publicamente contra a decisão do Ministério da Educação e Cultura (MEC). A carta aberta foi endereçada ao ministro Tarso Dutra:

> Em primeiro lugar queríamos saber se as verbas destinadas para a Educação são distribuídas pelo senhor. Se não, esta carta deveria se dirigir ao Presidente da República. A este não me dirijo por uma espécie de pudor, enquanto sinto-me com mais direito de falar com o Ministro da Educação por já ter sido estudante.

Clarice sensibilizou-se com os estudantes e, colocando-se no lugar deles, sentiu-se no direito de escrever a carta para tratar das "verbas destinadas para a Educação". Não havia investimento do ministério para ampliar o número de vagas: "O MEC, visando evitar o problema do grande número de candidatos para poucas vagas, resolveu fazer constar nos editais de vestibular que os concursos seriam classificatórios, considerando aprovados apenas os primeiros colocados dentro do número de vagas existentes".

Desde o início do ano de 1967, o tema da educação esteve em pauta. O *Jornal do Brasil* várias vezes noticiou acontecimentos envolvendo jovens estudantes e a difícil tarefa de conseguir vaga no ensino superior, a falta de planejamento com relação às universidades e a reforma universitária. Clarice atentou-se a essas manifestações: "Esta medida impede qualquer ação judicial por parte dos que não são aproveitados, não impedindo no entanto que os alunos tenham o impulso de ir às ruas reivindicar as vagas que lhes são negadas".

Naquele tempo os estudantes que não se classificavam dentro do número de vagas existentes, embora aprovados, eram considerados excedentes, e portanto exigiam das autoridades a expansão das vagas. Como as exigências não eram atendidas, promoviam manifestações nas ruas e em frente às faculdades. Clarice escolheu a expressão excedentes para confrontar abertamente o ministro e no intuito de reforçar o protesto: “Senhor ministro ou senhor presidente: ‘excedentes’ num país que ainda está em construção?! E que precisa com urgência de homens e mulheres que o construam?”.

Os questionamentos de Clarice evidenciavam a contradição de considerar os estudantes como excedentes, visto que os discursos que circulavam na esfera política, noticiados no jornal, enfatizavam a necessidade de o país retomar o desenvolvimento econômico e incentivar a formação de profissionais mais qualificados. Diante das evidências contraditórias, seguiu um plano argumentativo, reportando fatos, exemplos e ilustrações que demonstrassem os equívocos da decisão tomada pelo ministro: “Só deixar entrar nas Faculdades os que tirarem melhores notas é fugir completamente ao problema”.

Nesse trecho, Clarice enfatizou que a escolha pelas melhores notas poderia não ser a solução para o problema e, mantendo posição contrária à do MEC, expôs claramente sua opinião sobre o fato, criticando arduamente a posição adotada pelo ministério: “Senhor Ministro ou Presidente da República, impedir que jovens entrem em universidades é um crime. Perdoe a violência da palavra. Mas é a palavra certa”.

A escolha das palavras *crime* e *violência* fazia referência às manifestações estudantis, que eram vistas por muitos como um movimento anárquico e reprimidas pelas autoridades governamentais. Os argumentos da escritora apoiavam-se também em outras estratégias: “Se a verba para universidades é curta, obrigando a diminuir o número de vagas, por que não submetem os estudantes, alguns meses antes do vestibular, a exames psicotécnicos, a teste vocacionais? [...] Essa ideia partiu de uma estudante”.

A resposta sugerida por uma estudante para o problema das vagas incorporou-se à carta, renovando os pontos de vista de Clarice, inclusive porque a escritora se posicionara num plano único e singular de visão em relação ao tema: de que o sistema classificatório instituído não seria a solução mais adequada.

Assim, caso o ministro estivesse no mesmo plano de visão de Clarice e dos estudantes, poderia posicionar-se de outra forma.

A estratégia argumentativa envolvia o desejo de transferir a decisão do ministro para o seu ponto de vista e também dos estudantes excedentes, como um plano comum de pensamento, numa tentativa de que ele pudesse pensar e compreender o acontecimento sob outra perspectiva. E por fim, como mais um plano de argumentação, lançou questionamentos na tentativa de expor os problemas da crise econômica e social vivenciada naquele momento: "O senhor sabe o preço dos livros para pré-vestibulares? São caríssimos, comparados à custa de grandes dificuldades, pagos em prestações. Para no fim terem sido inúteis?".

A escolha pela carta aberta possibilitou a Clarice direcionar seu protesto a seu interlocutor direto, o ministro da Educação. Além disso, ao incorporar esse texto à sua coluna do jornal, integrou seus leitores a um diálogo mais amplo sobre os problemas da educação superior e sobre as dificuldades dos estudantes. Teve a intenção de transformá-la num protesto-passeata, como enunciado na frase que concluiu o texto: "Que estas palavras simbolizem uma passeata de protesto de rapazes e moças".

Impossível não se deixar levar por toda sua criatividade, de modo a se pensar na realidade e até mesmo de se divertir, em muitos momentos, pelos textos que publicou no *Jornal do Brasil* e na revista *Manchete*. Mas o possível é dizer que Clarice Lispector desempenhou papel importante no campo jornalístico. Seus escritos se constituíram como um processo de interação estabelecido na relação com outros textos da esfera jornalística e de demais esferas da atividade humana, com outros sujeitos sociais e com a realidade concreta da qual participavam. Dessa interação construiu seus pontos de vista críticos que compuseram suas publicações e, consequentemente, o próprio jornal.

Em seus escritos havia traços do olhar jornalístico que exercia quando reportava as sensações vividas pelos cidadãos brasileiros diante dos fatos do cotidiano, num período marcado pela censura que se instalou após o golpe militar de 1964 e pelo decreto do AI-5 em 1968, que instituiu um regime ditatorial de linha dura. Seus textos exprimiam os sentimentos de medo, de insegurança, de coragem, de covardia que se relacionavam com as questões de injustiça social, da perda de liberdade e outras questões ligadas à conjuntura político-econômica do país – acontecimentos exteriores com os quais a cidadã Clarice Lispector conviveu e compartilhou com seus concidadãos.

Ela recortava os eventos da vida cotidiana e os reorganizava com seu ato criativo, que incluía um conjunto de procedimentos de construção dos textos, no estilo marcado pela pontuação diferenciada, pela elaboração de perguntas e respostas, pelo uso de metáforas e pela forma como interagia com os outros textos jornalísticos, artísticos e literários.

Quando os textos que escreveu no *Jornal do Brasil* ganharam publicações em livros de crônicas, como a *Descoberta do mundo*, de 1984, embora fossem os mesmos, passaram a ocupar espaço e tempo diferentes. Com isso, os sentidos que o leitor do livro lhes atribui podem não ser os mesmos que atribuiria se os tivesse lido diretamente no jornal quando de sua publicação original, já que há agora uma boa distância em relação ao contexto conjuntural da época em que foram redigidos.

A palavra *excedentes*, por exemplo, que Clarice utilizou na "Carta ao ministro da Educação" não produz hoje os mesmos significados semânticos quando comparados ao contexto de 1968. Se o leitor viveu e vivenciou os acontecimentos daquela época, essa palavra será interpretada com valor semântico daquele momento histórico; se não teve aquela experiência, só conseguiria compreendê-la, em sentido aproximado, se realizasse um profundo mergulho nos acontecimentos da época.

O mesmo pode se pensar com relação ao texto "O medo de errar", publicado em *Letras e Artes*, em 2 de julho de 1959, e republicado no *Jornal do Brasil* a 13 de setembro em 1969. As publicações em periódicos diferentes e em momentos diferentes podem atribuir sentidos únicos ao texto, dependendo sempre do contexto extraverbal com os quais interagiam.

A característica da reutilização de textos *é perceptível* ao longo de toda a produção jornalística de Clarice, e comum no jornalismo brasileiro até a década de 1970. O pesquisador Pedro Karp Vasquez, no posfácio a *Todas as crônicas* (Rocco, 2018), acrescentou inclusive que os títulos também variavam entre uma primeira e uma segunda publicação.

Muitos foram os motivos para Clarice ter escrito textos denominados contos e os transformado em crônicas, e vice-versa, como se deu também com cartas, bilhetes, notas, anúncios, entrevistas, entre outros escritos. Na verdade, sua coluna no "Caderno B" do *Jornal do Brasil* representava a heterogeneidade de suas manifestações comunicativas, que envolviam formas diversificadas e possibilidades combinatórias das quais se valia para construir dos textos.

Num instante, é possível pensar que Clarice quisesse provocar o leitor para que este construísse sempre novos sentidos a cada texto que lia, fosse em livro ou em jornal. Em outro instante, a impressão é de que ela procurava instigá-lo a buscar a magia escondida em cada palavra que escolhia para dar forma a seus textos. Ou, de outro lado, é até mesmo compreensível a opinião de que nada disso teve ligação com seus propósitos. Talvez o melhor a dizer seja que não há explicação possível para os caminhos de Clarice Lispector.

GORKI
Antônio Houaiss
Clarice Lispector
Gianni Ratto
José Lino Grünewald
Otto Maria Carpeaux
Walmir Ayala
EDIÇÕES TN TEATRO NÔVO

GÓRKI POR CLARICE

Ensaio atribuído a Clarice Lispector é encontrado na BMA

GUTEMBERG MEDEIROS

Entre as providências tomadas a partir da decisão de dedicar um número temático da *Revista da Biblioteca Mário de Andrade* à escritora Clarice Lispector, uma das mais imediatas foi o levantamento de obras de ou sobre a autora no amplo acervo desta casa, entre livros e periódicos. Da primeira listagem de materiais, alguns publicados aqui, saltou-nos aos olhos uma pequena publicação de ensaios acerca do escritor russo Máksim Górki (Rio de Janeiro, Editora Teatro Novo, 1968) e assinados por intelecutais amplamente conhecidos em livros e jornais: Clarice Lispector, Otto Maria Carpeaux, Antônio Houaiss, José Lino Grünewald, Walmir Ayala e Gianni Ratto. O texto que traz a assinatura de Clarice se intitula "Atualidades de Gorki".

Na sequência, entramos em contato por e-mail com os gestores dos direitos autorais da escritora, solicitando a liberação para publicar as fotografias que integram este especial e o referido ensaio. Quanto a este último, recebemos a resposta: "A família não reconhece a autoria, de modo que não poderá indicar a publicação".

Logo, buscamos em pesquisas outras possibilidades de confirmação ou não da autoria do que tínhamos em mãos. Até que nos defrontramos com as memórias de Gianni Rato, *A mochila do mascate (fragmentos do diário de bordo de um Anônimo do século XX)* (Editora Hucitec, 1996).

Ratto (Milão, 27 de agosto de 1916 — São Paulo, 30 de dezembro de 2005) foi diretor, cenógrafo, iluminador, figurista, escritor e ator italiano. Vem ao Brasil em 1954, a convite da atriz Maria Della Costa, para dirigir a peça *O canto da cotovia*, de Jean Anouilh. Os convites de trabalho se sucedem. A exemplo do feito por Fernanda Montenegro e Fernando Torres para dirigir *O Mambembe*, de Arthur Azevedo, na prestigiada companhia Teatro dos Sete. A peça, que vai à cena em 1959 com sucesso de crítica e de público, é um marco na história do teatro brasileiro. Ainda nessa companhia, outro espetáculo com boa repercussão foi *O beijo no asfalto*, de Nelson Rodrigues (1961).

A certa altura de suas memórias, Ratto conta sobre a montagem na Companhia Teatro Novo, ao dirigr com sucesso de público a peça *Ralé*, de Górki, no Rio de Janeiro, em 1968. Decidiu-se por essa peça como homenagem ao centenário de nascimento do escritor russo.

Ratto informa que, em paralelo à peça, "tínhamos dado também início a uma atividade editorial, que pretendia, entre outras coisas, chegar a publicar uma revista de teatro de alto nível e em várias línguas". Continua o diretor: "Nessa primeira oportunidade, com a colaboração do *Correio da Manhã*, tínhamos editado um pequeno volume [...] dedicado a Máximo Górki e para o qual tinham generosamente colaborado Antônio Houaiss, Clarice Lispector, eu, José Lino Grünewald, Otto Maria Carpeaux e Walmir Ayala" (p.129). Teatro Novo foi o nome dado tanto à companhia de teatro quanto à editora da coletânea de ensaios.

O pesquisador Bruno Boraes Regenthal, no ensaio "Expulsos, como os cômicos italianos do Palais de Bourgogne: missão, peripécias e o triste fim do Teatro Novo" (*Revista Sala Preta*, n.2, 2018), informa que a publicação com os ensaios foi distribuída no lugar do tradicional libreto da peça.

O ensaio em questão atribuído a Clarice Lispector tem várias características relevantes. Em toda a sua extensão lembra a carpintaria de texto da autora – principalmente o tom memorialístico impresso na ampla produção de crônicas, como as publicadas à época no *Jornal do Brasil*.

Além disso, logo aponta a importância da Revolução Russa como "salvação, pois a morte de um povo estava a acontecer". E continua: "Não estou dizendo que o comunismo resolva a miséria da vida de qualquer país, tirando-lhe a dignidade: mas a Rússia resolveu". O texto emana o calor do momento em que foi escrito, logo após o estrangulamento do processo de democratização pelo qual passava a Tchecoslováquia com a invasão dos tanques soviéticos na capital Praga.

Apesar de salvar a Rússia da fome, o que veio logo depois com a então URSS foi um império ditadorial. A atualidade de Górki é, conforme o ensaio, a de clamar por uma terra de justiça, anteriormente entrevista em 1917, mas perdida no correr daquele século. Retomar Górki com *Ralé*, em suma, é retomar o necessário sonho da Utopia.

Sabe-se que Clarice pouco exerceu o gênero de ensaio, como a especialista Nádia Gotlib observa em texto inédito publicado neste volume. Mas a direção da *Revista da Biblioteca Mário de Andrade* não pode se furtar a expor essa documentação primária. A partir daqui, leitores e especialistas podem tirar as suas próprias conclusões.

KVACHNIA	**Ana Maria Taborda**
NASTIA	**Claudia Ribeiro Castro ou Angela Falcão**
VASSILISSA KARPOVNA, mulher de Kostylev	**Diana Antonaz**
NATACHA, sua irmã	**Ida Gauss ou Susanna Faini**
ANA, mulher do ferreiro	**Walquiria Colares**
LOUKA, viandante	**Adamastor Camará Ribeiro**
O ATOR	**Augusto Olimpio**
O MAGRELA	**Baynho**
ABRAÃO MEDVEDEV, polícia	**Fernando Bezerra**
ANDRÉ MITRICH, KLESTCH, ferreiro	**Fernando Reski**
O BARÃO	**Geyr Macedo Soares**
PACHA	**José Caldas**
SÁTINE	**Kerensky**
VASKA PEPEL	**Ivan Setta**
BOUBNOV	**Luiz Armando Queiroz**
MIKHAIL IVANOVITCH KOSTYLEV, dono do albergue .	**Luiz Motta**
ALIOCHKA	**Marco Nanini**

ATUALIDADES DE GORKI

Clarice Lispector

Gorki foi um dos escritores que mais me comoveram na adolescência, mas não havia lido ainda nenhuma peça dêle. Agora, me cai nas mãos, não só a peça "Ralé", como a minha própria adolescência.

Em "Ralé", o modo de aceitarem tràgicamente a trajetória humana é um desafio, como se abrissem a camisa e mostrassem despudoradamente o corpo nu pronto para a flechada.

"Ninguém vai chorar a morte de Ana. Que há de triste nisso? A gente nasce, vive algum tempo e depois morre. Eu morrerei e você também. O que há de triste nisso?"

Isso é o cinismo de quem já chegou em vida ao fim da vida áspera. Gorki tem um modo de dizer as verdades as mais sábias provocando em nós, apesar de fartos de saber, um arrepeio frio quando êle diz que se vive algum tempo e se morre. Um calor de chôro contido vem do coração e dos olhos diante dessa simplificação — nasce-se, vive-se um pouco, morre-se. Nada mais se pode acrescentar. E depois a situação de miséria humana máxima: "Não fique magoada, minha filha. Êles... não... choram os mortos? Minha querida... os vivos, ninguém os chora, nós mesmos somos incapazes de chorar por nós, então, que fazer?"

O comunismo na Rússia não foi apenas uma forma política e sim de salvação pois a morte de um povo estava prestes a acontecer. Não estou dizendo que o comunismo resolva a miséria da vida de qualquer país, tirando-lhe a dignidade: mas a Rússia resolveu. Até que se tornou imperialista chegando mesmo a invadir a Tcheco-Eslováquia, isto é, um país que não estava precisando de ajuda russa. Pois inclusive já era socializada. O povo russo, com sua alma, profunda e indisciplina, com sua música das mais ardentes do mundo, precisava de quem o guiasse, de quem o mantivesse dentro de uma disciplina, mesmo que a disciplina doesse — até que os sentimentos desiguais, social e psicològicamente fôssem entrando pela "porta estreita" e viesse a luz: a liberdade de viver, sem que haja a ralé imunda e desgraçada da Rússia do século XIX. No meio daquela degradação da pessoa humana, um homem é chamado de bom; êle responde — "É necessário, filhinha, que alguém seja bom... É preciso ter piedade dos homens. — Cristo se apiedou dos homens Nossa herança é fazer o mesmo."

Um dos personagens diz a respeito de outro, em pobre tentativa de provar que não haviam decaído tanto, que a nobreza é como catapora: o homem se cura mas as marcas ficam. O ouvinte na platéia ou o leitor lendo o texto original, sente naquela centelha também a marca da catapora: gente. São trastes, cuja alma foi tramada pelo sofrimento. Não o sofrimento que de algum modo trágico nos enobrece — e o russo é um trágico por excelência — não o sofrimento que enobrece, mas aquêle que faz com que um homem não possa se olhar ao espêlho. Neste descobre de nôvo, e já sem horror, as três únicas máscaras que a vida lhe colou na pele — uma, a do sofrimento individual que num russo vai até às raízes, outra, a do abandono e solidão em que a sociedade o deixou, e outra a da impotência de reagir contra a fôrça social, pois um homem só é apenas um homem sòzinho. Sòmente a união com outros dará a êle a sua própria individualidade. Porque, paradoxalmente, um homem, só é um homem, um indivíduo, com outros homens.

Outro personagem toma consciência do que lhe acontece dizendo: "Eu sou um homem de caráter, mas o patrão me cospe na cara. E quem é o patrão? Bah! um equívoco, eis o que é... um bêbado, nada mais..."

Que dizer dêste diálogo: "A mulher: — fale comigo, pai querido (na Rússia chamam os mais velhos de Paizinho), estou passando tão mal!..." — "Não pense, não é grave não, é a morte que se aproxima, meu passarinho." Êsse "paizinho" típico na Rússia, como carinho a alguém mais velho, e a resposta tão sábia e suave, são bem dêle, Maxim Gorki. É um dos modos mais tocantes de abordar a morte, que já li.

A Rússia daquêle tempo era uma sociedade de mentira. Talvez Gorki por isso faça um personagem dizer: — "a verdade, para você, talvez seja o próprio castigo". A verdade de um clima social exposto na terra russa era talvez o seu próprio castigo. Até que, se puxando pelos próprios cabelos, já enterrados no solo, êles se salvaram da indignidade e passaram a crer.

E a Terra dos Justos? O homem trabalhava sem recompensa, mal vivia: "mas nunca perdia a coragem e quando chegava ao limite de suas fôrças, dava um riso e dizia: não é nada. Vou ter paciência, esperarei mais um pouco, depois largarei tudo e irei para a Terra dos Justos". Sua esperança era a Terra dos Justos. Então, na Sibéria, aparece um deportado cheio de livros e mapas. Êle pede ao sábio que mostre nos mapas a Terra dos Justos, sua única felicidade futura. E o sábio não consegue encontrar nos mapas, por mais que procure, a Terra dos Justos. O rapaz, então voltou para sua casa e enforcou-se.

Essa é uma das lendas mais bonitas criadas por Gorki.

A peça, aliás, é tão cheia de sonhos e êstes são os que mantêm vivos sêres que desceram até o fim. Não, não desceram até o fim porque ainda tinham a fôrça de sonhar. A prostituta Nastia contava sempre a história de seu verdadeiro amor na vida, só que se esquecia do nome do homem e variava sempre, o que não variavam eram as palavras de quente amor que ela teria ouvido deste homem que sem poder casar com ela porque a família não o deixaria unir-se a uma prostituta, mata-se. Matar-se de amor por ela era o máximo de prova de que ela valia ainda como ser humano, apesar de suado, pisado e mal pago. E o velho que vai para a Terra dos Ucranianos? porque ouviu dizer que lá encontraram uma nova fé...

E êste trecho que tanto nos comove:

— "Êle sabe o que é a piedade, enquanto vocês são uns desalmados.

— De que te adiantaria se eu começasse a ter pena de você?

— Você é tanto capaz de ter pena, como de não ofender.

— O velho era bom... Êle tinha a lei na alma! Quem tem a lei na alma é bom, quem não tem a lei na alma está perdido.

— Que lei Pacha?

— A lei tôda a lei. Você sabe.

— Mas qual?

— Não ofender um homem. Eis a lei.

E mais adiante:

— Mahomet nos deu o Alcorão e disse: "Eis a lei. Façam como aqui está escrito". Depois virá um tempo em que o Alcorão não será mais suficiente. O tempo dará sua lei, uma nova, cada tempo dará sua lei."

Termino êste comentário com a frase de Gorki em "Gorki par lui-même" de Nina Gourfinkel:

"E é absolutamente necessário falar de "sagrado", digamos que não há nada de mais sagrado que o descontentamento que o homem experimenta em relação a si mesmo, e sua aspiração a se tornar melhor. Sagrado é seu ódio contra as iniquidades de uma existência da qual êle mesmo é responsável. Sagrado é o seu desejo de anular na terra a inveja, a avidez, os crimes, as doenças, as guerras e qualquer inimizade entre os homens. Sagrado é seu trabalho."

EM DIREÇÃO AO CAMINHO INVERSO[1]

CLARICE LISPECTOR

A despersonalização como a destituição do individual inútil – a perda de tudo o que se possa perder e, ainda assim, ser. Pouco a pouco tirar de si, com um esforço tão atento que não se sente a dor, tirar de si, como quem se livra da própria pele, as características. Tudo o que me caracteriza é apenas o modo como sou mais facilmente visível aos outros e como termino sendo superficialmente reconhecível por mim mesma. Assim como há um momento em que M. vê que a vaca é a vaca de todas as vacas, assim ele quer de si mesmo encontrar em si o homem de todos os homens. A despersonalização como a grande objetivação de si mesmo. A maior exteriorização a que se chega. Quem se atinge pela despersonalização reconhecerá o outro sob qualquer disfarce: o primeiro passo em relação ao outro é achar em si mesmo o homem de todos os homens. Toda mulher é a mulher de todas as mulheres, todo homem é o homem de todos os homens, e cada um deles poderia se apresentar onde quer que se julgue um homem. Mas apenas em imanência, porque só alguns atingem o ponto de, em nós, se reconhecerem. E pela simples presença da existência deles, revelarem a nossa.

Aquilo que se vive – e por não ter nome só a mudez pronuncia – é disso que me aproximo através da grande largueza de deixar de me ser. Não porque eu então encontre o nome do nome e torne concreto o impalpável – mas designo o impalpável como impalpável, e o sopro recrudesce como na chama de uma vela.

A gradual des-heroização é o verdadeiro trabalho que se labora sob o aparente trabalho, a vida é uma missão secreta. Tão secreta é a verdadeira vida que nem a mim, que morro dela, me pode ser confiada a senha, morro sem saber de quê. E o segredo é tal que somente se a missão chegar a se cumprir é que, por um relance, percebo que nasci incumbida – toda vida é uma missão secreta. A des-heroização de mim mesma está minando subterraneamente o meu edifício, cumprindo-se à minha revelia como uma vocação ignorada. Até que me seja enfim revelado que a vida em mim não tem o meu nome.

1 O lançamento mais importante de Clarice Lispector em 2018 foi seu *Todas as crônicas*, pela Editora Rocco. Com cuidadosa organização e ótimo posfácio de Pedro Karp Vasquez, traz 140 textos inéditos em livro. E aqui publicamos um dos mais representativos da Clarice cronista: "Em direção ao caminho inverso", publicado originalmente na revista *Senhor* de dezembro de 1962. Tal periódico foi um marco na imprensa brasileira, aliando design gráfico inovador e conteúdo de extrema qualidade, que incluía reportagens, crônicas, contos e poemas. No segmento do jornalismo cultural, durou de 1959 a 1964, com distribuição nacional, e alcançou a tiragem recorde de 45 mil exemplares vendidos em bancas de revistas em quase todo o país. A ampla colaboração de Clarice nesse destacado veículo foi responsável pelo sensível aumento da sua base de leitores, o que proporcionou à escritora o acesso a novas editoras. [N. O.]

E eu também não tenho nome, e este é o meu nome. E porque eu me despersonalizo a ponto de não ter o meu nome, respondo cada vez que alguém disser: eu. A des-heroização é o grande fracasso de uma vida. Nem todos chegam a fracassar porque é tão trabalhoso, é preciso antes subir penosamente até enfim atingir a altura de poder cair – só posso alcançar a despersonalidade da mudez se eu antes tiver construído toda uma voz. É exatamente através do malogro da voz que se vai pela primeira vez ouvir a própria mudez e a dos outros, e aceitá-la como a possível linguagem. Só então minha natureza é aceita, aceita com o seu suplício espantado, onde a dor não é alguma coisa que nos acontece, mas o que somos. E é aceita a nossa condição como a única possível, já que ela é a que existe, e não outra. E já que vivê-la é a nossa paixão. A condição humana é a paixão de Cristo.

Ah, mas para se chegar à mudez, que grande esforço da voz. Minha voz é o modo como vou buscar a realidade; a realidade, antes de minha linguagem, existe como um pensamento que não se pensa, e por fatalidade sou impelida a precisar saber o que o pensamento pensa. A realidade antecede a voz que a procura, mas como a terra antecede a árvore, mas como o mundo antecede o homem, mas como o mar antecede a visão do mar, a vida antecede o amor, a matéria do corpo antecede o corpo, e por sua vez a linguagem um dia terá antecedido a posse do silêncio. Eu tenho à medida que designo – e este é o esplendor de ter uma linguagem. Mas eu tenho muito mais à medida que não consigo designar. A realidade é a matéria-prima, a linguagem é o modo como vou buscá-la – e como não acho. Mas é do buscar e não achar que nasce o que eu não conhecia e que instantaneamente reconheço. A linguagem é o meu esforço humano. Por destino tenho que ir buscar e por destino volto com as mãos vazias. Mas – volto com o indizível. O indizível só me poderá ser dado através do fracasso de minha linguagem. Só quando falha a palavra, é que obtenho o que ela não conseguiu.

E é inútil procurar encurtar caminho e querer começar já sabendo que a voz diz pouco, já começando por ser despessoal. Pois existe a trajetória, e a trajetória não é apenas um modo. A trajetória somos nós mesmos. Em matéria de viver, nunca se pode chegar antes. A via-crúcis não é um descaminho, é a passagem única, não se chega senão através dela e com ela. A insistência é o nosso esforço, a desistência é o prêmio. A ela só se chega quando se experimentou o poder da voz e, apesar do gosto de poder, prefere-se a desistência. A desistência tem que ser uma escolha. Desistir é a escolha mais sagrada de uma vida. Desistir é o próprio instante humano. E só esta, é a glória própria de minha condição.

A desistência é uma revelação.

Desisto, e terei sido a pessoa humana – é só no pior de minha condição que ela é assumida como meu destino. Existir exige de mim o grande sacrifício de não ter força, desisto, e eis que na mão fraca o mundo cabe. Desisto, e para a minha pobreza humana abre-se a única alegria que me é dado ter, a alegria humana. Sei e estremeço – viver me deixa tão impressionada, viver me tira o sono. Chego à altura de poder cair, escolho, estremeço e desisto, e finalmente me votando à minha queda, despessoal, sem voz própria, finalmente sem mim – eis que tudo o que não tenho é meu. Desisto e quanto menos sou mais vivo, quanto mais perco o meu nome mais me chamam, minha missão secreta é a minha condição, desisto e quanto mais ignoro a senha mais cumpro o meu segredo, quanto menos sei mais a doçura do abismo é o meu destino. E então eu adoro.

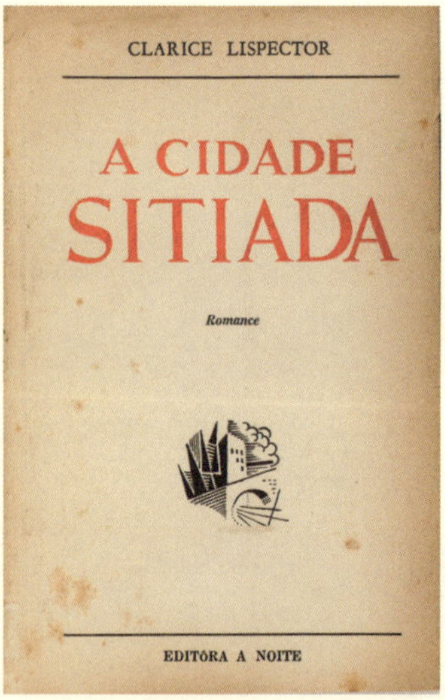
CLARICE LISPECTOR
A CIDADE
SITIADA
Romance
EDITÔRA A NOITE

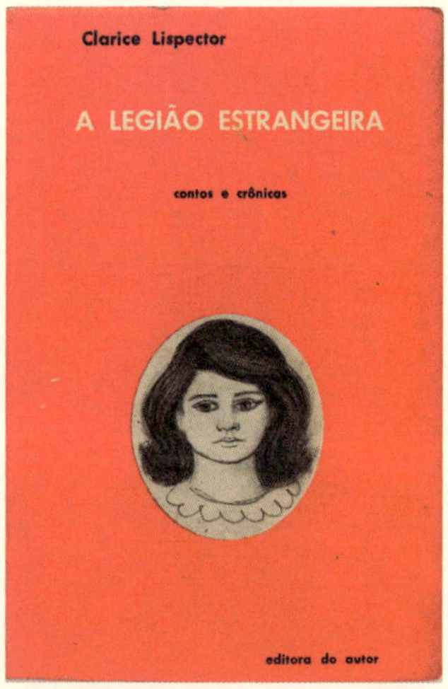
Clarice Lispector
A LEGIÃO ESTRANGEIRA
contos e crônicas
editora do autor

A PAIXÃO
SEGUNDO G.H.
CLARICE
LISPECTOR
ROMANCE
EDITÔRA DO AUTOR

Clarice Lispector
O Lustre
ROMANCE
AGIR

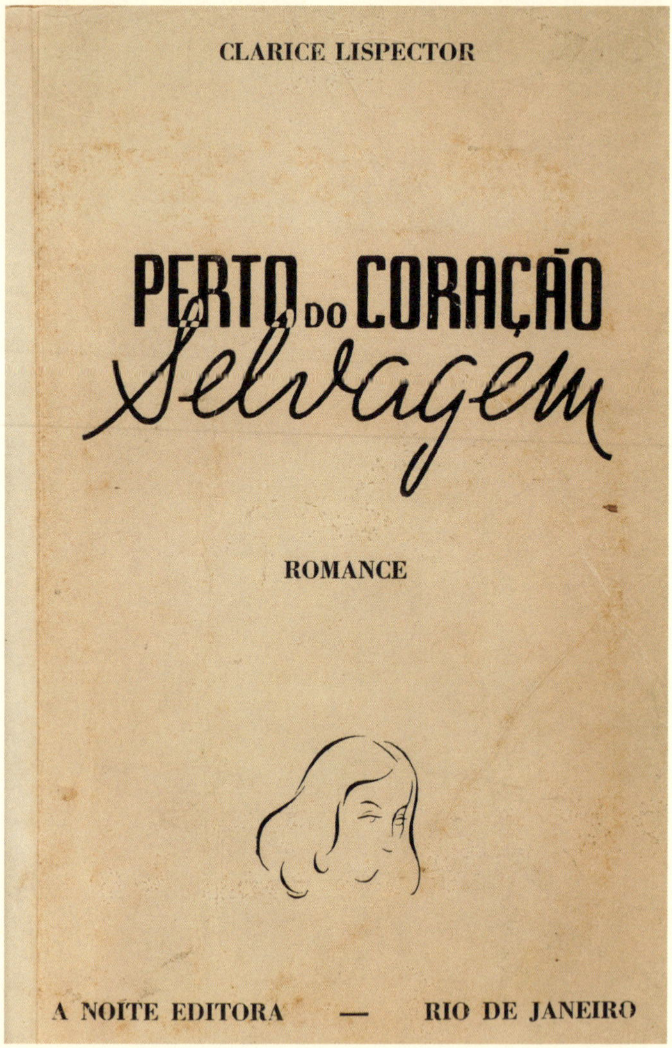
CLARICE LISPECTOR
PERTO DO CORAÇÃO
Selvagem
ROMANCE
A NOITE EDITORA — RIO DE JANEIRO

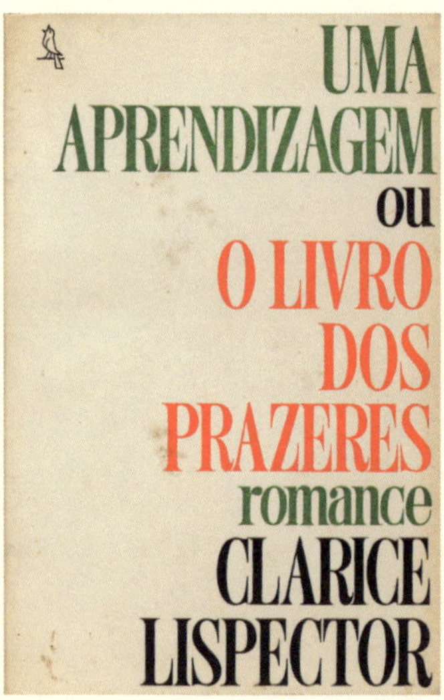
UMA
APRENDIZAGEM
ou
O LIVRO
DOS
PRAZERES
romance
CLARICE
LISPECTOR

AS CLARICES DO ACERVO DA BMA

O QUE HÁ DE E SOBRE CLARICE LISPECTOR NA BMA

Obras Raras

Maxim Gorki. [S.l.]: Teatro Novo, 1968?. Ensaios de Antônio Houaiss, Clarice Lispector, Otto Maria Carpeaux et al.

Coleção Geral

ALBERNAZ, Bia. *Claricidade: a cidade segundo Clarice*. Rio de Janeiro: Faperj; Azougue, 2008.

ALMEIDA, Joel Rosa de. *A experimentação do grotesco em Clarice Lispector: ensaios sobre literatura e pintura*. São Paulo: Edusp; Nankin, 2005.

ABRAHAMS, Jean-Jacques; LISPECTOR, Clarice. *O homem do gravador*. Rio de Janeiro: Imago, 1978.

ARÊAS, Vilma. *Clarice Lispector com a ponta dos dedos*. São Paulo: Companhia das Letras, 2005.

BORELLI, Olga. *Clarice Lispector: esboço para um possível retrato*. Rio de Janeiro: Nova Fronteira, 1981.

BRASIL, Assis. *Clarice Lispector: ensaio*. Rio de Janeiro: Simões, 1969?.

Clarice Lispector. Rio de Janeiro: Azougue, 2011.

Clarice Lispector. São Paulo: Abril Educação, 1981.

Clarice Lispector. São Paulo: Instituto Moreira Salles, 2004.

Clarice Lispector: a hora da estrela. São Paulo: Museu da Língua Portuguesa, 2007.

Clarice Lispector, Drummond, "Dona Guidinha do Poço", Graciliano, "Saint-Clair das Ilhas". Poitiers (França): Centre de Recherches Latino-Americaines de l'Université, 1974.

Contos. Rio de Janeiro: Alves, 1974.

Contos 9. 4.ed. São Paulo: Ática, 1989.

Contos brasileiros 2. 4.ed. São Paulo: Ática, 1989.

Contos brasileiros contemporâneos. São Paulo: Moderna, 2001.

GOTLIB, Nadia Battella. *Clarice: uma vida que se conta*. 6.ed. rev. e aum. São Paulo: Edusp, 2009.

GROB-LIMA, Bernadete. *O percurso das personagens de Clarice Lispector*. Rio de Janeiro: Garamond Universitária, 2009.

GUIDIN, Márcia Lígia. *A hora da estrela: Clarice Lispector: roteiro de leitura.* São Paulo: Ática, 1994.

GURGEL, Gabriela Lírio. *A procura da palavra no escuro: uma análise da criação de uma linguagem na obra de Clarice Lispector*. Rio de Janeiro: 7Letras, 2001.

HELLMAN, Lillian; LISPECTOR, Clarice. *As pequenas raposas*. Rio de Janeiro: José Olympio, 2009.

HOMEM, Maria Lucia. *No limiar do silêncio e da letra: traços da autoria em Clarice Lispector*. São Paulo: Fapesp; Boitempo; Edusp, 2012.

IANNACE, Ricardo. *A leitora Clarice Lispector*. São Paulo: Edusp, 2001.

_______. *Retratos em Clarice Lispector: literatura, pintura e fotografia.* Belo Horizonte: Universidade Federal de Minas Gerais, 2009.

KADOTA, Neiva Pitta. *A tessitura dissimulada: o social em Clarice Lispector.* São Paulo: Estação Liberdade, 1997.

KAHN, Daniela Mercedes. *A* via crucis *do outro: identidade e alteridade em Clarice Lispector*. São Paulo: Humanitas; Fapesp, 2005.

_______. *Clarice: uma vida que se conta*. São Paulo: Ática, 1995.

LIMA, Luís Costa. *A* mística ao revés de Clarice Lispector: A paixão segundo G.H. 1966

LISPECTOR, Clarice. *A bela e a fera*. 4.ed. Rio de Janeiro: Alves, 1992.

_______. *A cidade sitiada*. 7.ed. Rio de Janeiro: Alves, 1992.

_______. *A descoberta do mundo*. 2.ed. Rio de Janeiro: Nova Fronteira, 1987.

_______. *A descoberta do mundo: crônicas*. Rio de Janeiro: Rocco, 1999.

_______. *A hora da estrela*. 10.ed. Rio de Janeiro: Nova Fronteira, 1986.

_______. *A imitação da rosa*. 2.ed. Rio de Janeiro: Artenova, c1973.

_______. *A legião estrangeira*. 9.ed. São Paulo: Ática, 1990.

_______. *A maçã no escuro*. 8.ed. Rio de Janeiro: Alves, 1992.

_______. *A paixão segundo G. H.: romance*. Rio de Janeiro: Rocco, 2009.

_______. *A* via crucis *do corpo*. Rio de Janeiro: Artenova, 1974.

_______. Água viva. 12.ed. Rio de Janeiro: Alves, 1993.

_______. *Aprendendo a viver*. Rio de Janeiro: Rocco, 2004.

LISPECTOR, Clarice. *Clarice Lispector: a culpa é minha ou A hora da estrela ou Ela que se arranje ou O direito ao grito ou Quanto ao futuro ou Lamento de um blue ou Ela não sabe gritar ou Uma sensação de perda ou Assovio no vento escuro ou Eu não posso fazer nada ou Registro dos fatos antecedentes ou História lacrimogênica de cordel ou Saída discreta pela porta dos fundos*. Rio de Janeiro: Rocco, 2017.

_______. *Felicidade clandestina: contos*. Rio de Janeiro: Rocco, 1998.

_______. *Laços de família: contos*. Rio de Janeiro: Rocco, 2009.

_______. *O lustre*. Rio de Janeiro: Ediouro, 1999?.

_______. *O primeiro beijo & outros contos*. 8.ed. São Paulo: Ática, 1993.

_______. *Onde estivestes de noite*. 5.ed. Rio de Janeiro: Nova Fronteira, 1988.

_______. *Para não esquecer: crônicas*. Rio de Janeiro: Rocco, 1999.

_______. *Perto do coração selvagem: romance*. 10.ed. Rio de Janeiro: Nova Fronteira, 1984.

_______. *The Hour of the Star*. Londres: Paladin, 1987.

_______. *Um sopro de vida: (pulsações)*. 7.ed. Rio de Janeiro: Nova Fronteira, 1987.

_______. *Uma aprendizagem, ou O livro dos prazeres: romance*. 17.ed. Rio de Janeiro: Alves, 1990.

_______. *Visão do esplendor: impressões leves*. Rio de Janeiro: Alves, 1975.

LISPECTOR, Clarice; CASTELLO, José. *Clarice na cabeceira: romances*. Rio de Janeiro: Rocco, 2011.

LISPECTOR, Clarice; GALVÃO, Walnice Nogueira. *Os melhores contos Clarice Lispector*. São Paulo: Global, 1996.

LISPECTOR, Clarice; HERNÁNDEZ, Clara. *La pasión según G.H.* Havana: Casa de las Américas, 1982.

LISPECTOR, Clarice; MONTERO, Teresa. *Clarice na cabeceira*. Rio de Janeiro: Rocco, 2009.

_______. *Clarice na cabeceira: crônicas*. Rio de Janeiro: Rocco, 2010.

_______. *Correspondências*. Rio de Janeiro: Rocco, 2002.

_______. *Minhas queridas*. Rio de Janeiro: Rocco, 2007.

LISPECTOR, Clarice; MOSER, Benjamin. *Todos os contos*. Rio de Janeiro: Rocco, 2016.

LISPECTOR, Clarice; NUNES, Aparecida Maria. *Clarice na cabeceira: jornalismo*. Rio de Janeiro: Rocco, 2012.

_______. *Só para mulheres: conselhos, receitas e segredos*. Rio de Janeiro: Rocco, 2008.

LISPECTOR, Clarice; SCLIAR, Carlos. *A mulher que matou os peixes*. 13.ed. Rio de Janeiro: Alves, 1993.

LISPECTOR, Clarice; WAINER, Pinky. *O mistério do coelho pensante*. São Paulo: Siciliano, 1993.

_______. *Quase de verdade*. 2.ed. São Paulo: Siciliano, 1993.

LISPECTOR, Clarice; WILLIAMS, Claire. *Clarice Lispector: entrevistas*. Rio de Janeiro: Rocco, 2007.

LUCCHESI, Ivo. *Crise e escritura: uma leitura de Clarice Lispector e Vergílio Ferreira*. Rio de Janeiro: Forense-Universitária, 1987.

MARINHO, Jorge Miguel. *Lis no peito: um livro que pede perdão*. São Paulo: Biruta, 2005.

MARTINS, Gilberto Figueiredo. *Estátuas invisíveis: experiências do espaço público na ficção de Clarice Lispector*. São Paulo: Edusp; Nankin, 2010.

MOSER, Benjamin. *Clarice, uma biografia*. São Paulo: Cosac Naify, 2009.

_______. *Clarice, uma biografia*. São Paulo: Companhia das Letras, 2017.

NASCIMENTO, Evando. *Clarice Lispector: uma literatura pensante*. Rio de Janeiro: Civilização Brasileira, 2012.

NOVELLO, Nicolino. *O ato criador de Clarice Lispector*. Rio de Janeiro: Presença; Instituto Nacional do Livro; Fundação Nacional Pró-Memória, 1987.

NUNES, Aparecida Maria. *Clarice Lispector jornalista: páginas femininas & outras páginas*. São Paulo: Sesc, 2006.

NUNES, Benedito. *Leitura de Clarice Lispector*. São Paulo: Quíron, 1973.

_______. *O dorso do tigre: ensaios*. São Paulo: Perspectiva, 1969.

_______. *O drama da linguagem: uma leitura de Clarice Lispector*. São Paulo: Ática, 1989.

OLIVEIRA, Solange Ribeiro de. *A barata e a crisálida: o romance de Clarice Lispector*. Rio de Janeiro; Brasília: José Olympio; Instituto Nacional do Livro; Fundação Nacional Pró-Memória, 1985.

PONTIERI, Regina Lúcia. *Clarice Lispector: uma poética do olhar*. Cotia: Ateliê, 1999.

ROSENBAUM, Yudith. *Metamorfoses do mal: uma leitura de Clarice Lispector*. São Paulo: Edusp; Fapesp, 1999.

SÁ, Olga de. *A escritura de Clarice Lispector*. Petrópolis; Lorena: Vozes; Faculdades Integradas Teresa D'Ávila, 1979.

SABINO, Fernando; LISPECTOR, Clarice. *Cartas perto do coração*. 2.ed. Rio de Janeiro: Record, 2001.

_______. *Cartas perto do coração*. 2.ed. Rio de Janeiro: Record, 2001.

SANT'ANNA, Affonso Romano de; COLASANTI, Marina. *Com Clarice*. São Paulo: Editora Unesp, 2013.

SANTOS, Roberto Corrêa dos. *Clarice Lispector*. 2.ed. São Paulo: Atual, 1987.

SOUSA, Carlos Mendes de. *Clarice Lispector: figuras da escrita*. São Paulo: Instituto Moreira Salles, 2012.

TREVIZAN, Zizi. *A reta artística de Clarice Lispector*. São Paulo: Pannartz, 1987.

VARIN, Claire. *Clarice Lispector: rencontres bresiliennes*. Quebec: Éditions TROIS, 1987.

WALDMAN, Berta. *Clarice Lispector*. São Paulo: Brasiliense, 1983.

_______. *Clarice Lispector: a paixão segundo C. L.* São Paulo: Brasiliense, 1983.

Coleção de Arte

Livro

SOUSA, Carlos Mendes de. *Clarice Lispector: pinturas*. Rio de Janeiro: Rocco, 2013.

Convite de exposição

Óleos de *Darel, Darel* 72. São Paulo: No Sobrado Galeria de Arte, 1972. Carta/convite com texto de Clarice Lispector; um direcionado a Maria Eugênia Franco e outro a Milton Dacosta.

Fôlderes

Amélia Toledo: esculturas. Rio de Janeiro: Galeria Bonino Atelier de Arte, 1969 . Exposição nº114; textos de Mário Pedrosa; homenagem a Caetano Veloso, Clarice Lispector, Décio Pignatari, Fernando Lemos, Haroldo de Campos, João Cabral de Melo Neto e Mario Pedrosa.

Darel, máquinas fantásticas em regiões absurdas: 12 gravuras de Darel. Rio de Janeiro: Galeria Barcisnki, 1968. Texto de Clarice Lispector.

Óleos relêvos. Exposição de Gastão Manuel Henrique. Rio de Janeiro: La Petite Galerie, 1964. Texto de Clarice Lispector.

Pinturas e desenhos. São Paulo: La Petite Galerie, 1962. Opiniões de Joaquim Cardoso, Bruno Giorgi, Clarice Lispector, Carlos Scliar, Jorge Amado, Rubem Braga e Pedro Manuel sobre exposição de Glauco Rodrigues.

Solange. São Paulo: Galeria Atrium, [s.d.]. Comentários de Clarice Lispector, Clarival do Prado Valladares e Vera Pedrosa sobre exposição de Solange Magalhães.

Trinta pinturas de Glauco Rodrigues. Rio de Janeiro: La Petite Galerie, 1961. Opiniões de Joaquim Cardoso, Bruno Giorgi, Clarice Lispector, Carlos Scliar, Jorge Amado e Rubem Braga.

Pasta com recortes de jornais

LISPECTOR, Clarice. Pasta n.800.3, contém 31 recortes.

Coleção Circulante

ALBERNAZ, Bia. *Claricidade: a cidade segundo Clarice*. Rio de Janeiro: Faperj; Azougue, 2008.

ALBUQUERQUE, Paulo Germano Barrozo de. *Mulheres claricianas: imagens amorosas*. Fortaleza; Rio de Janeiro: Secretaria da Cultura e Desporto; Dumará, 2002.

BORELLI, Olga. *Clarice Lispector: esboço para um possível retrato*. 2.ed. Rio de Janeiro: Nova Fronteira, 1981.

Clarice Lispector. Rio de Janeiro: Azougue, 2011.

Clarice Lispector. São Paulo: Abril Educação, 1981.

Clarice Lispector. São Paulo: Instituto Moreira Salles, 2004.

Clarice Lispector: a hora da estrela. São Paulo: Museu da Língua Portuguesa, 2007.

GOTLIB, Nadia Battella. *Clarice: uma vida que se conta*. 5.ed. São Paulo: Ática, 1995.

_______. *Clarice fotobiografia*. 2.ed. São Paulo: Edusp; Imprensa Oficial do Estado, 2009.

HELLMAN, Lillian; LISPECTOR, Clarice. *As pequenas raposas*. Rio de Janeiro: José Olympio, 2009.

HOMEM, Maria Lucia. *No limiar do silêncio e da letra: traços da autoria em Clarice Lispector*. São Paulo: Fapesp; Boitempo; Edusp, 2012.

IANNACE, Ricardo. *A leitora Clarice Lispector*. São Paulo: Edusp, 2001.

_______. *Retratos em Clarice Lispector: literatura, pintura e fotografia*. Belo Horizonte: Universidade Federal de Minas Gerais, 2009.

LISPECTOR, Clarice. *A bela e a fera*. 2.ed. Rio de Janeiro: Nova Fronteira, 1980.

_______. *A cidade sitiada*. Rio de Janeiro: Rocco, 1998.

_______. *A descoberta do mundo: crônicas*. Rio de Janeiro: Rocco, 1999.

_______. *A hora da estrela*. Rio de Janeiro: Rocco, 1998.

_______. *A legião estrangeira*. 10.ed. São Paulo: Siciliano, 1992.

_______. *A maçã no escuro*. Rio de Janeiro: Rocco, 1999.

_______. *A paixão segundo G. H.: romance*. Rio de Janeiro: Rocco, 2009.

_______. *A* via crucis *do corpo: contos*. Rio de Janeiro: Rocco, 1998.

_______. *Aprendendo a viver*. Rio de Janeiro: Rocco, 2004.

LISPECTOR, Clarice. *Clarice Lispector: a culpa é minha ou A hora da estrela ou Ela que se arranje ou O direito ao grito ou Quanto ao futuro ou Lamento de um blue ou Ela não sabe gritar ou Uma sensação de perda ou Assovio no vento escuro ou Eu não posso fazer nada ou Registro dos fatos antecedentes ou História lacrimogênica de cordel ou Saída discreta pela porta dos fundos*. Rio de Janeiro: Rocco, 2017.

_______. *Felicidade clandestina: contos*. Rio de Janeiro: Rocco, 1998.

_______. *Laços de família: contos*. Rio de Janeiro: Rocco, 1998.

_______. *Laços de família: contos*. Rio de Janeiro: Rocco, 2009.

_______. *Laços de família: texto integral*. Rio de Janeiro: Civilização Brasileira, 1974.

_______. *O lustre*. Rio de Janeiro: Rocco, 1999.

_______. *Onde estivestes de noite: contos*. Rio de Janeiro: Rocco, 1999.

_______. *Para não esquecer: crônicas*. Rio de Janeiro: Rocco, 1999.

_______. *Perto do coração selvagem*. São Paulo: Círculo do Livro, 1988.

_______. *Perto do coração selvagem: romance*. 15.ed. Rio de Janeiro: Alves, 1990.

_______. *Um sopro de vida: (pulsações)*. Rio de Janeiro: Rocco, 1999.

_______. *Uma aprendizagem, ou, O livro dos prazeres*. Rio de Janeiro: Rocco, 1998.

_______. *Uma aprendizagem, ou, O livro dos prazeres: romance*. 17.ed. Rio de Janeiro: Alves, 1990.

LISPECTOR, Clarice; CASTELLO, José. *Clarice na cabeceira: romances*. Rio de Janeiro: Rocco, 2011.

LISPECTOR, Clarice; MONTERO, Teresa. *Clarice na cabeceira*. Rio de Janeiro: Rocco, 2009.

_______. *Clarice na cabeceira: crônicas*. Rio de Janeiro: Rocco, 2010.

_______. *Correspondências*. Rio de Janeiro: Rocco, 2002.

_______. *Minhas queridas*. Rio de Janeiro: Rocco, 2007.

_______; MANZO, Lícia. *Outros escritos*. Rio de Janeiro: Rocco, 2005.

LISPECTOR, Clarice; NUNES, Aparecida Maria. *Correio feminino*. Rio de Janeiro: Rocco, 2006.

_______. *Só para mulheres: conselhos, receitas e segredos*. Rio de Janeiro: Rocco, 2008.

LISPECTOR, Clarice; OPAZO, Flor Maria. A mulher que matou os peixes. Rio de Janeiro: Rocco Jovens Leitores, 1999.

LISPECTOR, Clarice; VASQUEZ, Pedro. *Crônicas para jovens: de amor e amizade*. Rio de Janeiro: Rocco Jovens Leitores, 2010.

LISPECTOR, Clarice. *Crônicas para jovens: de escrita e vida*. Rio de Janeiro: Rocco Jovens Leitores, 2010.

_______. *Crônicas para jovens: do Rio de Janeiro e seus personagens*. Rio de Janeiro: Rocco Jovens Leitores, 2011.

LISPECTOR, Clarice; WAINER, Pinky. *O mistério do coelho pensante*. São Paulo: Siciliano, 1993.

_______. *Quase de verdade*. 2.ed. São Paulo: Siciliano, 1993.

LISPECTOR, Clarice; WILLIAMS, Claire. *Clarice Lispector: entrevistas*. Rio de Janeiro: Rocco, 2007.

LUCCHESI, Ivo. *Crise e escritura: uma leitura de Clarice Lispector e Vergílio Ferreira*. Rio de Janeiro: Forense-Universitária, 1987.

MARTINS, Gilberto Figueiredo. *Estátuas invisíveis: experiências do espaço público na ficção de Clarice Lispector*. São Paulo: Edusp; Nankin, 2010.

MOSER, Benjamin. *Clarice, uma biografia*. São Paulo: Cosac Naify, 2009.

_______. *Clarice, uma biografia*. 2.ed. São Paulo: Cosac Naify, 2013.

_______. *Clarice, uma biografia*. São Paulo: Companhia das Letras, 2017.

NASCIMENTO, Evando. *Clarice Lispector: uma literatura pensante*. Rio de Janeiro: Civilização Brasileira, 2012.

NUNES, Aparecida Maria. *Clarice Lispector jornalista: páginas femininas & outras páginas*. São Paulo: Sesc, 2006.

_______. *O dorso do tigre*. 3.ed. São Paulo: Editora 34, 2009.

PONTIERI, Regina Lúcia. *Clarice Lispector: uma poética do olhar*. 2.ed. Cotia : Ateliê, 2001.

RICE, Anne; LISPECTOR, Clarice. *Entrevista com o vampiro*. Rio de Janeiro: Rocco, 1992.

ROSENBAUM, Yudith. *Clarice Lispector*. São Paulo: Publifolha, 2002.

_______. *Metamorfoses do mal: uma leitura de Clarice Lispector*. São Paulo: Edusp; Fapesp, 2006.

ROSSONI, Igor. *Zen e a poética auto-reflexiva de Clarice Lispector: (uma literatura de vida e como vida)*. São Paulo: Editora Unesp, 2002.

SABINO, Fernando; LISPECTOR, Clarice. *Cartas perto do coração*. Rio de Janeiro: Record, 2001.

SANT'ANNA, Affonso Romano de; COLASANTI, Marina. *Com Clarice*. São Paulo: Editora Unesp, 2013.

SANTOS, Roberto Corrêa dos. *Clarice Lispector*. 2.ed. São Paulo: Atual, 1987.

SOUSA, Carlos Mendes de. *Clarice Lispector: figuras da escrita*. São Paulo: Instituto Moreira Salles, 2012.

_______. *Clarice Lispector: pinturas*. Rio de Janeiro: Rocco, 2013.

SOUZA, Ana Aparecida Arguelho de. *O humanismo em Clarice Lispector: um estudo do ser social em* A hora da estrela. São Paulo; Mato Grosso do Sul: Musa; UEMS, 2006.

TREVIZAN, Zizi. *A reta artística de Clarice Lispector*. São Paulo: Pannartz, 1987.

VARIN, Claire. *Línguas de fogo: ensaio sobre Clarice Lispector*. São Paulo: Limiar, 2002.

Esta edição não teria sido possível sem a inestimável colaboração e a generosidade dos herdeiros de Clarice Lispector – na pessoa de Paulo Gurgel Valente –; da valiosa e original pesquisa da professora Nadia Battella Gotlib, autora do livro *Clarice Fotobiografia* [3ª edição, 2015, Edusp] e da editora da Universidade de São Paulo - Edusp, que cedeu originais indispensáveis de imagens utilizadas na presente edição.

REVISTA DA BIBLIOTECA MÁRIO DE ANDRADE
VOLUME 72, JANEIRO DE 2017

Diretor editorial_**Charles Cosac**

Editor convidado_**Gutemberg Medeiros**

Coordenação editorial_**Fabiana Werneck** e **Richard Sanches**

Editora-assistente_**Adriane Freitag**

Projeto gráfico e edição de arte_**janela estúdio | Lia Assumpção**

Fotografias_**Nino Andrés**

Edição de texto_**Richard Sanches**

Revisão de provas_**Beatriz de Freitas Moreira**

Apoio à produção_**Aline Coelho, Joana Darc Moreno de Andrade, Marina Pereira, Norma Shizue Haru, Rizio Bruno Sant'Ana**

IMPRENSA OFICIAL DO ESTADO DE SÃO PAULO

Coordenação editorial_**Cecília Scharlach**

Editora_**Andressa Veronesi**

Assistência editorial_**Francisco Alves da Silva**

CTP, impressão e acabamento_**Imprensa Oficial do Estado de São Paulo**

Revista da Biblioteca Mário de Andrade. São Paulo:
Departamento Biblioteca Mário de Andrade, 1992-

Anual.
Continuação, a partir do n. 50 de 1992, do Boletim Bibliográfico.
ISSN 0104-0863.

I. Literatura – Periódicos
CDD 805

Grafia atualizada segundo o Acordo Ortográfico
da Língua Portuguesa de 1990, em vigor no Brasil desde 2009.

Impresso no Brasil, 2019.

A despeito do empenho dos editores, não foi possível obter a identificação de todas as pessoas fotografadas e de créditos fotográficos que compõem a presente obra. Caso o leitor tenha conhecimento dessas informações e queira contribuir, a Biblioteca Mário de Andrade e a Imprensa Oficial do Estado de São Paulo agradecem e se comprometem a inseri-las em futuras reedições.

BIBLIOTECA
MÁRIO DE ANDRADE

Rua da Consolação, 94
01302-000 São Paulo/SP
Tel. 11 3256-5270
bma@prefeitura.sp.gov.br

IMPRENSA OFICIAL
DO ESTADO DE SÃO PAULO

Rua da Mooca, 1921, Mooca
03103-902 São Paulo/SP
SAC 0800 0123 401
sac@imprensaoficial.com.br
livros@imprensaoficial.com.br
www.imprensaoficial.com.br

Este livro foi composto
em Newzald e Fakt e
impresso pela Imprensa Oficial
do Estado de São Paulo,
em pólen soft 80g/m²
e triplex 300 g/m²